心

巢

无 非 著

百花洲文艺出版社
BAIHUAZHOU LITERATURE AND ART PRESS

图书在版编目（CIP）数据

心巢 / 无非著 . -- 南昌 : 百花洲文艺出版社，
2025.1
ISBN 978-7-5500-5439-4

Ⅰ . ①心… Ⅱ . ①无… Ⅲ . ①散文集—中国—当代
Ⅳ . ① I267

中国国家版本馆 CIP 数据核字（2024）第 084968 号

心巢
XIN CHAO

无 非 著

责任编辑　陈昕煜
书籍设计　书点文化
制　　作　书点文化
出版发行　百花洲文艺出版社
社　　址　南昌市红谷滩世贸路 898 号博能中心一期 A 座 20 楼
邮　　编　330038
经　　销　全国新华书店
印　　刷　武汉鑫佳捷印务有限公司
开　　本　145 mm×210 mm　1/32　印张 11.5
版　　次　2025 年 1 月第 1 版
印　　次　2025 年 1 月第 1 次印刷
字　　数　288 千字
书　　号　ISBN 978-7-5500-5439-4
定　　价　89.00 元

赣版权登字　05-2024-330

联系电话　0791-86894717
网　　址　http://www.bhzwy.com
图书若有印装错误，影响阅读，可与承印厂联系调换。

目　录

故乡

童年

生命

风物

生活

人间

故

乡

远行的火车

母亲说，我刚生下来时，和她是连在一起的，用剪刀剪断了脐带，我们才分开的。我觉得，当年那辆从东北开往华北的长途火车，就好像是一条脐带。

在我很小的时候，父母决定从东北回河北，我就和他们坐上了一辆远行的火车。那时候的火车，一定是很老、很笨重、很迟缓的。说不定还需要烧煤，会吐出黑色的烟圈。每到一个站台，都要大声鸣笛。就是坐在这样的火车上，我们一家三口完成了迁徙。当时的火车车厢里，应该有成百上千的人，而我们只是其中三个。那时的我还很小，没有自己的座位。火车行驶了三天三夜。我如果睡了，可能是横在他们的膝盖上。他们用双手托住我，好像用双手营造出一张弹簧床。我也可能是趴在他们怀里，双手抱着他们的脖子，或者把着他们的肩头。列车发出有规律的咣当咣当的声响，正好变成哄我入梦的催眠曲。而笨重的火车在粗糙的轨道上颠簸，也恰好像是摇篮。我在火车上睡得很香，尤其是在母亲的怀抱里，像硕大的椰子果长在树上，任凭周围多么颠簸嘈杂，也一定会获得暂时的安宁。

　　我的母亲，出生在东北，黑龙江的勃利县，差不多是北方边陲。她在那里长大，到了如花的年纪，遇见一个从远方来的男人。这男人长她几岁，在当地当矿工，每天戴着前面有一盏小灯的矿工帽下到矿井里去，出来时已经是满身黝黑。地下的煤矿有多黑，他的身上就有多黑。这样一个从远方来的做煤矿工人的男人，在人们眼里是吃苦耐劳的，是老实巴交的，是可以依靠的。所以经媒人介绍，他们两个走到了一起。我是他们的结晶，但不一定就是爱情的结晶。两个人走到一起，从此一起生活，不见得就是因为爱情。那个年代，生活要大于爱情。爱情是浪漫的，生活是现实的。他们当时的处境一定很现实。爱情的思想，可能还封在他们的内心里，轻易不能释放出来。他每天都要深入地下去挖煤，什么时候遇到塌方，遇到爆炸，也就永远埋在地下，再也见不到明天的太阳。

　　母亲的父亲当过兵，后来退伍了。家门口有一条古老的河，河里生活着许多鱼，他就靠打鱼养活一家人。捕到的每条鱼都有手臂那么长。那时候吃鱼，不放盐和油，只是用水煮熟或蒸熟了，当作口粮来吃。因为没有足够的粮食。在这样的贫困之家里长大，母亲能有多少浪漫的思想呢？

但是母亲确实讲过许多浪漫的事。有关她的浪漫，大多和她的童年有关。她们生活在一个山坳里，村庄周围都是山。山上有榛子、松鼠、蘑菇、野猪、狼群、毒蛇，还有许多动物和植物。榛子很好吃，是一种坚果，有点像花生，但比花生更香。山中有各种蘑菇，有可以吃的蘑菇，也有毒蘑菇，毒蘑菇外表很鲜艳。她讲过许多狼的故事。有人去地里干活，把草帽放在地头，被大灰狼偷走了。狼把草帽戴在头上，去人家里敲门，要吃了家里的孩子。有人去买鞭炮，遇到了狼群，就把鞭炮点了，吓跑了狼群，保住了性命。关于捡蘑菇她说得最多。这应该是她童年最大的快乐。雨后山中长出一层大大小小的蘑菇，可以去山上捡蘑菇。因为有许多野兽，他们要结伴去。捡的蘑菇装进麻袋里。装满蘑菇的麻袋，直接从山上滚下来，可以滚到村子里。这些她童年的往事，其实都是浪漫的，类似一种过往的童话。

我的父亲，当时也正值大好年华，血气方刚，身强力壮，所以他才从家里出走，在全国各地漂泊闯荡。他所在的家，除了一双老人，还有八个孩子，而他是老大。他像一只长大的鸟，不想再在窝里憋屈着、拥挤着，就飞出去，去天南地北。全国各地他都待过，比如，昆明、东北，但他具体的行动路线，他在各地做过什么，我们都不知道，那是他自己的过往，那是他自己的历史。只要他不肯说，没有人会知道。从这一点来看，父亲虽然很普通，也确实很不简单，至少我到现在，也还不曾去过南方，只是在北方学习、工作、生活着。这是我个人的局限，和我的父亲无关。他像一只鸟到处飞，可能终于飞累了，就在东北停了下来，做了煤矿工人。做一个煤矿工人，虽然很累很苦，却也恰好可以消耗他当时充沛旺盛的青春活力。他每天从矿井里爬出来，浑身黢黑，只有一双眼睛里还有白色，他眨动眼皮，才可以看出来他还是一个活人。弄得一身黑并不可怕，身上的脏污总还可以洗掉。劳动人民最光荣。劳动应该会让他内心感到踏实。等我来到这个世上，他的内心应该更稳定了一些，他也成了父亲，有了自己的孩子，他选择了回家乡。带着老婆孩子回家乡，也算是一种荣归故里。

从我的小小的视角，应该分辨不出环境的改变。我一直在他们的怀里。车窗外景物飞逝，毫不迟疑地向着后面掠去。我不知道那是坐在火车上，那是我们一家人最重大的迁徙。我只是像一个小玩具，像火车上的一个小物件。母亲是要远离家乡，跟着她的男人到远方，去一个从未去过的地方生活。父亲则是离开家乡，到处闯荡漂泊了一阵子，带着妻儿重返家乡。他们一定都有自己的心情，在心里都有不好形容的滋味。唯独我，只是个小孩，脑袋里还没有什么思想，不知道那是怎么一回事，不知道从此要发生怎样的变化。我还有着一双格外清澈的眼睛，有着白白嫩嫩的鼻子和嘴巴。我还有着年轻的母亲和父亲。我是刚刚展开的一张白纸，是刚刚打开盖子的一个罐子，还近乎是一片人迹罕至的雪地，只有些许的母亲和父亲的温柔的脚印。

一到父亲的家乡，我们便住进了祖父新盖的房子。祖父很疼爱我，每天抱着我，到各处去玩。让我骑在他的脖子上，带我去赶集。逢人就说：这是我的孙子。认识的不认识的都要说，好像要让全世界的人都知道。其实，他还有着八个已经长大的孩子，儿子女儿都有，可他那时候好像已经不疼儿女了，而尤其对我这个新来的孙儿有兴趣。好像，他的子女那一辈是一辆车，我这一辈又是另一辆车，虽然我是新来的，很小的一辆车，他还是愿意从子女的车上跳下来，跳到我这辆小车上来。兴许他知道，他的儿女终将在我之前停下来。我才是更新的一代，可以跑得更久更远的，我才是更持久的希望所在。也或者，在他眼里他那些儿女都不争气，没有让他满意的，就把希冀的火苗引燃到我的身上。虽然隔了一代，我也是他的血脉，我也是他的延续。

　　祖父去世时，我还很小，还不懂得悲伤。但我已经有了一些记忆，我记得给他办葬礼时，灵堂设在老房子的堂屋里，他就躺在那口高高的棺材里。没有电灯，只在角落里点着一盏油灯，灯光如豆，经风轻轻一吹，就剧烈颤抖摇晃。祖父平躺在棺材里，我看不到祖父。祖父的儿女们跪坐在棺材面前，既像是对祖父去另一个世界临行前的一种守护，也像是对祖父的一种忏悔。他们都在流着眼泪，都在哭哭啼啼，也许等他们眼泪流干了，祖父和儿女们才算心安，祖父才席卷着儿女们的眼泪离去。院子里分两列站着许多来悼念的人。是活着的人对先行死去的人表现出的一种敬畏。但不好说是对祖父的敬畏，还是对死亡本身的敬畏。我作为祖父的亲人之一，在祖父去世时，有两件事值得一提，一是沾祖父去世的光，我吃了许多肉，大吃特吃，吃得吐了。二是，祖父平躺在棺材里，其他人披麻戴孝时，一群麻雀落在院子里，我去驱赶这群麻雀。这群小东西从院子里飞起来，又落到了院子里的一棵枣树上。

（2021年）

父亲的车

以前，父亲有一辆自行车。那种老式的自行车，车身板正、结实、笨重。父亲骑着这辆自行车，出没在乡野里的那些土路上，和我们那里的农人一样，日出而作，日落而息。农人们有的用脚走着，有的拉着驴车，有的坐着牛车，有的开着拖拉机，而父亲是骑着自行车。

有时候，父亲带我去地里干活。乡间的土路很颠簸，尤其下过雨以后，路上满是各种农用车的车辙，还有牲口们踩出来的深深浅浅的脚印，父亲在这样的路上骑着车，我坐在父亲的车后座上。我不想和父亲太亲近，但那路实在太颠簸了，我就用手抱住父亲的腰，好让自己不被颠下去。自行车一直蹦跳着，我担心自己摔下去，我想让父亲骑慢一点儿，可是我始终没开口说。父亲也只是骑着车，他习惯了这样的颠簸。坐在父亲的自行车上，我除了感到紧张害怕，还闻到了父亲身上的汗味。父亲身上总是有一种汗味。当我坐在车上靠着他的后背时，结结实实地闻到了这种汗味。

父亲还骑着自行车去卖冰糕。那一两年父亲卖过冰糕，自行车后轮那里侧挂着一个箱子，那箱子里面有泡沫，还铺了一层塑料布，冰棍和雪糕放在里面，箱子外面又用小棉被盖着。父亲每天早晨出发去几里地以外的冰糕厂批发冰棍雪糕，然后骑着自行车带着冰糕箱，一个村子一个村子地走街串巷卖冰糕。我猜父亲是这样叫卖的：冰棍！雪糕！父亲虽然木讷，不爱说话，但叫卖时一定很卖力。我不知道父亲去过多少村子，卖出过多少冰棍和雪糕。

后来，父亲有了一辆三轮车。三轮车和自行车一样，都是靠人力，都需要用脚蹬。但是，三轮车有三个轮子，比自行车多一个轮子，三轮车还有车斗，车斗里能装东西。人也可以坐在车斗里。去地里干活，父亲蹬着三轮车，我们坐在车斗里。坐三轮车更颠簸，但不像坐在自行车后座上那么担惊受怕了。父亲有了三轮车也如虎添翼，可以用三轮车拉麦子。人家过麦，用牛车、驴车、拖拉机，父亲用三轮车。三轮车和拖拉机没法比。拖拉机的车斗多大啊，一亩地里的麦子，一拖拉机就拉完了。我们用三轮车，要拉好几车，好几趟。

很快，我们家有了第二辆三轮车。因为我们全家都会骑三轮车了。不只是父亲会，母亲也会骑，小孩子们也会了。我们就有了两辆三轮车。一辆车斗大，是父亲的。一辆车斗小，是母亲的。父亲和母亲一人一辆。过麦时，他们就一起拉麦子。不农忙时，他们就骑着三轮车出去收废品。一人骑着一辆三轮车，一前一后的，比翼双飞。他们去过很多地方，也到过很远很远的地方，每次出去都是几十里地。

起初，村里只有我父亲一个人收废品，他带动了我们全家。我也跟着母亲出去捡废品。后来，村里有两家也收废品了，不知道是不是受我们的启发。另外两家，一家有一头高大的骡子，人家拉着骡子车去收废品。一家有一头乖顺的驴子，人家就赶着驴车去收废品。脚蹬三轮车收废品的，还是只有我家。

人家的骡子车和驴车，车斗都比三轮车大，每次可以拉很多。可能是受两家竞争对手影响，父亲突然买回来一匹骡子。他还为骡子建了一间棚屋。那段时间，那匹骡子拴在那间矮小的棚屋里，吃着父亲放进食槽里的草料，我能听到骡子咀嚼草料的声音。但是这匹骡子在我家没待多久，就不见了，应该是父亲卖掉了。我至今也不太明白，父亲为什么要买它，又为什么卖掉它。父亲买它一定是想要用它干大事，但买了以后，可能发现自己并不喜欢骡子。他甚至都没准备骡子要拉的平板车。总之这匹骡子，在我家只是昙花一现，来了又走了，什么也没干，像个过客。

后来，父亲买了一辆二手的三马车。三马车和三轮车一样，也是有三个轮子，车头有一个车轮，车斗有两个车轮，但是比三轮车大多了，能拉载的东西更多了。而且，不是脚蹬的了，三马车喝柴油，是真正的农用车。虽然是二手的，也像是会发光。

我们家终于有车了。

有了这辆三马车，我们再干农活、拉东西就便利多了，我们全家都省力了。三马车的速度也快。坐在三马车上，还是会颠簸，颠簸得更剧烈了，但是我们很快活。这是我们家的车，真正意义上的车，可比坐三轮车气派多了。三马车就只有父亲会开了。父亲开着三马车，我们坐在车斗里，就看到父亲那个灰黑的后脑勺，还有他那个有点佝偻的背。

有了这辆三马车，可以去更远的地方收废品了。我们放假了，不用上学了，就跟着爸妈一起去收废品。说是收废品，其实也捡的，就是捡破烂。每到一个村庄，父亲把三马车停下来，我们就提个袋子，分头去捡破烂。捡完一个村庄，我们就回到车上，开着三马车去另一个地方。那些都是陌生的村庄，遇到的都是陌生的人。没有人认识我，我也不认识任何人。

第一辆三马车用得不行了，漏油太严重，修不好了，父亲就又换了一辆，还是二手的。

再后来，父亲买了一辆手扶拖拉机。手扶拖拉机是为了干农活，主要是为了耕地。每年种地都要翻耕土地，不翻耕田地，不松一松土壤，田地的泥土太瓷实，没法下种，即便下了种，庄稼也长不好。最早的时候，我们全家人用铁锹翻地。就是一人拿一把铁锹，一铁锹一铁锹翻土地。整个村子里，其他人家都是用牲口拉犁，用拖拉机拉着耕地机，只有我们家是用铁锹。手上都磨得起水疱了，后来手上就有了老茧。看见的人们都夸赞我们说："你们家的孩子可真能干呀，跟着大人一起用铁锹翻地。"

手扶拖拉机可以耕地。那时候，我已经在外地上学了，我在一所私立学校上初中，所以我只知道我家有了手扶拖拉机，但并没有见父亲开过。我见过人家开，拖拉机的机身长长的，人坐在车座上，距离车头有一段距离。车座是可以调节的，开的时候，座位可以是调高的。在地里耕地时，为了让耕地机深入泥土，车座就低低地沉下去了。我在学校里，想象着父亲开手扶拖拉机耕我家的地。我想他终于再也不用拿铁锹翻地了。

有一次我回家，家里没有人。二爷爷告诉我："你爸开手扶拖拉机出事了，人和车一起翻沟里了，腿骨摔折了，在赵桥住院了。你妈在医院陪着呢。"二爷爷人很好，怕我在学校没钱吃饭，偷偷塞给我五十块钱，让我不要告诉任何人。

后来，父亲出了院，骨折的腿接好了，但落下了残疾，走路就有点儿瘸，而且那条腿从此再也不能用力了，不单是那条腿，整个人都不能干重体力活了。我觉得就是从那时候起，父亲的身体大不如以前，开始走下坡路了。他不再体壮如牛。他一直是靠那个结实的身体吃饭，但现在身体不中用了，他应该产生了深深的危机感。他的眼睛开始暗淡，整个人变得更消瘦了。

父亲知道自己不能再像以前那样跑了，那样折腾了，但这个家还要靠他，他还是要养活一家人。那个时候，父亲想过不少门路，想过做木刻的活儿，就是在木头上刻花。这是个手工活儿，只用手做就可以，不需要东奔西跑，只需要有一双巧手。父亲觉得自己的腿虽然不中用，但是他的双手还是和以前一样中用的。那是一双布满老茧的格外粗糙的手，但粗中还有细，干精巧的活儿也没问题。而且父亲还会画画，他小时候画画很不错。从那一刻起，父亲的眼睛里就又重新有了光亮。

父亲就是靠着这样一辆辆车，把我们养大。时至今日，我们都已经长大成人了。父亲那些曾经的车：自行车、三轮车、三马车、手扶拖拉机，都已经成为历史，成为过去。父亲没有保留着它们。如今的父亲已经是一个老人了。身体更是大不如从前。整个身体萎缩了、瘦小了，脊背也更加佝偻了。但他还是我的父亲，我永远的父亲。

（2022 年）

盖房子

我们一家人以前住在爷爷盖的房子里。爷爷在我很小的时候就去世了，但我们依然住在他盖的房子里。这房子也是用砖盖的，但不是那种红砖，是些颜色奇怪的砖，每块砖都不一样，不是方方正正的，有些砖上好像长了肿瘤，不知道是以前的烧砖技术不行，还是爷爷盖这房子所用的砖本身就不是正规的，是他到处拾来的。如果用手掌抚摸我家的墙壁，会感到粗粝划手。就在这座房子里，我们住了二十几年。

后来，父亲不在这房子里住了，他去村东的打麦场里盖了一间小屋，自己住在里面。父亲的小屋，又矮又小，用破砖头及树枝建成，但是，从外面远看还是不错的。打麦场上只有这样一间小屋，而且，这小屋盖在柳树下面。夏天小屋阴凉，风往柳树吹去，就要经过他的小屋。但到了冬天，那小屋可就冷了。

父亲自己住在里面，他一个人绝不可能点炉子取暖。小屋只有一张木板床，还有父亲干农活使用的农具。父亲身体很强壮，那些个寒冷的冬天，都没能把他给冻坏。

每到冬天我们都劝父亲，回来住吧，住在小屋里多冷。他却说不冷，小屋里挺暖和的。他还说，在那里他感到很清静、很自在。父亲的性格有些孤僻。他平日里看似沉默寡言，一旦和人说起话来却又会没完没了。在家里有时也很唠叨，我们渐渐长大，也因此有些反感。他之所以住在小屋里也是不想惹我们烦。

父亲住在打麦场上，其实是为了一个大计划。说起来这块被柳树围绕的打麦场，是我们家和二爷爷家一起用的，后来过麦都用联合收割机，麦粒直接在地里就装进了袋子，打麦场派不上用场便废弃了。父亲的意思就很明白了，他在用这间小屋和二爷爷争夺这片打麦场的使用权，为了将来能盖新房子。可二爷爷当时都已是六十多岁的人了，好像压根儿就没打算和父亲争。

后来我在外地上学，在我上大学时，我的大妹妹出嫁了，家里终于有了一些钱，父亲着手盖房子。我不知道父亲是怎么盖的房子。只是有一次回家，听一个老乡说："你知道你爸爸怎么盖的房子吗？他是自己用三轮车，一车一车从你们家菜园子那里拉土，自己一点点盖起来的。"我们家有一片菜园子，离打麦场不远，以前菜园子里种过白菜、萝卜，我经常偷拔自己家的大萝卜，猛然拔出来就摔个屁股蹲儿。再去看时，菜园子已经成了一个大土坑。

我们那里盖新房奠地基，都是雇几辆拖拉机拉土。拖拉机经过改装成为翻斗车，按一下机关，土就能卸下来。但是父亲只有一辆脚蹬三轮车，只能靠自己的一身力气，蹬着那辆三轮车，挖土、装土、运土、卸土。他一个人默默无闻，日复一日，不知道挖了多少铁锹，也不知道运了多少车土。但我想，再苦再累，在做这件事时，他也是很开心的。他汗流浃背，却越干越有劲儿。他知道，作为一家之主，作为几个孩子的父亲，盖一座新房子是很有必要的，是他这辈子必须完成的使命。没有新房子，儿子将来如何结婚？其他人家里有儿子的，都盖了新房，他也必须盖一座新房子出来。这涉及他作为一个父亲，一个男人的尊严。他心里的想法，不知道憋闷了多久，终于可以去实施了，自己累点又算什么呢。

等我从外地回来，新房子已经盖好了。父亲微驼着背、满脸带笑，带着我参观我们家的新房子，北房共四大间，父亲说，最西边这间，可以用来做饭，隔间可以洗澡。这一间是大厅，可以摆上沙发，来了客人坐。这一间可以住人，东边这间也可以住人，可以放一张大大的床。现在刚盖好房子，以后再装修一下，再买点家具放进来，这房子就很好了，不比别人家的差。我偷偷看着父亲，从没见父亲脸上这么容光焕发过。除了北房，院子东西两侧，还有几间夏房。父亲继续介绍，将来，你们回家了就住北房，我和你妈住这间夏房，别看这夏房小一些，但也已经很大了，以后装修一下，不比北房差。最南边这是茅房。

你看这茅房多好，一拉绳就出水，和城里的一样。

最近这次回到老家，母亲让我们选房间。我说就睡东屋吧。母亲说，东屋里放着一些杂物，暖气弱，有点冷。我说没关系。我们去看，东屋放着一辆电动车，还堆着一些不知装着什么的袋子。但房间很大，屋里还是显得空。窗台上放满了盆景，都是母亲养的。父亲指着屋顶上的一个地方，说，这屋屋顶里有蝙蝠，一到了晚上就闹腾。父亲把洞口给堵上了，里面还是有蝙蝠。我也仰头看着屋顶那里，确实有一块用水泥糊住的痕迹。我说，可能还有其他洞口吧。父亲说，可不，我哪天好好找找，看它们到底从哪里进来的。我说，没事，蝙蝠应该弄不出多大的动静。

就这样，我们还是睡在了东屋。被子是从另一个房间的橱柜上面取下来的。这被子是母亲在大妹出嫁时做的，她不但给大妹做了几床当嫁妆的被子，还给我和弟弟一人做了一床被子。后来，我和弟弟常年在外，这被子就装进袋子里，一直放在橱柜顶上。夜里，睡在自家棉花做的棉被里，听着窗外的风声，还有树叶的沙沙声，房子周围除了很早以前就有的柳树，还有后来新栽的许多细高的白杨。这风声让我感到温暖。因常年在外丢失的家的感觉在这时也重新回到我身上了。我一时竟产生一种错觉，我其实一直这样躺在家里东屋的床上，而这些年在外地的奔波只是一场虚浮的梦境。

夜已经深了。我的爱人，静静躺在我的身边，已经安然入睡。我的母亲与大妹，睡在北房。电视的声音没了，应该也是入睡了。而父亲，就像当年提前住在打麦场一样，提前住到夏房里。不知他是否已经睡了。风声越来越大，苍凉、深邃、孤寂、悠远，好像是从很远的地方吹来，也好像要绵绵不绝地蔓延下去。

（2019 年）

三叔

三叔是很独特的一个人。只有他住在草棚里。

三叔的草棚里，有许多用铡刀铡成一段一段的玉米秆，那是用来喂马的饲料。马是一匹白马，身上有几块黑斑，整个马身好似一张世界地图。白马在挨着茅房的马厩里，与在草棚里的三叔，隔着那个铺了一些破砖块的土院子，互相望着。

三叔的草棚里很黑。草棚的入口朝西，也有一扇方形的小窗，是朝着东方，太阳每天在天上慢悠悠地转呀转，好像是在寻找角度，但三叔的草棚子，它怎么也照不到。

三叔好像也不需要光。阳光从未照进草棚，三叔也从不因此抱怨不满。他在草棚里一躺，一天天好像过得也不困难。三叔好像不会说话。

三叔的草棚也有好处。下雨天，雨滴打在棚顶上，会发出噗噗的闷响，像子弹打在肉上，一声一声的，三叔躺在草棚里听得清清楚楚。草棚的屋顶又矮又薄，而北房的屋顶又厚又高，我们待在北房里不容易听到。

三叔呼吸时，草棚的顶子像肚皮一样起伏。不知道三叔在草棚里住了那么久，是否也产生了这样的感觉。甚至他的一双眼睛也长到棚顶上去了，所以每个夜晚，他仰躺在草棚里，也可以看到天上的星辰。那些银白而冰凉的星辰，在一个个夜晚里向他靠近。他越盯着星辰看，星辰们离他越近。

三叔应该也不孤独。草棚里有一些农具。有几把割麦子的镰刀，镰刀头直插在土坯缝里，像宝剑插在剑鞘里，等待着麦收。还有锄头，斜靠着墙壁，也在静候着该它出场的时节。再就是那些马的草料，像是一张软床，三叔往草料上一躺，天冷的话，就把草料覆盖在自己身上，应该不会很冷。

三叔有时候也出去。他在街上也不寂寞。村里的孩子，只要见到他，就会围上去，他们拽三叔的手臂，抱三叔的大腿，拉三叔的衣服，好像在玩一种很好玩的游戏。

有的孩子很勇敢。他们捡起土块石子，朝三叔砸过去。击中了三叔，他们就很开心，开心地哈哈大笑。一个孩子击中了，其他孩子不甘落后，也用土块石子招呼三叔。如果击中了，也要开心地笑。他们好开心。

三叔好像不会生气。他不会打骂冒犯他的孩子。他脸上只有傻呵呵的笑。他脸上也只有那样一种简单的笑容，像一碗平静的水。穿着破衣烂衫，脸上只有一种傻笑，所有人都认为他是傻子。

祖母祖父去世后，兄弟几个分了家。我父亲是老大，住在祖父盖的房子里。五叔在我们家东边盖了一座新房子，也成了家。四叔、六叔常年在城里打工。二叔为了爱情，早早去世了。只有三叔还住在老院的草棚里。

五婶嫌三叔脏，不让他上桌吃饭。但三叔是人，人要吃饭啊。母亲让我去喊三叔来家里吃饭。没多久，父亲的脸色不好看了。父亲说，我们家这么多张嘴要吃饭，我养活你们几个都难，哪有他的饭吃。

父亲说得也对，但三叔没饭吃，可能会饿死。有时饭熟了，母亲让我偷偷去给三叔送饭。可能就是两个馒头。三叔一天能吃两个馒头，也不至于饿死了。

我站在草棚门口朝着里面喊一声，三叔，给你送饭来了，你吃饭吧。三叔听到声音，从黑暗里伸出两只手，把食物从我手里接过去，然后黑暗又吞噬了一切。

我知道三叔在里面，但我完全看不到三叔。三叔待在黑暗的草棚里，如同一种生活在黑暗中的生物，我觉得三叔可以看到我。

一个秋天，我跟着三叔去地里，我们发现一块红薯地，三叔用铁锹把地下的红薯一块块挖出来，我把三叔挖出的红薯一块块捡起来，装进蛇皮袋里。我们都不说话，但配合得很好。黄昏时，三叔背着半袋子红薯，我跟在三叔身后，我们带着红薯回了家。

冬天的时候，三叔常站在村街的一面南墙下，让冬日里的阳光照着他。整个村庄里那个地方的阳光最好。三叔知道，他站到那里去，阳光也会照他，把他照得暖暖的。

就在那个冬天，三叔失踪了。没有人知道他去了哪里。也没有人知道他会不会再回来。二十多年过去了，三叔还没有回来。许多人已经忘了他。

我做过一个梦。梦里，三叔开着轿车回来了，我在围观的人群中看见车门打开，先从车里伸出一只黑亮的皮鞋，一截子笔挺的黑西裤，我想等着那个脑袋伸出来，好看清那是三叔。这时候梦醒了。

我知道三叔不会再回来。就像祖父祖母不会再回来，二叔不会再回来，白马不会再回来。可能他们在另一个世界团聚，又重新组建起一个家。希望在另一个世界里，三叔不要再住草棚了。

（2019 年）

过年

　　我印象里的过年，是从赶大集开始的。腊月二十四赶大集。这一天，我们全家早早起来，吃早饭，去赶集。只有父亲例外，他留在家里看家，或者不想凑热闹。我们村距离集市二里地，这距离正好适合步行。走着，说着话，看着景就到了。集市上这一天聚集了很多的商贩，街道两侧所有的店铺都开着门，而街道上就是来来往往、熙熙攘攘的乡人们，都是从附近的乡村里来的。会遇到老乡，遇见亲戚，遇到同学，遇到从未见过的人。我妈是有目的而来，要买什么早就盘算好了。我就到处走走逛逛，看小贩们卖的五花八门的商品。看水槽中的活鱼，有的露出黑脊背，有的翻着白肚皮。看各式各样的衣服，挂在高高的架子上。如果遇见好看的女孩，也会偷偷跟随一阵子，多看一会儿人家的背影。人从四面八方源源不断汇聚而来，到了中午，已经是人山人海，摩肩接踵，只有随着人流慢慢移动。在乡镇，一年之中少有这样的宏大气象。因为家里穷，一年很少买新衣服。过年了，母亲会给我们买新衣服，好让我们暖暖和和、开开心心、体体面面地过年。因为年纪小，衣服很容易弄脏。自己并不觉得怎样。只是我妈很着急："你看新衣服刚穿上就弄脏了，这还没到年呢！"

扫屋子。我们一家住在北方常见的那种平房里。屋顶是平的。好的房子，屋顶和墙壁都用石灰抹过。我们家的房子没有。听说房子是我爷爷在世的时候盖的，是在我出生之前盖起来的。我对我爷爷没印象，也从没见过他的照片。只听我妈说过，爷爷很疼我。打扫这样的房屋，主要靠妈和爸。我妈扫地，清扫边边角角，柜子下面、灶台后面，都不放过。我爸个儿不高，拿着长把扫帚，还要站在凳子上，打扫高处的墙壁、屋顶。这些地方，平时是打扫不到的。墙壁上、屋顶上、房梁上，有长年累月形成的大蛛网，还有麦穗一样悬挂在屋顶上的灰尘条，这些统统清除掉。好像我们疏忽了很久，一到过年才终于弥补上。这是一年当中最认真仔细的一次大扫除。

年夜饭。年三十傍晚，一家人围坐在北屋的炕上。我们有一张很老的木桌子。桌子上是我们的年夜饭，是一年里从没有过的丰盛大餐。一般有六道菜。我妈很讲究，自然知道，六六大顺。几道菜里，必有一条鱼，年年有余嘛。还会有灌肠，这是我最爱的，所以也不会少。还会有几道热菜，都是我妈的手艺。还会有饮料，我爸喝酒，我们喝饮料。平时很少喝，过年了可以喝。下午我妈在备菜，夜幕降临，菜快备好了，就叫我们去商店里买饮料。当然我们也会主动提出来，过年要快乐。

年夜饭过后，春晚开始了。我们有一台尺寸不大的熊猫牌的黑白电视机。一家人，有的坐在炕沿上，有的坐在炕上，嗑着瓜子，吃着花生，看春晚。花生和瓜子是我妈在大铁锅里炒的，咬起来嘎嘣脆，吃起来也很香，直吃得嘴干干的。地上一层瓜子皮、花生壳。如果谁看不惯，要拿扫把扫一扫，我妈就会马上阻止："不要扫，就是要踩的，就是要踩碎，碎碎平安。"这是我妈的讲究。记得有一次，我不小心摔碎一个瓷碗，在地上碎成了几片，我爸脸色很难看，我以为要被骂了，我妈却说："碎得正好，碎碎平安。"当时正是在年三十晚上。

很快，要放爆竹放烟花了。不是我们家。我们家每年最多放两个二踢脚，有个响就行。隔壁我五叔家，还有隔壁邻居家。他们都比我们家富裕，过年要放许多烟花爆竹。我们站在门台上，隔着墙壁，可以听到一个个大二踢脚咚的一声在五叔家拔地而起，又砰的一声在天空中爆开，大地和天空都微微震颤。烟花在五叔家的院子上空一朵朵绽放，五颜六色，争奇斗艳，很好看。另一边邻居家的烟花也毫不逊色。有时候，我们还去村边看烟花。来到村边的土台上，看其他村里升起的烟花。有的像树一样不断长高，有的在空中爆开一朵花。火树银花，也很好看。这些都是在过年时才会看到的。烟花和爆竹声此起彼伏，好像在四处响应，除了眼前能看到的，还有远处的，只能听到声，看不到的。那是些远的村庄，有的我去过，有的我没去过，我知道在我们的村庄以外，还有很多很多村庄，还有很多很多城市，还有很大很大的世界。但是那时候，我心里装着的不是大世界，只是眼前的爆竹烟花，这就已经让我震撼满足幸福。一旦爆竹烟花停止了，剩下的就是那个原本黑暗的寒夜，天上只有几颗很小很小的星星，看起来遥远而冰冷。

有时也提一盏小灯出去玩。灯是自己用玻璃罐子做的。把一截蜡烛固定在里面，罐子周身覆了一层红纸，点燃里面的蜡烛，发出来的就是红光。手握一支小木棍，提着这样一盏小灯，出去走街串巷，真是感到风光。过年那几夜，也总有人在外面玩，而不是窝在家里。因为过年电线杆上挂起了天灯，那大灯很亮，穿透性很强，把村子照得亮堂堂的。而且，每户人家、每个房间都开着灯。我妈也有说法，她说灯要亮一夜，如果关掉灯，小鬼就会进来，开着灯小鬼才不敢进来。听起来有点吓人，我们都不敢关灯。其实她口中所谓的小鬼，就是年兽吧。但是我们那里没有年兽的说法，没有把过年说成是要驱赶年兽。所以，整个村庄，从没如此光亮辉煌，只有过年那几天，才能理直气壮地光亮。

有些人家的门口挂着灯笼。村支书家、五叔家每年门口都挂一个大红灯笼。其实我们家也有，但我们家不挂。红灯笼都是一个亲戚送的。这家人在城里做白酒代理商，发了财，买了房和轿车，住在了城里，只过年时才回来看看。每次回来就给每家送一个红灯笼。灯笼是红绸布和竹片做成的，撑起来很圆很大。我们家虽然也分到了红灯笼，但是没有挂灯笼的地方。

我们家的大门是个栅栏门，又矮又破，形同虚设，很不像样，实在没法挂灯笼。我们也不想把灯笼挂上去，好像对不起那个华贵的灯笼。但有一年，我们把灯笼挂上了，不是挂在了大门口，而是挂在了北房门口。那一年，它就把我们家的院子照得红彤彤的。

三十晚上闹一宿，我妈这样说。可是我们往往熬不了一宿，不知道什么时候就睡着了。等再醒来，是被鞭炮声惊醒的。大年初一早上，起五更。饺子早就包好了，但要在初一早上煮。在我们睡觉的时候，爸妈在堂屋用大锅煮饺子。我爸往灶膛里添柴火，我妈把饺子下到大铁锅里。我爸继续添柴火，我妈用铁铲子轻轻推动那些饺子。等饺子煮好了，就来喊我们起床。妈说："快起来了！饺子熟了，起来放鞭炮，吃饺子了。"没睡够也得起。过年要有过年的规矩和样子。一串长长的鞭炮挂在院子里的树上或者拴在晾衣绳上，点燃了，一串噼里啪啦的脆响。我们在一旁看着鞭炮一个个炸开，看着长长的一挂红色鞭炮慢慢变短。鞭炮放完，一股强烈的火药味弥漫在院子里，那也是只有过年才能闻到的。地面上落了一层鞭炮碎屑。

吃饺子。吃完饺子，就要去拜年了。先是五叔和五婶来给我爸妈拜年。他们再一起去给我二爷爷二奶奶拜年，在那里坐着聊会儿天，再去给其他长辈拜年。我必须跟着去。大人小孩都给长辈磕头，但做孩子的，往往进不了里屋，都见不到长辈的面，就跟在后面浑水摸鱼，前面的大人磕头拜年，后面的小孩根本不拜。这也没什么，没有长辈计较这个。渐渐地，磕头的越来越少，就更没什么了。只有拜年的时候，我才发现，原来村里还有这么多的亲戚，有些人平时会遇到，却不知道是长辈，拜年时才知道。因此还有些心虚，觉得平时怠慢了长辈。长辈都是年长的，会拿出糖果花生给我们吃。如果你不要，他会硬塞进你的衣兜里。你拒绝不了这样的老人。他们有一双长满老茧的手，有一张和蔼慈祥的脸。

更小的时候，对鞭炮很有兴趣。初一那天上午，赶忙去各家捡那些没有成功爆破的哑炮。有的捣鼓一下还可以响。不响的，就把鞭炮的纸皮一层层剥开，把里面的火药收集起来，放在一个小瓶子里，再用火柴点燃，哗的一声，火药瞬间亮起来，璀璨刺眼，但非常短暂。你问这是为了什么，不为了什么，就是这样玩，就是想看那瞬间的闪亮。其实这是很危险的，如果动作慢，手就会被火药烧到。但是小时候好像并不在乎这样的危险。我还想起另外的事。我们大年晚上出去，捡起砖头朝着某户人家的大门砸，砸得人家的大门咚咚响，然后哈哈大笑着逃之夭夭。为什么在过年时砸这家的门？因为这家有一个大坏蛋，得罪了我们。只有在过年时，才有这样的机会和胆量，才有这样搞恶作剧的痛快。

烤火。过年那几天夜里都要烤火。村庄外面就是打麦场，打麦场以外是广阔的田野。总有好事者，带领一群孩子，去打麦场抱柴火。在村头或十字街口，烧起火堆，村里的人围着火堆烤火。这在我小时候是很有趣的活动。首先去打麦场运柴火类似一场冒险。打麦场附近的荒野上有许多坟地，一个个坟头在幽幽的夜色里很是阴森恐怖。往火堆里添柴火，围着火堆烤火，在火堆边跳来跳去，都很有趣。我们都这样说：烤烤脸，不长癣；烤烤腚，不生病。第二天，就有人骂街："谁家的野孩子，把我们家的棒子秆都给烧了，还让不让过年了！"我知道是谁家的女人在骂街，她家的麦场离村子最近，所以遭了殃。其实已经手下留情，还有好事者，直接去点人家的柴火垛，场景非常壮观，在村庄里就能看到田野里的熊熊大火。

已经离世的人，也要过年。我们带着烧纸、纸钱、鞭炮、水果、糕点，去祭拜在荒野中长眠的先人。我们家的先人坟地聚集在一处，在二里地以外的一片荒地里，周围都是农田，每年都种庄稼，他们独占着那块地。坟地上生长着一片带刺的沙枣树，树上能结出小小的酸味的果子。把鞭炮挂在坟旁边的树上，鞭炮碎屑溅射一地，坟茔上到处都是。给每个坟清理杂草，在每个坟前烧纸钱，放一些水果糕点，甚至倒上一瓶白酒，再给坟里的人磕个头，就算是祭拜过了。一边扫墓祭拜，一边有大人告诉孩子，这里面是谁，那里面是谁，是你的爷爷，是你的奶奶，是你的几叔。但是不一定就会记住，更不知道他们生前的音容笑貌。因为他们甚至没留下一张照片。我常听到有人会跪在坟前对坟里的人说："过年了，来看你了，你也过个好年，吃点儿好的吧！"

（2021 年）

中秋节

传统节日有不少，但我家过的没几个。只过春节、元宵节、中秋节。我觉得我家过这几个节日，是因为它们尤其和吃有关。过年最好，年夜饭，一年到头来最丰盛的一餐，可以有六或八道菜。元宵节挨着过年，多少沾了些光，煮一些白白圆圆的元宵，每人吃上黏黏甜甜的几个，也就算过了。中秋节，和元宵节差不多，但吃的就是月饼了。

我家每年中秋都要吃月饼，这一点算讲究的。月饼在中秋到来之前买好。母亲是东北人，爱吃五仁月饼，这应该是东北那边的特产月饼。母亲希望买到正宗的五仁月饼，就年年都亲自去二里地外的集市上挑选。

月饼买了，当然不能马上就分了吃，要放起来，等到中秋再吃。我们几个孩子都馋月饼。那年头没什么零嘴，只要是个甜的东西，就稀罕得不得了，更何况是那样甜的月饼。所以母亲知道，这月饼必须放起来，准确地说，是藏起来。藏在哪里呢？这根本不是个秘密，藏在我家的衣柜里。衣柜里有很多包袱，包袱里包着我们的衣服，母亲就把月饼藏在这些包袱中间。要从中找到月饼其实是不难的，所以母亲还要上一道保险，把衣柜锁上。衣柜打不开，月饼才是安全的。我们只能看着衣柜，红着眼睛，咽着口水。

等到中秋这天，月饼终于可以出山。母亲从衣柜里掏出月饼，分给我们一人一块。我记得，大多数时候，只是一人一块。大人和孩子一样，没有更多的月饼。我们一家六口人，我们就一共只有六块月饼。我们一年就吃这一次月饼。所以当我从母亲手中接过那块月饼，那感觉是无比兴奋激动的，甚至还可能会有些神圣感。这月饼就是天底下最好的东西。你就是把天上的月亮摘下来，拿月亮来换这块月饼，我们也不会换。

这月饼，包装很简陋，绝对不是精美的。大概只是由一层油纸包裹着，或者干脆就只是装在薄塑料袋里。月饼接到手里，好像沉甸甸的，要在手里托一会儿，好好观摩一阵子。月饼是圆的，还有好看的纹饰。那么好看，怎么舍得下嘴呢？谁都舍不得吃。还要看别人吃不吃。好像谁要是先吃了，谁就吃了天下最大的亏。谁要是先吃了，谁就对不起自己手中那块金贵的月饼。最后往往是，达成了共识，说个一二三，一起咬月饼。

第一口月饼咬下去，要在嘴里慢慢地咀嚼，细细品味这第一口月饼。还要看看缺了一块儿的月饼，露出的是什么馅儿。

虽然母亲最喜欢五仁月饼，但她也不只买五仁的，也有枣泥的、红豆沙馅的，还有其他的。所以，这第一口对我们来说充满未知和期待。

咬第一口最犯难。因为那么好一个月饼，一旦咬一口，就不完美了，就不圆满了。第一口咬下去，接下来就没那么犯难了，但也不是大口大口地吃，月饼就不适合大口大口地吃。月饼不是面包也不是蛋糕，月饼就是月饼，只适合小口小口地吃。因为月饼是很瓷实的，月饼的甜也是极致的，应该没有比月饼更甜的东西了。都说甜如蜜，我后来吃过土蜂蜜，蜂蜜的甜还是比不上月饼的。月饼太甜了，以至于甜好像变成了咸，齁得慌。我也不明白月饼为什么要这么甜，难道是因为中秋要团圆，月饼就要尽量地甜？

月饼和月亮有关，据说是为了奔月的嫦娥。按理说月亮是中秋的主角，我们要格外关注它，可在我家不是的。我们不会在院子里放一张桌子，摆上月饼和果盘祭拜月亮。我家没这样的习俗和条件。我们也不赏月。但是，我们从小就知道，十五的月亮最圆，中秋的月亮最圆。这是母亲早就告诉我们的。月亮在中秋夜晚的天空中挂着，我们一家人在房屋里吃着月饼。这就是我们的中秋节。

（2022 年）

故乡的雨

下雨了。

我们全家人待在堂屋里看下雨。母亲有关节炎，腿脚不好，就坐在靠背椅上，两只手都放在膝盖上。父亲虽然年纪更大，但腿脚却还是好的，又总是习惯蹲着，要矮上那么一截儿，好像一只安静的老蛙。父亲正抽着烟，他只要一闲下来，就要抽烟。那烟时而夹在他粗糙的手指间，时而又被他叼在嘴里蠕动着。从他的嘴巴和鼻孔冒出来的烟雾，在我们阴暗的堂屋里缭绕扩散。孩子们呢，此时也很乖巧安静。有的把小板凳竖过来，像骑马一样骑在小板凳上；有的就直愣愣地站在门口，好像被什么给吸住了；有的倚靠在门框上，侧着小脑袋看着外面。

一家人都把眼睛朝向门口外面。外面下着雨，雨要向下落啊，落在我们这个世界，落在我们这片土地，落在我们这个村庄，落在我们的院子里。更具体的，落在我们家的屋顶上，北房屋顶上要落，猪棚上要落，鸡窝里要落，柴火棚要落，茅厕上也要落。树上也要落，东屋窗外的苹果树上要落，西屋窗外的椿树上要落，那棵小榆树上也要落。所有的树叶上都要落。所有的杂物堆上也要落。雨点落在不同的地方，就发出了不同的声音。落在屋顶上的，砰砰作响，声音沉闷，好像不很甘心；落在树叶上的，噼噼啪啪地响，好像雨点和树叶击掌；落在塑料布上的，毕毕剥剥地响；落在铁板上的，叮叮当当地响，好像撞得很疼；落在地面上的，就没有明显的动静，因为大地太过沉静厚重。

最初落在院子里的那些雨，都被地面上的浮尘包裹住了。雨越下越密，越下越急，越下越大。小榆树摇晃着它的头。屋顶上有了积水。裹挟着屋顶上的泥土，沿着屋檐的瓦片流泻。那瓦片像是屋顶吐出的舌头。院子里的雨水越来越多了。后发的雨点再降落下来，就被地面上的雨水接住，压根就摔不坏摔不疼了。雨就争先恐后向下落，在空中是直的斜的雨线，交织着弥漫着，砸在积水面上，就砸出一个个小水坑，一朵朵水花，一圈圈细细的水纹，一个个大的小的水泡。水坑马上就平了，水花马上就没了，波纹互相碰撞着，水泡漂浮在水面上。但水泡不安稳，漂着漂着就会炸裂开，发出轻微而干脆的炸裂声，却完全被盛大的风声雨声遮盖住了。

眼瞧着雨下啊下啊，院子里的水涨起来。这世界好像正在进行一场狂欢。孩子们终于按捺不住了，从房子里出来，来到了院子里。一出来就被雨水笼罩住了。孩子们和雨水相拥，在雨水里打滚。这时候，天上正风云变幻，风吹、云移、电闪、雷鸣，天空中忽明忽暗，好像有什么大事要发生。母亲还坐在堂屋的椅子上，父亲还像老蛙一样蹲在堂屋抽着烟。只不过，他们现在不只是看下雨了，还要看在雨中撒欢的孩子们。

雨水越积越多了，它们开始拥挤，就冲出了院子，来到了过道里。家家户户都有排水沟，家家户户都流出了一道水流。就连那个瘸了一条腿的很少出门的人，就连那个独居的让人担心的老太太，家里也流出了一道水流。每家流出的雨水也不一样。养了羊的人家流出的雨水，带着羊的膻味儿，还裹挟着羊粪蛋；养了牛马的人家，流出的雨水，就带着牛马的味儿；养了鸡的人家，流出的雨水里漂浮着鸡毛，有鸡翅膀上好看的羽毛，也有腹部的柔软的绒毛。各家流出的雨水在过道里相遇，汇聚在一起，形成更大的水流了，又向着大街上流动。

孩子们在院子里玩腻了，在雨水里打滚扑腾累了，也来到了大街上。就看到大街已经像是一条河了。水流湍急，浑浊，凶猛，如万马奔腾，如狼群扑食，向着东边流去。东边的阳沟那里，水流倾泻下去，形成一面瀑布，溅射出许多白色的浪花。雨水经过了阳沟，就流出了村庄，流进了水塘里。水塘里聚集了许多雨水。水面上漂浮着木头、树枝、垃圾、瓶子、树叶。

雨下啊下啊。不分青红皂白地下，不分天上人间地下，不分白天黑夜地下。我们没什么，可我们的房子坚持不住了，开始漏雨了。先是一点点透过屋顶渗出来，滴答滴答的。后来就越来越严重了。我们不能不管啊。全家人行动起来，找出家里所有可以派上用场的盆、罐、桶、碗。这些容器平时分工明确，负责盛装不同的东西，现在却要齐心协力，一起接住漏下来的雨水。接那种慢慢悠悠、滴答滴答的小雨滴，放一个白瓷碗就行。接那种像断了线的珠子的，就要放一个和面用的红陶盆，或者一个挑水用的水桶。

负责接住雨水的盆罐桶碗，在我们睡觉时演奏着音乐。外面的雨虽然很大，但却是在房子外面。房子里的接雨的声音，就更近了，甚至就在我们身边。要是雨滴掉落在碗里，水滴溅射到脸上，睡觉的人，就打个激灵，用手擦擦脸，吧嗒吧嗒嘴，翻个身继续睡了。那需要担心房屋会在雨中倒塌吗？不会的。我们的房屋虽然漏雨了，但大可不必担心会倒塌。毕竟它经历过许多风风雨雨了，我们足够相信它。它会在风雨中飘摇，但绝对不会倒塌。我们的房屋就像一只老母鸡，在雨夜里把我们庇护在它的翅膀下。

雨还在下啊下啊。时间都模糊不清了，已经不清楚下了多久，也不知道还要继续下多久。这个全看雨的心情。我们靠天吃饭，看天的脸色过活。我们也从不用手指比画天。一场雨下了那么久，好像是在讲述一个故事，好像是在消化一种情绪，好像是在思考一个问题。也好像没有任何理由。不管为了什么，出于什么目的，这场旷日持久的大雨终于结束了。雨过天晴，天空被彻彻底底清洗过了，蓝得清明透彻，大地也被彻底清洗过了，干净又清爽。空气新鲜，让人怜香惜玉，不敢用力呼吸。仿佛一呼吸就马上会有一簇蘑菇从鼻孔中生长出来。

一场大雨过后，院墙倒了一截。那是一截土坯墙。那些土坯在这场大雨中被浸透了，没有坚持住，就倒下了。破碎的泥土块儿躺在过道里，有些已经散作泥土被雨水冲走了。猪圈的墙也倒了一截。猪圈里的猪不见了。我们到处寻找它，也没有找到。等我们回到家，却发现它躺在猪圈里。它好像哪里也没有去。但是猪圈的墙真的倒塌了，大雨中它真的出去了。它在大雨中去了哪里呢？它是在大雨中东奔西突，还是慢悠悠地走路？它是在大雨中发了疯，还是唱起了歌？我们不知道它去过哪里，在大雨中干了些什么事情，反正它又自己回来了。我们也没有责怪它。我父亲赶紧把猪圈的墙补上了。我们的猪躺在猪圈里看着我父亲补墙。

码在墙根下的木头堆上停着一群麻雀。有的正在晾晒翅膀，有的用嘴整理羽毛。我朝着它们挥挥手，它们就飞起来了，有一只小麻雀却飞不起来。飞不起来，它就倚靠两条腿蹦蹦跳跳地跑，我就追赶它。直到它通过一个排水口钻进一个废弃的院子。每棵树都掉落了许多树叶，但还留在树上的就更加绿了。村东边一棵高大的杨树倒下了，连带树上的喜鹊巢也跟着遭了殃。村边的水塘里蓄满了雨水，青蛙在岸边各处呱呱乱叫。村庄里的鸭子和白鹅，也都欢快地叫着，摇摆着身体冲向水塘。它们整个夏天都有水了，都可以像小船一样漂浮在水塘里了。村庄里的其他动物也都叫起来了。羊咩咩叫，牛哞哞叫，狗汪汪叫，鸡咯咯叫，驴昂昂叫，小鸟们也叽叽喳喳。村民们开始有说有笑，咳嗽，吐痰。拖拉机开始嘟嘟嘟地开动起来。并且，牲畜家禽走过的地方都留下了它们的脚印，村民们走过的地方都留下了他们的鞋印，拖拉机经过以后也留下了泥泞又清晰的痕迹。

（2022 年）

水的记忆

我成长的那个地方，是个北方的小乡村，没有高楼，只有平房，没有汽车，只有牛羊。偶尔从县城里开来的轿车，被当作稀罕。那里古老而安静，可以听到鸡鸣狗叫，可以看到风吹草动，可以闻到炊烟的味道。村里大约住着百来户人，都有或近或远的亲戚关系。其整体状况仿佛生长在一块朽木上的蘑菇，彼此间保持着疏密有致的距离。

我记得每年春天，不知道哪里的冰化开了，就有活水沿着河道流下来。那水可以不急不慢流淌十天半月，直到我们村庄四周的洼地里储满了水。那时候村东头的那口水井已经被淹没了，但还可以隐隐约约看到一个黑暗的井口。我记得在很小很小的时候，我手里拿着一个医生打针用的注射器（那是我当时心爱的玩具），沿着河岸往河流的上游走，那是我第一次走出我的村庄，沿着河流走到了其他村庄。

我已经忘记了，当初为什么要沿着河流走，也许是为了寻找河里的鱼，看看能不能找到一只最大的鱼，也许我就是好奇河水的源头，想看水到底是从哪里流出来的。我沿着河岸快乐地走，两只手臂甩来甩去的，一不小心，注射器的针头就扎进了大腿里。我拔出针头，并没有流血。我也没有哭，继续往前走。河流经过了一座砖砌的拱桥，继续延伸到很远很远。我根本看不到它的尽头。我最终站在河边，感到了河流的漫长，感到了脚步的局限，感到了前途的渺茫，同时也看到了远方。我看到远方的河面上似乎闪动着更加耀眼的光芒。后来我才知道那耀眼的光芒叫作希望。

我记得，村边小路两侧储满了水，那水的高度恰到好处，正好看齐路面，但又没有淹没。我们还可以踏着那条路去上学。那路就变软了，仿佛会往下陷，踩一脚要渗出水来。我们背着书包的影子落在水面上。我们看我们落在水里的影子，像在照镜子，也像在看另一个人。有时候还朝自己的影子挥挥手，做鬼脸，吐口水。

我记得有一次我独自走在那条被水包夹的路上，突然有一只大鸟从路上扑棱着翅膀飞起来，我想它是停在路边喝水，要不就站在水边看自己，我相信它也需要喝水，也想要看到自己。我还见过一只野鸭在宽阔的水面上游水，把头扎进水里，半天以后从很远的地方冒出来。它的水性很好，比家养的鸭子好，但又比家鸭瘦小。

我记得，五婶家的鸭子赖在河里不回家，五婶让我去河里赶鸭子，我一脚踏进深坑里，整个人就沉了下去。我那时候还不会游泳，只会简单的狗刨，就那样拼命刨水，最终够到了水边的打谷场，才逃过一劫。我重新回到岸上，才感到水的可怕可敬，才感到阳光那么美好，才感到空气那么甜美。而五婶还在村庄里张望着，她压根不知道我经历了什么，还在一遍遍数着那群鸭子的数目。

我记得岸边有一棵老柳树，老柳树的树干是倾斜的，它的叶片一落就落在水面上，像一艘艘小船沿着水波漂荡而去。我曾把一只蚂蚁放到一片柳叶上，然后把柳叶放在水面上，让蚂蚁跟着柳叶去漂流，去完成我不能亲自完成的愿望。后来老柳树被砍倒了，光秃秃的树干躺在岸边，被一群孩子抬到河里。几个胆大的孩子骑在木头上，用脚划着水，划到了从没去过的深水处，在河底的芦苇丛里看到一颗鸭蛋。那时候，没有一个孩子会游水，如果有人掉进水里，必然要出人命的。但是没有一个人掉下去。当时似乎也并没想到死亡会如此之近。

我记得村里人会到小河里捕鱼。父亲用自制的渔网，捕上来的多为鲫鱼，有手掌那么大。母亲把鱼倒在脸盆里，坐在堂屋的小板凳上，用剪刀刮鱼鳞。我们家养的猫守着脸盆嗷嗷叫，你若拍它一下，或是踢它一脚，它会弓起身子，要跟你搏斗似的。母亲把鱼内脏给它吃了。

我记得在一个下雨天，我放学回来，浑身湿透了，我看到雨点在河面上砸出密密麻麻的小坑。我跳进河里洗澡，那水是温热的。我记得我和堂弟在冰面上打过一架，他把我摔倒后就跑了。那是他第一次战胜我的权威，从此我们懂得了互相顾忌尊重。我记得有个孩子到冰面上玩，掉进了冰窟里，他一点点爬到岸上，上了岸也没有哭一声，就那样身上滴着水回到家。

我记得放羊人赶着一群绵羊洗澡，所有绵羊都不肯进河。放羊人逮着领头羊，拽住犄角往河里拉，他告诉我们，只要领头羊一下水，其他羊都会跟着下去。就算上刀山下火海也一样。我还见过一只狗在河里游水，一头小牛犊站在岸边往河里张望。我记得夏天的傍晚，村里人都去河里洗澡。河里充满了生活的气息。

（2016年）

我的小学

我七岁时，母亲带我去小学。村里只有一所小学校，在后街上。等我们去了，教室里已经坐满了学生，最后的一个名额被村西头的一个女孩给占了，所以没有我的位置。母亲怎么说都没用，只好带我回家了。我该上学了，可是没学上，母亲很难过，我却很高兴。我还不想上学，上学就不好玩了。

我们村这小学，我没有去上过，偶尔去，也是去玩的，去看那些上学的孩子怎么上学。是很普通的乡村小学，只有两间教室，一间教室里能坐三十来个学生，中间有几间小屋，是办公室、器材室、杂物间。学校院子，兼作操场，因此不算小，孩子们可以在其中玩，跑。有一个不是很高的单杠，孩子可以双臂吊在上面，像胳膊细瘦的猴子。靠着墙壁，有一排杨树，都不是很高大的，太高大粗壮的，这样的小学校也容不下。这些不大的树也都有旺盛的生命力，在夏日里，树上的每片树叶都像鱼一样，在风中翻动，噼里啪啦直响。

又过了一年，我八岁了，我去史家村上学了。史家村在我们村南边，是挨着的。我现在还对这小学校有些印象，但又是朦胧的模糊的，就像天上的月亮，远远望它可以看到，但具体又看不清。我在这学校上一年级，班级里有三十几个学生，正好坐满了一个教室。我坐在最后一排靠着门口的那个位置。不知为何从一开始上学，我就喜欢这个位置。

坐在中间第一排的女孩，有一支很神奇的笔。我们当时都用铅笔，要用削笔刀削尖笔头的那种木铅笔。可她这支笔不要削，用手指头一按上面的笔帽，下面就有笔尖冒出来。其实就是一支圆珠笔。在一个课间，我看见了，很好奇呀，没忍住就按了一下她的圆珠笔。她很生气。我们两个就骂起来了。我坐在教室最后一排，她坐在教室第一排。她说："你家里很穷，穷死了。"我说："是啊，我家就很穷，嫌我家穷，你给我钱啊。"我涎着脸，故意气她。结果把女孩给气哭了，她和老师告状去了，又回家去找家长诉苦了。

常有一个大孩子来学校。有十几岁，又瘦又高，头是又长又尖的，好像用刀给削过。这样一个大孩子混迹在一群小学生里，就是一个大萝卜混在一堆小土豆里。他是来跟我们一起玩的。他常有一种奇怪的行为，突然双手抱住我们的头，用他的额头顶我们的额头，就像牛羊顶架那样。他非常用力地顶，他的头剧烈颤抖。因为这个，我们很害怕，不想跟他玩。有时候，他会突然倒在地上，躺在地上抽搐，口吐白沫。我们很害怕，以为他要死了。后来见多了，才知道，原来他抽羊角风，所以才会那样。

在这学校的院子里，我们玩过许多游戏。一种好像叫"骑马"。先把没用的书本纸，用小刀切割成一条一条的，形状像纸币，这是我们玩游戏的货币，可以用来雇用人力。你背我一段距离，到站了就下车，从背上放下来，我就给你报酬——一张纸币。小孩子的世界也有交易，好像形成了商业社会，但是孩子们的仅仅是游戏。

后来史家村在村南边建了一所新小学。因为小学校太老了，屋顶漏了，墙壁裂了，已经是危房。我们也参与新学校的建设，瓦工们盖房的时候，我们在下面捡砖头。等新学校建好了，我们搬了进去。新教室里宽敞明亮，我坐在一个靠南窗的位置，上课时坐在教室里，可以看到院子。院子里有自来水龙头，有老师栽种的一畦畦的蔬菜，在窗户外面还有花坛，花坛里栽种了月季花。都是新栽种的，枝叶不多，花也不多，但也偶尔有小鸟落在花枝上，探头探脑往窗户里瞧，正好我也正往窗外看，我们就看见彼此了。这时候，老师正站在前面的讲台上讲课，他的洪亮的声音在教室里回荡，经久不息。

虽然参与了学校的建设，但在这学校上学时间却很短，很快我们又搬去另一个小学校。这学校是在后尚村，这也是一所老学校。开始我们挤在一个很小的房间里，其实是一间杂物室，腾出来作为我们的临时教室。我们每天在这间小屋里上课学习，在田字格里用粗铅笔写字，那个男老师用红笔给我们批阅，在我们的田字格本上写上甲乙丙。甲代表写得最好。得到甲，我们开心。不是甲，就不是很开心。有时天气好，老师就在皂荚树下放一个小板凳，让我们一个个出去坐在小板凳上，他用推子给我们理发。

院子里有一棵高大的皂荚树，就在我们的小教室外。树顶漫过了校舍的屋顶。屋顶是一片片红瓦交叠铺成的三角屋顶。我们站在院子里，可以看见落在斜屋顶红瓦片上的皂荚叶，可以看见长期处在树荫中的瓦片上生长着茸茸的青苔。课间，我们去皂荚树上玩。爬到树上，站在树上，骑在树杈上，高高低低、大大小小的树杈上都有孩子。树下有一个水龙头，一直喷着水，就像一个小喷泉，水白花花的，沿着细小的水渠，流经树下的一畦畦蔬菜，再经过曲折漫长的沟渠，去灌溉院子南边的另一大片菜畦。

学校院子很大，靠墙种着一排槐树，爬到槐树上，从树上可以跨到围墙上。坐在学校的南墙上，可以观望南边的村庄。东墙外边是一片果园。从东墙跳下去，就进到果园里。果园里有苹果树、梨树、杏树、桃树。有时候我们就去果园里偷摘果子。摘几个苹果或者梨子，用背心兜回来。校舍后面是机井房，那里有两个高大的水泥管子，每天都从里面传出巨大的水声，那是在抽水给周围的庄稼浇地。有时候我们也爬到管子口上，扒着头看里面巨大的白花花的水流。虽然很危险，但没人掉进去。

在这小学校里，我上了五年级和六年级。上初中就去了乡里，上高中就去了县城，上大学就去了城市里。等我上完了大学，参加工作了，曾回家看过这些小学校。我参与建设的那所学校，还是在史家村南边，我每次回家都会经过。它早已不是一所小学，而成了一所幼儿园，院子里有孩子喜欢的滑梯，晾衣绳上挂着五颜六色的小衣服。后尚村那所学校，有一次我去探望，校舍和院子还在，但已不做学校，改造成了养牛场，教室改成了牛舍，院子里建了不少牛栏，牛栏里空荡荡的，没看到什么牛。院子里还停着一辆卡车，估计是用来运输牛、牛的饲料和粪便的。当时的大门关闭着，我只能从门外看到这一切。

这些小学校承载着我最初的记忆，最初的往往也是最美好的。所以我有时会回想一下，我会感到些失落，但不至于很难过。它们所经历的恰是它们的命运，它们所构成的恰是它们的历史。存在过，拥有过，风光过，落寞过。该经历的都经历了，没有什么严重的缺憾，想必也是无怨无悔的。

这些小学校的教室里，前面的墙上都有这样的大字：好好学习，天天向上。在两侧的墙壁上，都挂着名人的头像，还有他们的话，比如高尔基的：书是人类进步的阶梯。周总理的：为中华之崛起而读书。就算是房顶漏水了，墙壁有了很大的裂缝，它们还是在墙上挂着。

（2021 年）

饺子

好吃不过饺子。亏得我是中国人，又是在北方长大，才没错过这样的美食。从小到大，家里遇到喜事，要吃一顿好的，就吃饺子。饺子，就代表着幸福和美好。

饺子，不是经常能吃上，也不是逢年过节才能吃上，偶尔吃上一顿，好像久旱逢甘霖。来得正好，正是我们很馋了，馋到心里要慌了，这时候母亲说："我们包饺子吃。"

吃饺子？吃饺子！母亲口谕一发，我们眉开眼笑，摇头晃脑，手舞足蹈，恨不得蹦房顶上宣布：我们要吃饺子啦！我觉得，母亲就是我们肚里的馋虫，真的太了解我们了。

做饺子还真有点麻烦。先要在面盆里和面，弄得满手黏糊糊的。和好的面继续在面盆里晾着，醒面。这空当，去做饺子馅儿吧。

醒好的面还要揉。母亲已经摆好了面板，还有擀面杖和升子。我们家的面板，另一面是切菜板，两个面两用的，木质的，看它的样子，是一棵大树的树干的截面，还保留着树干的形状，不是方方正正的，表面上也不平整，一看就用很久了。擀面杖，有一个大的，还一个小的，大的又粗又长，擀大饼用，小的那个，只有小臂那么长。擀饺子皮就用小的。升子里有麦子面，揉面、擀面都需要时不时加些面粉进去。

那么大一个面团，需要反复地揉。在面盆里、面板上都可以揉。母亲揉呀揉呀，看起来很轻柔，其实是个体力活。不只是用手掌，而是用手掌根部，带动整个手臂，甚至全身跟着暗中用大力。我也体验过。每次我揉面，母亲就说，用力揉啊。我用力总不够，母亲就又自己揉了，直到把那个面团揉熟了。

母亲从揉好的大面团上揪下来一小团，把这一小团面拉长，在面板上不断揉搓，让它变得越来越细长，再用刀切成很匀称的小段，把每个小段用手掌按压扁了，成了一个个的小面饼。然后就可以擀饺子皮了。擀饺子皮，是个技术活，只有母亲擀得好。她一只手扯着小面饼，用手指搓着转动，一只手拿着小擀面杖擀着，两只手这样协调合作，小面饼就变成了饺子皮。母亲擀的饺子皮是圆的。我试过，我擀出的饺子皮很难是圆的。

母亲擀饺子皮，我们包饺子。饺子皮积攒多了，母亲也会停下来，和我们一起包饺子。醒面时饺子馅已经调好了。我们家常吃的有韭菜馅儿、白菜馅儿和茴香馅儿。韭菜，是韭菜猪肉和韭菜鸡蛋。白菜和茴香，都带肉的。有时候也吃其他馅儿，比如西葫芦鸡蛋馅儿、茄子豆角馅儿，还有酸菜馅儿的。

我们全家都会包饺子。我第一次包饺子时以为很容易，真正开始包，包出来的饺子，饺边是反向的，和别人的饺子对着干。母亲都笑了。不过，我后面就会包了。先把一张饺子皮摊开放在手掌上，另一手用勺子挖一勺馅儿倒在饺子皮上，收拢按压一下馅儿，再把饺子皮对折起来，叠在一起，再捏饺子边，捏出一排褶子，像麦穗一样好看。

母亲会挤饺子，不再一点点捏饺边褶子，直接用两只手的拇指和食指使劲挤压饺子边，这样挤饺子更快。我们挤不好，还是老老实实一点点捏，母亲挤出的饺子，结实、大方、好看，饺子边直挺挺的，肚子鼓鼓的，看起来像金元宝。因为挤饺子很用力，饺边上留下了母亲的手指纹，清晰可见。饺子煮熟了，吃饺子的时候都还能看见。

饺子快包好了，父亲已经把水烧好了，正好下锅煮饺子。大铁锅里烧了大半锅的水，已经烧得沸腾了，冒着一簇簇的水花。两盖帘的饺子一股脑倒进沸水里，用饭勺不断地轻轻推动。一定要轻轻的，不要把饺子碰破了。饺子们都漂浮在水面上。慢慢地，饺子们在锅里膨胀起来，变胖了。这就是熟了。

用笊篱捞饺子。脸盆上放着高粱筐子，把饺子捞在高粱筐子上。刚捞上来的饺子还带着汤水，汤水就透过筐子流进下面的脸盆里。饺子们就在高粱筐子上沥干。为了防止饺子坨在一起，洒些凉水让饺子们过一过凉。

饭桌已经摆好了，一人一大碗饺子，全家人围着一张方桌，吃饺子。吃饺子需要蒜水。煮饺子的时候，我已经在剥蒜了。剥出来的蒜，用菜刀拍碎，再用小擀面杖在瓷碗里继续捣碎。捣得烂烂的，真的成了蒜泥，再倒酱油、醋、香油、味精进去，这就是我们吃饺子的蘸料。一人一个白白的浅浅的小瓷碟子，盛专供自己使用的蘸料。忙活了这么久，才能够吃上的饺子，格外地香。

大多数饺子，煮熟以后还是好的，没有破，滋味很足。有些饺子破了，有汤水进去了。还有的，饺子包到最后，馅儿不足了，我们也有招，就两张面皮合在一起，做合子。合子是圆的，边儿也有褶子，像个向日葵盘。到最后，一点馅儿都没了，就煮的面皮。别管是好的、破的饺子，是合子，还是面皮，煮熟了，都可以吃，我们都爱吃。

一顿吃不完的饺子，下一顿用箅子蒸一蒸，可以继续吃。这样的饺子，滋味有些淡了，但还是很好吃。还有的饺子，母亲用来煎，吃煎饺，吃得嘴唇上油亮亮的。总之，饺子是好东西，不管怎么做，都是好吃的。饺子在我家简陋的食谱里一直有崇高的地位。

过年我们也吃饺子。虽然年夜饭会做很多好吃的菜，是一年当中最丰盛最奢侈的一餐。但年夜饭过后，大年初一一早，天还没有亮，母亲和父亲还是要早早起来煮饺子。饺子是提前包好的，一直放着，就等到新年第一天下锅。饺子都下锅了，我们还在睡着。母亲就在氤氲的热气中喊我们了："快起来，新的一年了，起来吃饺子。"

（2022 年）

面条

我是北方人，爱吃面食。吃得最多的，就是面条。最初是吃手擀面。母亲把面板放在堂屋靠着北墙的那个长长的粮柜上，微弓着背，和面，揉面，做手擀面。手擀面是面粉做的，面粉是麦子磨出来的。粮柜里就装满了麦子，还生着一种叫牛子的黑色小粮虫。小粮虫和我们一样，共同吃着我家的麦子。

手擀面，是手擀出来的，费了更多人的力气，吃起来就更筋道。我爱吃的就是筋道的，而不是软塌塌的。后来村里有了做挂面的，可以用机器做面条了。母亲就去用麦子换挂面。从此，我们很少再吃手擀面。

挂面有粗的和细的。这对机器来说很容易。粗挂面是扁平的，细挂面是很细的。做面条的话，粗挂面还有点嚼头，细挂面却更容易熟。我们家是粗挂面和细挂面都吃。我更喜欢吃细挂面，因为无论是粗挂面还是细挂面，都绝对没了手擀面那个筋道劲儿，我就反而喜欢吃细细的了。不好说为什么，就像吃白菜，我喜欢吃菜叶，不喜欢吃菜帮子。

我们吃面条可多了。每一天，早上吃米饭或者喝粥，中午就吃菜或者面条。面条我们家大人小孩都会做。一家人去地里干活，干到接近饭点了，让孩子先回家做饭去，大人留在地里继续干一阵子。等到地里的人回来，正好能吃上现成的饭。这样干农活和吃饭两不耽误。我常常是这样提前从地里回来做饭。做得最多的就是煮面条。

在我家堂屋的那口大铁锅里，东屋的那口大铁锅里，院子里棚屋的大铁锅里，我都煮过面条。我下锅，我弟烧火。煮面条，要放点蔬菜进去，我们常吃的是白菜、茄子、丝瓜，其他蔬菜也行，什么菜都没有，就多切点大葱花，反正别只是面条，有点菜在里面，有点其他颜色，吃的时候才香。

我是做面条的行家，我最拿手的就是煮面条。这是我从小实践锻炼出来的。我做的面条里，茄子和白菜，都是用油爆炒过的，特别香。尤其是茄子，咬一口喷油水，香得像是在吃肉。我们那时候很少能吃上肉，很想吃肉，形容什么好吃，就说像吃肉。

有时候会在面条里打荷包蛋。一人一个荷包蛋。我们家养的鸡不多，下不了太多的蛋。面条里的荷包蛋，像是蒙在云层里的太阳，白白的黄黄的，很养眼。舍不得立马吃掉，更舍不得一下子吃掉。我每次都是把一碗面条吃见底了，才开始一点一点吃荷包蛋。但我弟是先吃了荷包蛋，再吃面条。

我们还吃焖面条。尤其是豆角焖面。焖面我做不好，一般是母亲来做的。和煮面条相比，放的水少，面条很多。大铁锅里焖，一揭开锅盖，焖面粘在锅皮上了。这是免不了的。吃焖面需要蒜水，是用蒜泥、酱油、醋、香油做成的。倒些蒜水在焖面里，吃着很香。

我最爱的是捞面。做捞面要用粗挂面，不能用细挂面，细的太容易坨。大铁锅里烧水，白水熟面，煮熟了用笊篱捞出来，泡在装了凉水的面盆里，这样面就没那么容易坨了。

捞面有卤子。卤子才是关键。我们家常吃的捞面卤子有炒茄丁卤、西红柿鸡蛋卤、炒大白菜卤，还会有加了炒芝麻的蒜水。往往这几样就足够我们大吃特吃一顿捞面了。

吃捞面，吃完一碗，就再去盆里捞一碗，好像停不下来，好像在比着吃。捞面是过了凉水的，不像热面那么烫，吃热面热火朝天，吃得满脸出汗，但吃捞面不会，吃捞面清爽痛快。两岸猿声啼不住，轻舟已过万重山。李白乘舟心情很爽快，我们吃捞面也很爽快，我们吃捞面是：两根筷子停不住，捞面已盛好几碗。

除了面条，还有面片、疙瘩汤、焖饼、烩饼，这些都是面粉做出来的，都需要和面，揉面，比较麻烦，在有了挂面以后，就都吃得很少了。等我到了城市里，面食就吃得更少了，吃了很多炒菜和米饭。有时候也会吃一碗面，但那面味道是不对的，因为在我记忆深处，不是别的，是母亲的手擀面。

（2022年）

粥

我爱喝粥，尤其是玉米粥。我们那里叫棒子面粥，因为玉米是叫玉米棒子。我们那里的人，喝粥也多。一年四季都要喝粥。早饭基本喝粥。那喝粥不会腻吗？不会。

我们住在有三间屋的平房里。西屋有土炕，有两个衣柜，有一台老缝纫机，西屋就是卧室。东屋和堂屋里都有灶台。灶台很大，方方正正的，至少一平方米，人围绕着灶台做饭，有足够的操作空间。灶台是用砖块垒砌的，一块砖压在一块砖上，这样一种配合和接力，就形成了我们的灶台。一口黑黑的大铁锅稳稳地坐落在灶台中央。这大铁锅是敞口的，锅底还有些凸呢，越往上就越开阔了。如果一直延展下去，应该可以吞了天。这才是一口像样的、真正意义的锅。在这样的大锅里做饭，无论是煮粥还是炒菜，才有足够的质感和快感。

做粥。先要刷锅。如果锅里有隔夜的剩饭，就要铲子、锅刷齐上阵。先用铁铲把粘在锅皮上的锅巴铲下来，铲子铲锅皮，是一种嚓啦嚓啦的刺耳的金属声，但不至于让你寒毛直竖，耳朵叫苦。锅巴铲下来了，再用锅刷刷锅。锅刷是一把高粱穗头用金属细丝捆扎在一起做成的。这种锅刷，拿在手里轻巧，刷锅弄出的动静很小。锅刷摩擦锅皮，只有轻轻的摩擦声，好像锅刷是温柔的，很爱惜锅皮似的。

刷锅后产生的就是泔水。泔水按理说是厨房废水，可以倒掉了，但在我们那里也有用，可以用来喂猪。猪住在猪棚里。猪棚是父亲建的。父亲是个很优秀的农民，除了种地肯出力，养家畜这些也全不在话下。要我说，他给我家猪建的猪圈，称得上是一座豪宅。砖块垒砌的围墙，虽然用的都是到处拾捡来的烂砖头，但经我父亲巧夺天工、独具匠心的垒砌，最终出来的是无可挑剔的围墙。圈中用树枝和玉米秆搭起一个小棚子，棚子下面铺上柔软的麦秸。有时候看到我家的猪在棚子下面侧身一躺，四脚飘扬，无忧无虑，睡着懒觉，真让我心生羡慕，也想去它的棚子里躺着。

刷好锅，先往锅里倒水。堂屋有两口大水缸，都有人那么高，大人舀水还看得见缸里的水，小孩子是一点儿也看不到。水缸里的水越用越少，水位越来越低，就更不好舀了。这时候，就要踩着板凳，还要在板凳上踮着脚，才可能够到。到最后，水快到底了，为了够到水缸里的水，半截身子都伸到水缸里去了，只是为了够到底部的水。一只手要紧紧抓住水缸沿儿的，要不就可能整个人掉进水缸里去。

我们家六口人，就吃六口人的饭。每次做粥倒三勺水。水勺是一个红色的塑料勺子。因为使用了很久，勺身上附着一层水垢，看起来就是黑红黑红的。一勺水，感觉得有一两升。三勺水相继注入大铁锅里，在大铁锅里摇晃，闪着黑色的光亮。接着，放锅叉。锅叉是一个Y形的树杈做成的。架在大铁锅里，架在水面之上，如同一座桥。再就放篦子。篦子，是细细的高粱秆做的，放在锅叉上，如同竹排或摇篮。篦子上放着要加热的主食、剩菜。大多是馒头，有整个儿的、半个儿的、小块儿的。半个儿的，是有人只吃得下半个馒头，掰开一个馒头剩下的一半；而小块儿的，就是孩子吃剩下的。孩子吃馒头总会剩下一块儿，然后热了以后让大人继续吃完。这好像是一种约定俗成。

盖上锅盖。锅那么大，锅盖要盖住锅，自然就更大。大锅盖是铝的，所以虽然很大，分量并不很重。如果换成是铁的，那盖起来可就费劲了。

抱柴火烧火。柴火在院子的柴棚里。一般烧的是玉米秆、麦秸、棉花秆、树枝。烧得最多的是玉米秆。点火的时候，用包玉米的软皮，用麦秸，很容易点着。有火了，再烧玉米秆、棉花秆、树枝。烧火的，在灶膛前一坐，面对着灶膛里通红的火光，看得见火焰一直灼烧着那一口大黑锅。就在这燃烧、灼烧、烘烤的过程中，热量在产生、传递，锅里的水在变热。烧火的，能看到眼前的灶膛里的火光，但看不到自己脸上的火光。其实，火光也映照在了他的脸上和身上，光影在他的脸上闪烁，热浪在他的脸上流荡,他看不到但感觉得到,脸上身上烤得热了烫了,有些不好受了,他就把坐着的小板凳向后移一移,让自己离灶膛远一些。

灶膛后面连通着土炕,热浪和浓烟大多向着土炕流动,经过土炕中的结构,留下一部分热量,让土炕热起来,然后继续向前流动,上升,从烟囱里冒出来。从烟囱冒出来的烟,就有了一个好听的名字,炊烟。炊烟,可能清淡,可能浓稠,这要看烧的是什么样的柴。烧的柴潮湿,就多烟。炊烟可能袅袅,可能缭绕,可能盘旋,可能直上。这就要看外面的风。如果是东风,炊烟刚冒出烟囱,刚从烟囱口露出头,就要跟随东风而去。如果是很大的风,也就直接被吹散了,化为齑粉了。如果没有风,就可以扶摇直上,升上云天了。

也有一部分烟,不走规定好的路,不是从烟囱出去,而是直接从灶膛口冒出来。这样的烟也很常见。灶膛里的火焰像是一群野兽,龇牙咧嘴,张牙舞爪。灶膛里产生的烟,虽不至于是野兽,但也是有野性和意志的。它们也有自己的想法,想往哪里跑就往哪里跑。从灶膛口跑出来的烟,有些直接撞在烧火人的脸面上,还试图往人的鼻孔里、眼睛里钻。这时候人不够小心,就可能被烟给呛到,可能就要打喷嚏、流眼泪,要用手揉揉眼睛。有时候,可能是从烟囱里涌进来一股外面的风,风很凶猛,导致烟被驱赶得反冲回来,扑打在人的脸上。突如其来,势不可当。烧火的就跳起来,躲开了。但擦擦眼睛,马上又要回来,因为灶膛里烧着火呢。这火可不能灭,也不能蔓延到灶膛外来。这是烧火的职责所在。

这股从灶膛涌出的烟，可能要在堂屋里盘旋，参观一下我们的屋子，看看我们都有什么。看过以后它们多半会感到失望、无趣，因为我们家压根没什么像样的物品、家具。不是家徒四壁，但是清贫而朴素。它们压根欣赏不到什么，所以它们很快就不耐烦了，又从打开的堂屋的门出去了。一出去就进入了院子，进入了外面的世界，进入了无垠的天空。炊烟融入了大气，就像水滴融入了大海，真的弄不出一点动静，很快就消融了，无影无踪了。就好像没有发生，没有出现过。但我还记得它们刚出门口，在半空中盘旋弥漫的样子，像是在犹豫，在迷茫，在彷徨，在商量。而后就融入了大气，没有了行踪。

烧到锅里水响了。这是锅里的水要沸腾了，但还没有完全沸腾。是沸腾的前奏。只是锅边的水兴奋了，吵闹起来，蹦跳起来。这时候，可以往锅里下棒子面了。棒子面装在白色编织袋里，有粗面和细面两种。粗面给猪吃，我们吃细面。用升斗去面粉袋子里舀半升棒子面，棒子面的手感细腻顺滑，在指缝间像水一样流动。水温很讲究，水温不够高不行，太热了也不行。下棒子面的时候，一手端着升斗有节奏地抖动着，让棒子面匀称地撒落下来，一手拿着长柄勺子在水里搅动，这样做是为了棒子面能很好地融入水里。如果做得不好，就会形成一个个的面疙瘩。吃粥的时候，就会吃到面疙瘩。但面疙瘩也不是不能吃。

我们家做粥，都会放一点碱面进去。放的量很少，但放与不放，粥味明显是不一样的。下了棒子面，再盖上锅盖，继续烧火，煮粥。先要用大火把锅里的粥煮沸。看锅上冒出来的蒸汽。蒸汽从锅沿儿和锅盖的缝隙间冒出来，丝丝缕缕的，看起来沉稳又悠闲。粥煮沸后，会在锅里升起来，产生许多沫子，就像刚打开瓶盖的啤酒。所以要时不时打开锅盖，用勺子搅一搅，让粥退下去。这时候就不能再烧大火，而要用温火慢慢煮粥。粥在锅里慢慢升起来，又回落下去，再升起来，又回落下去。这样反反复复，最后趋于平静，不再大起大落了，只在锅里微微颤动。这个过程就是熬。这样熬出来的粥才香。

等停火了，也不能马上揭开锅，还要再焖一会儿。让粥在锅里自己平复一下。焖过以后，再打开锅盖，一股热气扑面而来，同时，一股粥香也扑面而来。透过缭绕的蒸汽，金黄金黄的粥，呈现在面前。从粥面上升起的蒸汽，好像是美女的飘带。经历了前面的劳动，这粥看在眼里，眼睛愉悦，心里高兴。不是哈哈大笑那样张扬的高兴，是发自内心的平静的欣慰和高兴。

盛粥用瓷碗。瓷碗已经摆放在锅台上，瓷碗的肚子里很空，就等着盛粥。长柄勺子伸进粥里，搅动一下，舀起来一勺，再倒回锅里去，黏稠，滞连。这是要看看粥的成色，熬得好不好。或者是正式舀粥前的质朴的仪式，是对自己劳动的尊重，也是对粥的尊重。劳作与粮食，就是农民的命，贯穿他们的一生。玉米粥面色金黄，暗香浮动，像熟透了挂在枝头的果实，虽然一言不发，却在暗示着人们去采摘它。

粥舀进瓷碗里，被孩子们一碗碗端上了饭桌。饭桌是矮矮的木方桌。一家人全坐在小板凳上，围着一张桌子吃饭。大人用稍大的碗，盛的粥多。大瓷碗的碗口上常有破损，有豁口，嘴巴放在碗沿上啜饮，如果碰到这样的豁口，就有点硌嘴。粥开始很热，用嘴唇或舌头，一下下、一点点，试探着舔着喝。等粥的热渐渐消下去，就可以端起碗来，直接吸溜畅饮了。所以把吃粥叫喝粥。喝粥当然要双手捧着碗直接喝。一碗粥喝到最后，就要把碗举起来了，仰着脖子，抬起脸，像喝酒干杯那样，把碗底剩余的粥刮掉。这个时候，被举起来的碗，就比人的嘴高了，粥也比人的嘴高了。依靠粥的重力让粥自己从碗里滑落下来，掉进人的嘴里。好像是喝粥到了最后，给粥一个自己选择的机会，给粥一个体面结束的仪式感。

有时候粥里还会放胡萝卜，放红薯。胡萝卜是自家菜园里种的，红薯是自家田地里种的。全是自产，是自己从地里挖出来。不管是胡萝卜，还是红薯，都切成滚刀块，要足够大块儿的，可不是那种小碎丁。块儿太小，经不住熬煮，一煮一熬，就化了，没了。红薯粥，真甜真香。喝了一碗，还想再来一碗。端着碗来到锅台边，摸摸自己的肚子，才觉悟到不能继续喝了，再喝肚皮要胀破了。下顿再把剩粥热了继续喝。粥就是这样，越熬越香，越喝越香。

（2022 年）

大酱

几乎每一年，母亲都会做一缸大酱。这像是她的习惯。

堂屋那两口大缸都是盛水的，挨着两口大水缸的两个小缸，一个里面是腌咸菜，一个里面就是大酱。一想怪有意思，大缸里盛的是水，是整个家里最"寡淡"的地方，小缸里盛的是大酱和咸菜，却是整个家里最"有味"的地方。饮水和味道，又都很重要。它们在一起，就构成了我们整个家里最核心的地方。

虽然母亲每年都做大酱，我却没怎么关注过。只记得，大酱是要用大豆制作的。大豆是我们自己家地里长的。大概是要把大豆煮熟了，搅碎了，然后用青稞叶子包裹成大酱团子。青稞叶子也是纯天然的，是在村边野地里采摘来的。这个活儿，我们小孩子就可以去做。母亲会叮嘱我们，挑大的青稞叶子摘，越大越好。青稞叶子好像人的手掌，形状和大小都像，还有一种怪味，浑身还有一层细小的茸毛。但这丝毫不影响用来包裹大酱团子。黄豆泥团成一个个大团子，母亲的两只手团出来的，很大。需要用许多青稞叶子一片片敷上去，才能把一个大酱团子给完全包裹好。

包裹好的大酱团子晾晒在阳台上。让每天的阳光尽情地照晒着。晒吧，晒吧。直到青稞叶子干巴了，大酱团子起了一层壳，终于不用继续晒了。母亲把大酱团子一个个掰开，掰成小块小块的，放进那个小缸里。再倒进去水和盐，用纱布把缸口封住，让大酱在里面闷着吧。

依我看，大酱就是要闷的。从包裹在青稞叶子里，就开始闷着。到了酱缸里，还要闷着。这大概是和发酵有关吧。晒好的大酱团子刚掰开时，上面挂着许多绿毛毛，这绿毛毛就是菌丝。就是能让酱团子变成大酱的微小生命。真神奇。少了它们，这大酱还真成不了。

大酱做成了，就可以吃了。大酱极咸，所以每次揭开纱布，只需用一个小瓷碗，取一小碗就够吃了。为了封盖严实，纱布上拴着几个螺母向下坠着。盛好了大酱，把纱布盖好了，再盖上一个高粱秆盖帘儿，再把一个红陶盆压在上面，每次封上都要这样做的。

大酱多用来蘸着吃。我们家常蘸酱吃的有葱。葱有大葱和小葱，都是可以蘸酱吃的。小葱更适合蘸酱吃。小葱我们在自己的菜园里就种了一两排，想吃就直接去菜园里拔上几棵。这种感觉很好。还有一种野菜，叫婆婆丁，其实就是蒲公英。春天的时候，我们跟着母亲去田野里，手里提着篮子和小铲子，就是为了采摘婆婆丁。那时候虽然大地回春了，但田野里还是一片破败荒芜，地面上还是去年经冬的白色的枯草，还没有多少新生的花草从春天的泥土里钻出来。所以，提早生长出来的蒲公英，还是很好发现的。那一抹抹的小小的新鲜的绿色，在干枯的大地上格外显眼。我喜欢吃婆婆丁，婆婆丁就是蘸着酱吃的。

单单是大酱，好像就只是咸。但如果能把大酱炒一炒，尤其是放鸡蛋进去，那就不一样了。鸡蛋炒酱，那叫一个香。经过一炒，鸡蛋的香和大酱的香，交织融合在一起了，比单纯吃鸡蛋香，比单纯吃大酱香。这样的炒酱，就可以作为一道菜了，就着鸡蛋炒酱啃馒头，我小时候可以狼吞虎咽地吃。

还有一种蘑菇炒酱，那更是香得要命了。蘑菇是种很奇怪的蘑菇，一下大雨才会从土地里冒出来。而且，我母亲说，这种蘑菇，只有打雷才会冒出来，所以它叫"雷窝子"。一下雨，尤其是电闪雷鸣的大雨过后，我们就去田野里寻找这种蘑菇。我们要沿着田间的土路走出去几里地，就为了寻找这种打雷下雨才冒出来的蘑菇。它们有的从路边冒出来，有的从田地里冒出来，好像没有什么规律。找的时候，看到有一个土包从地上鼓起来，这土包里可能就有一个白白胖胖的蘑菇。但有时候，土包里不是蘑菇，而是一条很大的绿虫子，就会把人吓一跳。我始终不明白，为什么会有这样一种蘑菇存在，非要下雨还要打雷，才肯从地底下冒出来。难道它们长了耳朵，能听到滚滚的雷声？我也不明白，为什么土包里，有的是蘑菇，有的是虫子。这就是大自然的一种秘密吧。

蘑菇采回来，清洗干净了，掰成小块小块的，或者切成小碎丁，放在大铁锅里，和大酱一起炒。炒的时候香味就扑鼻。盛到碗里，端上饭桌，鼻子都变长了，都朝着那一碗蘑菇炒酱伸去了。这样的蘑菇炒酱也完全可以当作是一道菜。我们不需要其他菜，只需要就着馒头吃蘑菇炒酱就好了。把蘑菇炒酱浇在馒头上，一口咬下去特别香。

无论是婆婆丁，还是雷窝子，都不是常有的，要看季节和天气。还要我们自己去田野里寻找，不是从菜市场上能买来的。一年来，只能偶尔吃到。但可能恰恰是因为只能偶尔吃到，所以才显得更加可贵，更加难忘。我已经很多年没吃婆婆丁和雷窝子了。这来自乡间的野味，只有乡间才有的，在城里遇不到。我在城里，也经常吃蔬菜蘸酱，生菜、小葱、莜麦菜，甚至苦苣，我都用来蘸酱吃，菜市场里有许多的菜可以用来蘸酱，花不了几个钱我也可以买到一罐上好的酱。我吃得也快活，但这不同于儿时的味道和感觉了。

现在我又想，既然婆婆丁春天才有，雷窝子打雷下雨才有，都不是经常可以吃到的。大酱那么咸，也不是一直要吃的。那母亲为什么还要每年都做一缸大酱呢？可能就是她的习惯吧。母亲是东北人，从小在东北长大，跟随父亲来到华北。大概在她小时候，她们家每年都做一缸大酱，所以等她成了母亲，她也继承延续了这种传统。婆婆丁和雷窝子，都是母亲的说法，是东北地区的叫法。母亲做出的大酱，就是东北大酱。

（2022年）

豆腐

我爱吃豆腐。作为北方人，吃的当数北豆腐。北豆腐比较硬朗、瓷实，不像南豆腐那么水嫩、柔滑，但也更有豆腐该有的风味。我这么说，可能带着偏见，有也是难免的，谁让我生在北方。

印象里，只有天气冷了，才吃豆腐。大概做豆腐的是在天冷了才做豆腐。村里有会做豆腐的。听说做豆腐的起得很早，我们还在睡觉，他已经起了，起来做豆腐。等到我们刚起来，就听到卖豆腐的在外面敲木梆子。那梆子声，一下一下，不急不慢，不大不小，恰好可以传到家里，传到人的耳朵里。

每次最先听到的，好像都是母亲。如果她正忙着做饭，就会派我们去买豆腐。豆腐是用黄豆做的，用黄豆可以换豆腐。用黄豆换，就端着一升子黄豆去。我们家每年都种一两亩黄豆。

卖豆腐的正在街心。谁出了小巷，一眼就能看到。除了他，还有他的车。卖豆腐的推着一辆自行车或者一辆单轮手推车。单轮手推车，虽然只有一个车轮，但还有两条木的支撑腿，所以一旦停下来，也可以在地上站稳。车上有一个长方形的大木盒子，被厚麻布覆盖着，这里面就是豆腐了。

卖豆腐的掀开厚麻布，有点像掀开新娘的盖头，很让人期待。一掀开，就露出了里面的白豆腐。不是完全的白，是有点泛黄的白。豆腐也不是完全平整的。我觉得豆腐好像是有生命，会呼吸，有弹性。

开始切豆腐。其实不叫切，应该叫划。因为那压根就不是刀，而只是长铁片。豆腐也压根不需要利刃来切，只需要轻轻一划，它就乖乖变成一块一块的。好像它早就准备好了，就等着你轻轻一划，划成一个方块儿，装进大瓷碗里，把它带回家。它想跟你回家。

端着豆腐回家，不管是用大瓷碗，还是用高粱筐子，一路都会盯着豆腐。豆腐柔软、水滑，好像水做的，在碗里来回晃动，但晃动归晃动，不会破碎。端着豆腐就小心翼翼的，生怕它从碗里跳出来，从筐子上滑下来。那么水嫩的豆腐，可得小心呵护啊。

吃豆腐。最简单就是拌。也不用热水焯，去什么豆腥味，恰恰就爱豆腥味。直接生拌豆腐。放盐、香油，就可以了。如果有小葱，就放些小葱花，这就是小葱拌豆腐，最简单也最正宗。有时候，也用大酱拌豆腐，就是酱香豆腐。人们常说的，香椿拌豆腐，我们没吃过。院子里就有一棵香椿树，树上也能长出紫红的嫩叶，但是我们从没采摘过香椿叶子。我们不好那口，只生拌豆腐就够了。

炒豆腐。其实也很简单。就是在大铁锅里，放切段的大葱爆香，大葱炒豆腐。豆腐和葱花都很香。葱炒豆腐算我家的一道好菜了。并不是很常吃，每次吃都很香，简直比吃肉都香。

快过年了，母亲会提前买很多豆腐。一高粱篦子豆腐，全放到外面窗台上。母亲是故意让豆腐挨冻，做冻豆腐。母亲是东北人，好吃冻豆腐。豆腐在外面冻着，瑟瑟发抖，一天天过去，日渐麻木，心里空了，成蜂窝状的了。直到过年，我们要做猪肉豆腐炖粉条了，才会用到冻豆腐。

这时候，就不光是有冻豆腐了，猪肉也有了，宽粉条也有了，还有来自东北的榛蘑。这些都是做猪肉豆腐炖粉条需要的，是正宗的东北过年炖菜。榛蘑是母亲在集市上亲自挑选的，从东北的山上采的野蘑菇，绝不是大棚里长出来的。母亲会挑蘑菇，野蘑菇会生虫，吃起来才香。我也最爱吃里面的蘑菇。这道炖菜里，猪肉、豆腐、粉条、蘑菇，谁都少不得。

也偶尔吃豆腐干、豆腐丝、豆腐皮，是从集市熟食店里买的下酒菜。干豆腐缺失了水分，和水豆腐口味不一样了，但也还是香的，不然怎么能做下酒菜。

臭豆腐，没吃过。曾见有人吃，在馒头上覆着一块发绿的东西，一口一口吃。问他吃的什么，他说臭豆腐。人家说虽然臭，但吃起来很香。看人家吃得确实很香，但看的人紧皱眉头。

这就是臭豆腐。只有真正吃的人才能知道真相。

　　集市那条街上，有卖豆腐脑的，有时候跟着母亲去赶集，遇见了，就很想吃一碗。刚吃过了早饭，又要吃豆腐脑，其实就是嘴馋。一碗豆腐脑不贵，母亲就让我喝一碗。这摊子是露天的，就在人来人往的闹市街头，也只有那么一条长凳，或者几个小凳子，根本没有桌子，你要喝豆腐脑，就坐在长凳或小凳子上，或者站着端着碗喝。这样的人来人往，这样的烟火气，才让那碗豆腐脑更香。

（2022 年）

腌咸鸡蛋

在我们小时候，我妈每年养一群鸡，这样，全家能吃上鸡蛋。可以煮着吃，可以炒着吃，可以做鸡蛋饼吃，用热水烫一烫，直接喝鸡蛋汤也行。总之，鸡蛋是好东西，很有营养，怎么吃都行。

可是最有滋味的，还是腌咸鸡蛋。每次，我妈精挑细选几十个鸡蛋放进一个大肚坛子里，用粗盐水浸泡腌着。为了入味，要腌上一阵子。我们就一天天期盼着。忍不住了，就去偷偷挪开压在坛盖上的砖，打开坛盖，看看里面的鸡蛋，闻闻坛子里的味儿。

吃咸鸡蛋，要把鸡蛋的一头，尖尖的一头或者另一头，在桌面或者瓷碗沿儿上轻轻磕一下，就开一个很小的口。然后把一根筷子从小口慢慢伸进去，一点一点挖着吃。筷子不是勺子，每次能带出来的鸡蛋肉很少，但是越少越有滋味。

腌鸡蛋的蛋清，很咸，在坛子里腌的时间越长越咸。不知道我妈在大肚坛子里到底放了多少盐进去。可越咸也越有滋味，我们吃得津津有味。很简陋的一餐会因为一个腌鸡蛋蓬荜生辉。只要有咸鸡蛋这顿饭一定有声有色。

经过了盐丁儿一样的蛋清，好像经过了黎明前的黑暗，终于见到了咸鸡蛋最核心的部分——金黄金黄的蛋黄，真像某个时候的太阳。浑身冒着油水，油光满面，看起来格外诱人。不多，就吃上一小口，那种滋味无法形容，只有去吃才知道。

有时候还会有惊喜。个头大的鸡蛋，有可能是双黄的。遇到双黄蛋，别提多开心了。见有人遇到双黄的，没有双黄的就有些失落。但也没关系，还有下次，下次刚开始吃，就开始期待了，看谁能吃到双黄的。

我妈讲过一个故事。有个人很穷，吃咸鸡蛋怎么吃。是用一根头发丝当锯子，每次只割一点鸡蛋吃。这种吃法，一个鸡蛋能吃很久。听起来很夸张，但也可能是事实。穷有穷的吃法，穷也有穷的滋味。不管生活怎样，总要有点滋味。穷人也一样。

如今，我妈早已不养那么多鸡，上次回家，只见两只母鸡待在院子里的月季花和石榴树下。她只养两只鸡了。但还养着两只猫，还养了许多花草。她也不再腌咸鸡蛋。可能自己吃也没滋味。毕竟孩子们都长大了，不围绕在她身边了。

我已经很久没吃腌咸鸡蛋，再吃也不再是以前的滋味。

（2021年）

过麦

打麦场上有一个碌碡。春夏秋冬都在，下雨下雪都在。它圆滚滚的，又很沉，自己不能动，就在打麦场上待着。孩子们有时候去打麦场上玩，看到它了，一起用手推，一起用脚蹬，才能滚动这碌碡。

这碌碡和过麦有关。

先要矼场。等一场雨过后，把麦秸铺在打麦场上，再把家里的牲口牵来，把碌碡挂在牲口屁股后头，让牲口拉着碌碡，在打麦场上一圈圈地走，轧来轧去的。如果家里有拖拉机，就把拖拉机嘟嘟嘟地开到打麦场来，把碌碡挂在拖拉机头后面，让拖拉机拉着碌碡。也是一样的，在打麦场上一圈圈地转，轧来轧去。不同的是，牲口拉着碌碡，人要牵着牲口。拖拉机拉着碌碡，人坐在拖拉机上。直到麦秸轧进去，打麦场平整瓷实了，再也泛不起尘土。碌碡就回到打麦场边上待着了，牲口也喘着气回圈棚里去休息了。拖拉机喷吐着一团团黑烟圈也回家了。

麦子就要成熟了。这时候，农人常常去农田里观望，看麦子们的成色，看麦子们的态度。选一个麦穗，剥下几颗麦粒，用手指碾压，用牙咬咬。这个过程，好像是在和麦子聊天，问问麦子是否成熟了，和麦子商量一下，可以收割了吗？麦子说行了，你才可以动手。

割麦子。一家人齐上阵。大人割两拢、三拢，小孩子割一拢。即使是这样，也不完全齐头并进，大人总要比孩子快。因为他们已经割过很多麦子了。他们熟悉镰刀、熟悉麦子。小孩子没有经验，开始还要大人教。右手握住一把镰刀，左手拢住一把麦秆，镰刀在麦秆上一割，要果断干脆，一把麦秆就被割断了。就这样一把把地拢，一刀刀地割。熟能生巧，越来越快。这时可能就割到手指，割到大腿。割到手指，手指会流血。割到大腿，大腿会流血。不像麦秆，麦秆是中空的，像一根空管子，割断了不会流血，也应该不会痛。一旦受伤了，孩子就去休息，去玩耍了。这时候，可能遇见麦地里浑身毛茸茸的大蜘蛛。他很好奇，用手去抓，就被大蜘蛛咬了手。刚被镰刀割伤，又被蜘蛛咬伤，伤上加伤，痛上加痛。但从此以后他知道了，大蜘蛛不能轻易碰的。

割下来的麦子，放成一排或者一堆，再用几根麦秆当作绳子捆成一捆一捆的。要会打结，捆得很结实，所以一般由大人来做。接下来，要往打麦场运麦子了。家里有一头牛，就用牛拉车；家里有一头驴，就用驴拉车；家里有拖拉机，就用拖拉机拉；家里有三马子，就用三马子；家里有手扶拖拉机，就用手扶拖拉机。我们家这些都没有，只有一辆人力三轮车，就用人力三轮车。

把麦子装上车。开始好装，就一捆捆地往车上装，后来越垒越高，就不好直接往车上装了，就派一个人踩着车座子进到车斗里，由这个人在车上接住从车下送来的麦捆。麦捆是用铁叉叉住送上来的，要小心被铁叉伤到。但是能防住铁叉，却防不了麦芒。麦芒像针尖一样锋利，扎在身上刺痒刺痒的，会把身上各处，手臂上、大腿上、后背上，划出一道道的伤痕。天气炎热，劳动匆忙，实在顾不上这样的伤。

虽然只是一辆小小的人力三轮车，最后也垒得高高的，像一座小房子。父亲骑着三轮车，沿着田野里那些土路，把麦子运送到打麦场。他不会很快，因为他不是牲口，也不是拖拉机，他是靠自己的体力。这样满满一车麦子，如果稍一倾斜，就有翻车的可能。要是翻了车，可就麻烦了。所以遇到沟沟坎坎，他都下车推着走。

把麦子在打麦场铺开，晒麦子。像摊鸡蛋饼一样，铺得很匀称规整。隔一阵子，要翻场。把上面的麦子翻到下面去，把下面的麦子翻上来，像是把鸡蛋饼翻个个儿。太阳火辣辣的，既晒着麦子，也晒着人。所以要戴个麦秸编制的宽边草帽，或是在脖子上搭一条凉水打湿的毛巾。脸上的汗水流得太多了，就顺手用胸前的毛巾擦一擦。翻好了场，再回到场边的柳树下，坐在树荫里，看着打麦场上正在晒的麦子。晒呀晒呀，晒吧晒吧。如果饿了，就坐在树荫里，吃篮子里的油条，或是从家里带来的饭。男人愿意喝啤酒，女人和孩子愿意吃冰棍。会有骑着自行车来卖冰棍的，大多是孩子，车后座上放一个冰棍箱子，因为打麦场的人又累又热又渴，这生意很好做。

天说变就变。晴天突然变成了阴天，看样子很快就要下雨。麦子还都铺在打麦场上，这时候靠一家几口人是不可能把麦子收起来的。这可怎么办？天气是无情的，但人是有情的，粮食是最珍贵的。看吧，乡亲们都来帮忙了。各人手里拿着铁叉、扫帚、木锨、簸箕、叉耙，用什么的都有。这是一个热火朝天的劳动场面。刚把铺开的麦子收拢起来，暴风雨果然就来了，豆大的雨点铿铿有力地砸下来。砸在刚收拾好的打麦场上，砸在铺盖着塑料布的麦子堆上。

天转晴了，再把麦子铺开，继续晒。晒好了麦子，轧场。还是要用碌碡。要用牲口和拖拉机。牲口身上又挂上碌碡，拖拉机头又挂上碌碡。牲口围着打麦场一圈圈地走呀走呀。这次应该更加困难了。因为打麦场上铺了厚厚的麦秆，天上挂着一颗更加毒辣的太阳。不管是牛是驴是骡是马，走起来都深一脚浅一脚的。虽然困难吃力，但又必须向前，就只好往前走。低着头或抬着头，张着嘴或闭着嘴，叫唤着或沉默着，都在往前走。人牵着牲口，也在跟着走，也被太阳照着。但拖拉机不同，经过厚厚的麦秸秆，蹦蹦跳跳的，好像很轻松。

起场。用铁叉子把轧好的麦秸秆收起来，打麦场上剩下的麦子，则用叉耙、扫帚把它们聚拢成堆。等待一个风好的时候。风向和大小合适，就开始扬场。扬场，需要用木锨。样子和铁锨相像，但头是木质的。用木锨铲起麦子，朝着半空中一扬，木锨中的麦子飞洒出去，一颗颗的麦粒在空中散开，麦糠和麦粒分开，麦糠随着风飘散而去，麦粒又落回打麦场上。

扬完场，麦粒堆成了小丘。再扬一遍，麦粒就更干净了。一颗颗的粮食，全是浅棕色的，饱满又好看。我们拿出早就准备好的口袋。有人撑着袋口子，有人用簸箕往袋里装麦粒，还有的要不断用扫帚清理。等到麦子都装进了口袋，不管是大人还是孩子，都会数一数，总共有多少袋。这可是一年的收成，一年就收这一次麦子，一家人一年就吃这些麦子。等把麦子用车拉回家里，天已经黑了。但我们的麦子已经到家了。

过完麦，再去打麦场，会看到新增的麦秸垛。这麦秸垛是新鲜的，蓬松的，高大的，像巨大的蛋糕放在打麦场边上。可以在麦秸垛里掏个洞，钻进去玩，甚至在里面睡一觉。也可以爬到麦秸垛上，去看更远处的风景。又会看到那个沉重的碌碡。它还是在打麦场上静静待着，很可能还是在同样的位置，还是在同一棵柳树下，好像就没有移动过。

（2021 年）

拾麦子

　　每逢盛夏麦收，我们都要拾麦子。田里的麦子成熟了，穗里的麦粒硬实了，就应该收割了。收割和运输的途中，总不免有遗落的，遗落在麦地或田间道路上的麦子，就需要我们这些孩子去拾。

　　大人得顾大头儿，忙着抢收地里的麦子。一旦开始收割麦子，必须在短期内完成，类似救火抢险。因为一旦遭遇暴雨，麦粒就被砸到地里去了。半年的辛苦也就白搭了。孩子腿脚灵活，爱玩爱跑，去拾那些偶尔掉落的麦子，那一条条无限延伸的路，那一块块偌大的麦田，恰恰可以提供足够大的空间。

　　每年暑假，小学校里总会布置一项作业，一项需要在田野里完成的作业，就是拾麦子，开学时，每个学生需要交一二十斤的麦子。因为有学校的推动，拾麦子几乎成为顺理成章的事。

拾麦子,要早起。早起的鸟儿有虫吃。最好比太阳还早,不等太阳出来,就往田野里去。等太阳出来,开始往高处爬升,温度也会越来越高,顶着夏天的大太阳拾麦子,你的后背必然会受到无情的炙烤。

手里提着一个白编织袋,那种化肥或尿素袋子,就可以轻装上阵了。细致一点的,还会带把剪刀。拾到麦子,把麦秆剪断,只留下麦穗,这样就可以节省空间,减掉分量。如果是这样,挎个篮子去拾都行。

经常会遇到一个拾麦子的老太婆,背着一个用高粱片编制的大篓子,像背着个大包袱。那篓子之大,里面足以装下人,像我这样的小孩,装四五个不成问题。

看到她的大篓子,我就有些害怕。不是怕她真把我装进去,把我卖了,回家煮了吃。而是怕她把麦子都抢去,都拾去,都装了进去。

"这老太婆该有多能拾啊!"我看着她背着大篓子的佝偻背影,张着嘴感叹,像看一个怪物。

她确实很能拾,出门比我们早,回家比我们晚,篓子又比我们的大,好像眼睛也比我们的尖呢。她难道不老眼昏花吗?

因为拾麦子的都是小孩子,所以这个老太婆就显得很不合适。拾麦子,不是我们小孩的事嘛,她凭什么也拾。我甚至有这样的气愤。

可是敢想不敢言,我总不能冲上去,对着她那可怕的脸说:"嘿,老太婆,你该歇歇了。你把我们小孩的麦子都拾了。"

她的样子很吓人。身体干瘦得就像一捆柴火，脸上几乎皮包骨头，只剩下一层干瘪的肉皮，下巴尖尖地凸出来，又佝偻着身子，近看像个老巫婆，远看好像一只螳螂。

幸好头发是包起来的，团成一个发髻。如果头发再散开，真就像个女鬼了！

她的脚很小，小得只有攥起来的拳头那么大。穿露脚背的圆口的小黑布鞋。走路轻飘飘的，好像脱离了地面。

每次看到她，我都有种说不出的感觉。混在拾麦子的队伍里，与我们这群小孩为伍，我总觉得她怪怪的。后来我终于想明白了，她应该是不种地。一个老婆婆，也没力气种地吧。

我猜得没错，作为一个年已近百的老人家，她已经丧失了种地的能力，并且，她也没有属于她的田地。村里的田地都分给了青壮年。别人在收割麦子时，她也只能拾拾麦子。

有时候，母亲也会看到她，便一面深深望着她，一面用手抚着我后脑勺对我说："唉，你看人家老太太多能拾。"

我只以为她是望我拾得少才叹气。我承认我确实不如她能拾。也许我到了她那个年龄，才能和她一样能拾吧。

后来，就见不到这个老太婆了。听大人说，她去世了。至于她怎么死去的，我不知道，谁会在乎一个孤寡老人是怎么离去的呢。大概就是老去的吧。

我曾在村里闲逛，遇到一个荒废的小院。我知道就是那个拾麦子的老太婆的住处。门口的小栅栏门已经没了，估计被谁拆了去，当作柴火烧了。

我壮着胆子走进小院，整个院子里空荡荡的，只有一些掉落的树叶、树枝、羽毛躺在地上，只有风刮进院子的时候，它们才能在地上动一动。

房屋看起来更凄惨，没有窗户，也没有门，都空洞洞的，像被抠去了眼珠子，被掰掉了牙齿。

我没敢进屋里去，估计也是空荡荡的。赶紧逃出来了。

显然这个孤独老人离去后，她的房屋变得更加凄惨，只剩下一个任风吹雨打的空壳子。

房顶应该已经塌了吧。料想过不了多久，这个房屋也将不复存在。

我也不再拾麦子。因为摆脱了孩童的阶段，家乡也越来越不需要拾麦子。农业机械化发展很快，没几年工夫，联合收割机在家乡就很普遍了。

再也不需要人力去收割运输，再也不需要那烦琐的麦收过程。只要把联合收割机开进田里，走上一遭，麦粒最终都自动装进一个个袋子里。

哪还有拾麦子的机会呢？

（2016 年）

老魏太太

老魏太太是生活在我们村子里的一位老太太。她有一双小脚，走起路来没什么声音。

老魏太太是我母亲的朋友。

我们村有前后两条街，老魏太太住在后街，我们家在前街。所以，如果老魏太太来我家，她就要走过两三条街道，从后街到前街来。如果我母亲去老魏太太家串门，也是要经过那么两三条街道，从前街到后街去。

每次老魏太太来我家，一定要带些好吃的。她是孤寡老人，但应该还有一些亲人，那些偶尔来看望她的小辈，会给她带一些糕点，她自己舍不得吃，给我们带来，让我们吃。

她的点心蛋糕，是用一块旧手帕包着的。她从身上掏出手帕，用干枯的手颤抖着把手帕打开，才会露出包裹在里面的糕点。

我们去老魏太太家串门，每次老魏太太也一定会打开柜子，从柜子里或者包袱里，取出糕点来给我吃。我如果不吃，她就硬往我手里塞。

老魏太太住在一个矮小的房屋里。那是全村最小的一个房屋。不是用砖垒盖的，而是用土坯、水泥、麦秸。房屋很老了，但没有倒塌，还在坚持着。

老太太的小屋，只有两个房间，外间屋有灶台，有一口水缸，还有一些杂物，也就没其他的了。屋门上无论冬夏常年挂着一个厚重的棉门帘，好像是一堵墙，用力才能推开进去，一进屋是阴暗的，有一股潮腥味。

老太太的里间，要好一些，有了一面窗。窗是木棱格子窗，没有镶嵌玻璃，是糊的塑料纸。塑料纸上有不少破洞，也没有修补，风一吹，就哗啦哗啦响。当我母亲和老太太在屋里说话时，窗户上的塑料纸也好像在插嘴说话。

能透进来的光不多，但是对于一个老太太来说，也足够了。老太太的里间屋里，还有土炕，还有三个柜子，不知道陪伴老太太多久了。

老太太的土墙上还挂着一幅画。画上是一个白眉毛的老寿星，手上托着一个粉红的大仙桃，身边有梅花鹿，身后有仙鹤，有苍松。这张画也挂很久了，有些地方褶皱了，褶皱的地方就积累了很多灰尘。

老太太也还是要活着。因为没有子女，只有她自己，她就要自己做饭。因为要烧大锅，需要柴火，没有人给她背柴火，老太太就自己去打麦场上拉柴火。

她把柴火弄成一捆，用一根麻绳拢起来，把绳子搭在肩上，双手一起拽着绳头，向前拖拉着柴火，好像是拉纤绳的纤夫。每次拉的柴火不多，多了她拉不动。有时候有人碰见了，会帮助老太太背柴火。没有人，老太太就自己和一捆柴火较劲。

老魏太太去世十多年了。她活了八十多岁。

（2021 年）

童

年

尿床

　　小时候，会尿床。但我睡的不是床，是炕。晚上睡觉的时候，我们把褥子铺在炕上。一人铺一个褥子，盖一条被子。我们全家人是睡在一起的，都在那个方方正正的土炕上。

　　被单褥单都好看，上面都有印花。我母亲喜欢这样的。我们自己做被子，用的棉花是从自家地里长出来的。我们把棉花籽一颗颗种进地里，给棉花疯长的嫩茎掐尖，给青色的棉桃们除虫，采摘从裂开的棉桃里吐出的棉花。看着它们长大，对它们很熟悉，对它们有感情。我们做棉被，用的都是最好的棉花。白花花的，很饱满的，有清香的，在人间是棉花，飘到天上去，就可以做云朵的。

　　用这么好的棉花做成的被褥铺盖着睡觉，当然很舒服。晚上做的梦也是好的。我们一晚上睡得很香，可以做一个很长的梦。在梦里很安逸，久久不出来，结果就出事了。梦里想尿尿了，站在什么地方，就开始撒尿了。酣畅淋漓，舒爽极了。梦里是舒服了，一觉醒来，就知道坏了，尿床了。

原本刚从梦中醒来，睡意还未消，睡眼蒙眬的，一下子就精神了。一双眼睛都瞪大了。不用掀开被子看，就感到屁股下面的潮湿了。人还那样平躺着，一点都不敢动，生怕弄出动静，被大人发现不对劲。一只手却偷偷向下探去了。去干吗，去打探屁股下面那是多大一片的沦陷区。不摸不知道，一摸吓一跳。好大一片！这是自己尿出来的吗？

可是自己的褥子，自己整夜躺在上面，不是自己尿的，又能是谁呢。于是开始慌了，心里开始敲鼓了，咚咚咚，咚咚咚的。轻轻扭一下头，瞧一瞧大人，大人还在睡着。一定要等大人起来了，去做饭了，去干活了，拖到那时候，自己再起来。在此之前，都要如同老母鸡孵蛋，在那片"沦陷区"上努力孵着。屁股一点都不能挪动，被窝一点都不能掀开。而且，这个早晨，一定要做个勤快的孩子，请缨叠被子，自己留下来善后。

尿床多害臊啊，可不能被发现。为了不让大人发现，必须想方设法叠好褥子，把沦陷的那片掩盖起来。可那么大一片，谈何容易。在炕上研究了很久，大人在外面把饭都做好了，就进屋来看了，看一看叠的被褥，再看一看孩子，就知道怎么回事了。

"是不是又尿炕了？"这是母亲在问了。"尿就尿了，尿了还叠起来干吗，快抱出去晒吧。你看外面多好的太阳，晒晒就干了。"这就是母亲对待尿床的态度。她觉得小孩子尿床天经地义，没什么大不了的。尿湿了晒干了就好了。虽然母亲不怎么责怪我，但我还是不想被发现。多丢人啊。抱着自己尿的裤子，从里屋到院子里去，这一路都极不自在的。途中经过我父亲，我压根不敢看他，不看都知道他的眼神要把我吃了。

院子里有一条很长很长的晾衣绳。有多长呢，一头固定在我们北房门口的墙上，另一头拴在我家茅厕顶的木头上，这根晾衣绳就横穿整个院子，从北头一直延伸到南头。母亲给我们手洗的衣服，都晾晒在这条晾衣绳上。她一洗就洗我们全家人的衣服，积攒了很多。这条晾衣绳被坠得严重向下垂，但垂而不断。我尿湿的被褥也晾晒在这条晾衣绳上。阳光从天上照射下来，照着我们的屋顶和院子，把我们的院子填满了。阳光也晒着我的裤子，童子尿的味道就散发出来，在院子里开始弥漫了。被褥里的棉花也开始散发出清香了。在金灿灿的阳光下，我能看到丝丝缕缕的气息从被褥里散发出来，弯弯曲曲地向上升腾。

经过太阳晒，裤子变干了，但那斑痕永久地留在裤子上了。这像是一种无法抹去的记忆。随着尿床越来越多，裤子上的斑痕越来越密。新的斑痕叠加在旧的斑痕上，一圈一圈的，像是树的年轮，像是海的波浪。就这样，因为尿床，我都快成大画家了，褥单就是我的画布。裤子里的棉花也没那么柔软了，板结了，僵硬了。到了一定时候，母亲终于忍不下去了，就开始清洗褥单，拆开裤子换上新的棉花。然后我们又铺盖新的被褥了，又开始在新的裤子上做梦，又尿床了，就又晒被褥……新的又变成旧的，旧的又换成新的。就在这样的折腾中，我们渐渐长大了。也终于不再尿床了。

（2022 年）

吃药

我小的时候，体弱多病，就老吃药。常吃的是药片，小的大的都有。因为我还小，不能把大的药片吞咽下去，母亲就把药片用金属勺子碾成碎末，再放进勺子里，掺和着白糖水，让我一口吞下去。虽然加了糖，也还是苦的。母亲就说："不要品，一仰脖子，一口咽下去。"可是哪有那么容易啊。挤眉弄眼，牙关紧咬。母亲也够果断，硬是用手撅起勺子，把药粉灌进我的嗓子眼里去。她知道一个理儿：生病了就要吃药。

等长大一些，还是那种圆圆的白色的大药片，不用碾碎了，给掰开，一片药片掰成两半儿，就容易吞下去了。

吃药其实也不难，一口水咽下去，顺水推舟，混在其中的药片也跟着吞下去了。只要够快，药片都来不及融化，来不及散发它的苦味。等它到了腹中，再怎么折腾，也感受不到了。

还有那种糖衣药片。比如黄色的糖衣，看起来亮晶晶的，像糖豆一样，很好看，放进嘴里也甜。但也不敢一直在嘴里噙着，生怕糖衣化了，吃到里面的苦。那会更苦。

许多小的药片，都放在掌心里，目测一下，似乎不足为惧，就喝一大口水，把手掌对着嘴巴一翻，小药片们一股脑都送进嘴里，又跟随那口水进到肚里去。一气呵成，豪气冲天。这是吃药有了经验。吃药也变得从容了。

也有一些药片，趁着大人不注意，偷偷丢到柜子后面去了。当场没有被发现。只有彻底打扫房间，比如过年大扫除，移动这柜子，才会看到这些药片。这时候，此一时彼一时。当初患的病早已好了。这些药片也不能拿你怎样了。

每到换季时候，我总感到难受。现在到了春天，我还会难受。鼻子难受，有时流涕有时堵塞。眼睛奇痒，揉搓得红红肿肿的，眼球上缠绕着血丝。白天好像还好，尤其到了晚上，自己回到家里，难受会加深。有人说是对花粉过敏，也有的说是流行性病毒感冒。

吃药片。一种白色的小药片，一天只要吃一片。吃多了还不行，也许药效太强，多吃有副作用。喝冲剂。每次倒上小半杯热水，把冲剂倒进去，搅拌充分了，一口气喝下去，不闻也不品。喝完口腔和鼻孔都冒出丝丝缕缕的清凉之气，好像马上就见效了。

我的母亲患有不少病，都是一些如影随形的顽疾，虽不至于要了她的命，却一直赖她身上不走，这么多年了，早已在她身上盘根错节，根深蒂固。

因为胃痛，母亲常常睡不着，睡着了又会被痛醒。天快要下雨了，她也能感觉到，好像能未卜先知一样，其实是因为天一潮湿，她的关节就会疼。

母亲常年要吃一种胶囊。胶囊看起来比药片有意思，是两个颜色不同的"小帽子"合在一起。用手一按有弹性，一旦打开了，里面就是许多药粉。那些药粉自然也是苦味的。越是被包裹着的，就越是苦。

（2021 年）

风筝

以前，有人在村南边的一块麦场上放风筝。我站在高高的土坡上，那些风筝比我还要高。它们漫过枣树林，漫过村庄的房屋，像水中的鱼，在天上颤动。

我跑下土坡，来到麦场，再观望，这时候风筝就更加高远了。这些在天上高飞的风筝，这些放风筝的人，我好羡慕呀。但我只能仰头望着。因为都不是我的风筝。

有风筝在天空中摇荡，两只风筝线搅在一起，我就替它们着急。千万不要出事啊，不要落下来啊，要飞得更高更高呀。可我只是一个小小的旁观者，我干着急瞎操心，什么力都使不上。

后来我终于有了自己的风筝。有一天，我和母亲说，我想放风筝。母亲理解我，支持我。那是一个晌午，村庄里很寂静，人畜都在午睡。我拿着两块钱，到处找风筝。我们村的小卖部没有，我就去邻村的小卖部，一家一家地找。

我买到一个油纸风筝。展翅的燕子形状的。我拿着燕子风筝回家，小心翼翼的，好像那是一只真的燕子，不小心它就会飞跑了。

迫不及待拿着它去麦场上。飞吧，我的风筝！我试了几次都没有成功。原来放风筝真没那么容易。但我认为是风小的原因。我就把风筝收藏起来。

直到一天，风很大很大，所有的树都在摇晃，连房屋都吹歪斜了。我突然想起我的风筝。这不就是我的风筝在苦苦等待的大风吗？我带着风筝去麦场。因为风大，风筝紧贴在我身上，跟着我顶着风艰难前行。

终于来到麦场，我想这么大的风，风筝不可能飞不起来。来吧！刚一松开手，果然风筝就升上了天空。可很快又从天空中栽下来。像被炮弹击中的飞机。它被大风吹破了，头部出现一个大窟窿。这次又失败了。原来风太大也不行。

我带着负了伤的风筝回家。有很长一段时间不再碰风筝。直到风和日丽的一天，我突然又来了兴致，又想起我的风筝。我用面糊修补它，又带着它出发了。

也不知道怎么的，这次风筝真的飞了起来。它在天空中越飞越稳，越飞越高。在我眼里也越来越小，越来越远。而且它越飞也越有力，根本不需要我再拉扯。好像我成了它的束缚。

突然我想松手。可又舍不得。我正犹豫着，砰的一声，风筝线自己断开了。我的风筝就飞出去了。

它在天空中飘着，我在地上跑着追它。可我跟不上。它早已飘过了连接两个村庄的石桥，我还在桥这边呢。等我过了桥，风筝已不见踪影。

我的风筝，你去哪里？

我停下来，茫然张望。

我知道它早晚会落下来。可能落在村庄的屋顶上，可能落在茂密的树林里，可能落在干枯的河床上，可能落在广阔的田野上……

从此，我再也不放风筝了。

（2021年）

吃冰棍

小时候可吃过不少冰棍。只要是在夏天，手里有了一毛钱，就会去小卖部里买冰棍。刚从冰箱里掏出来的冰棍，周身还覆盖着一层白霜，散发着白色的寒气，看起来很迷人。赶紧接过来，人还在小卖部里，就等不及要用舌头在冰棍上舔一下。这一舌头下去，舌头可能黏在冰棍上。因为冰棍寒冷，可你的舌头火热。先要用舌头舔开这层白霜。舔开了，才露出荔枝肉那样颜色的冰棍肉。这时候你就可以继续尽情地舔舐了。如果觉得不过瘾，还可以直接咬。一口一口咬着吃，嘎巴嘎巴地嚼。这种吃法特别带劲。但是你要小心，要稍微收着点儿，听说有咬冰棍崩了牙的。这样咬着吃也太快了，为了延长吃冰棍的幸福，还是要一下一下慢慢地把冰棍舔得越来越小。等到冰棍越来越小，又开始用嘴嘬起来，这时候嘴里发出的声响是吸溜吸溜的。

等冰棍全吃完了，只剩下一根木棍。完事了吗？没有！这根木棍可不能轻易放过，还要用嘴唰唰这木棍，甚至用牙咬一咬，像嚼甘蔗一样，给咬瘪了嚼烂了。因为就连木棍都是有甜味的。绝对没人教过你如何科学地吃一根冰棍，但是你绝对能摸索出来这样一套流程，让一根冰棍带来的幸福感最大化。

吃冰棍的时候，可以比着吃。不是比谁吃得快，是比谁吃得慢。几个孩子在一起，一人买一根冰棍，嘴里吃着自己的，眼睛瞧着别人的。生怕自己吃得快，比别人先吃完了。

吃冰棍的时候，还可以就着馒头。尤其是走在街上，头上顶着一个太阳，一手拿着冰棍，一手拿着馒头，左右开弓，吃一口硬的，吃一口软的，感觉很奇妙，又冰又爽。那个感觉，好像不只是吃冰棍，好像是在吃那个夏天，吃头顶上的太阳。其他人看到，馋得够呛。所以冰棍就馒头这样的吃法，就在整个村子里流行起来了。

我父亲卖过冰棍。那时候我们还很小。父亲弄了一个冰棍箱子，挂在一辆自行车上，每天走街串巷卖冰棍。不只冰棍，还有雪糕。冰棍是冰的，是硬的，雪糕是软的。冰棍一毛钱一根，雪糕是两毛钱一根。还有更好的雪糕，五毛钱一根。每天父亲回来，会剩些冰棍，反正卖不出去，就让我们吃。我们就一根接着一根地吃。吃得嘴唇红彤彤的，都冻紫了，还在吃，根本停不下来，直至把冰棍都吃完了。因为雪糕进价贵，卖不出去会亏本，所以父亲每次进的雪糕就没多少，也很难剩下来。如果有雪糕剩下来，我们就欢喜得不得了。只有一根的话，我们就一起吃，一人咬一口。就因为我父亲卖过冰棍，我们比村里其他孩子吃过更多的冰棍，他们都快羡慕死了。来找我们玩的孩子也能"蹭"到冰棍。因为这个，我挺为我父亲骄傲的。

虽然我们很喜欢父亲卖冰棍，认为他干这个很美好，但是父亲也没长久地卖冰棍。因为根本挣不到几个钱。我们越来越大，维持一家人的生计花费越来越大，仅靠他卖冰棍可没法养家。他就换了其他行当来营生。

从此我们只能去小卖部买冰棍。有时候会遇见从冰棍厂开来的冷藏车，车厢里装的全是一箱箱的冰棍雪糕。我们就一路跟着冷藏车，看着它停在小卖部门外，打开车厢后盖，把里面的冰棍雪糕往小卖部里搬运。

那得有多少冰棍雪糕呀，好想吃一根。馋得直舔舌头，可是手里没钱。就赶忙回家，和妈妈要钱去。妈妈那么爱你，总会给你一毛钱，让你吃上一根冰棍。

（2021 年）

打元宝

打元宝可是小时候最爱玩的。

先叠元宝。把两张长方形的纸，呈十字交叠在一起，每张纸两头各折一个角，再把四个折角向中间折叠，每个折角压住前一个折角，正好形成一个方方正正的元宝。我叠过许多元宝，每一个都叠得很认真，所以它们都方正好看。

用什么叠元宝？只要是纸就行。烟盒纸、书本纸、废报纸、纸板箱、油毡纸，都行。打元宝的时候，一个人把元宝放在地上，另一个人用元宝往地上摔，或者往对方的元宝上摔，只要能把对方的元宝翻个面，就赢了，对方的元宝是你的了。用书本纸叠的又小又轻的元宝，基本是"小喽啰"，很容易输。用纸板箱叠的又大又重的元宝，就是"大杀器"，很容易赢。

但也有例外。我曾与一个大孩子打元宝。他用一个非常小的书本纸叠的元宝。我费了很大劲才赢了那个小元宝。拿在手里觉得小元宝很沉,拆开元宝一看,原来元宝里面夹了一块铁板。因为元宝是方方正正的,那块铁板也是方方正正的。真是一块不错的铁板。

有人叠过很大的元宝。是用纸板箱最大的面叠的,很大很大,大到他一只手没法摔元宝,拿不起来。得用两只手抬起来,再往地上一摔。这巨无霸元宝落地,也不是啪的一声,是咚的一声,好像什么爆炸了,尘土飞扬,地面都在震动。震荡起来的气流很大。他如果用这个巨无霸元宝,你就别妄想赢他了。没有元宝能把这个巨无霸翻个儿。每次他一拿出巨无霸,我们都直摇头,不愿意跟他玩。所以,他这巨无霸,虽然是元宝,却成了坐垫。

打元宝的时候,手里拿着元宝,抡起自己的手臂,使劲往地上一摔。有用右手的,有用左手的,全看你哪只手更有力。啪的一声脆响,元宝摔打在地上,产生的风可能把对方的元宝掀翻过来,或者元宝摔打在对方元宝上,也可能把对方的元宝带翻过来。这得讲究策略和角度,这里面有力学也有运气。

为了赢对方的元宝,有时候会"挖土掏洞",就是把对方的元宝下面的土掏出来,掏个洞,好让自己的元宝从对方的元宝下面穿过去,这样更容易让对方的元宝翻个面。但一般的规则是不允许掏洞的。因为一旦掏,你掏我也掏,那就不是打元宝了,而是挖土掏洞游戏。

哪里都可以打元宝。在平整的地面上,元宝不容易翻面,不容易有输赢。在坎坷不平的地上，元宝容易支棱起来，更容易翻面，更容易有输赢。元宝每次飞出去，指不定会落到哪儿。可能落到犄角旮旯，这时候需要挪一下，把元宝换一个地方。有时候元宝会飞到水缸里，飞到水缸里还能捞出来，晒干了还能继续玩。要是正好飞到一摊新鲜的牛粪上，那就报废了。要是飞到狗窝里，你就得看下狗的眼色，看它肯不肯让你捡回来。总之，元宝只要摔出去，不一定产生输赢，还有更多可能性。

打元宝有输赢。有时候元宝都输光了，两手空空地回家，心里会难过。有时候，手里拿着一大摞赢的元宝回家去，又真开心。家里积攒的那些大大小小的元宝，可都是小时候最珍贵的财宝，虽然它们本质上都是废纸片。

（2021 年）

玻璃球

说起玻璃球，有没玩过的吗？

玻璃球就是用玻璃做成的球，我们小时候玩的，可以分为这么几种：一号的、二号的、五号的。去小卖部里买玻璃球，人家会问要几号的呀，你就要选一选。一号的玻璃球是最大的，差不多有乒乓球那么大，拿在手里沉甸甸的，很有分量。二号的呢，就比一号的小，葡萄那样的大小，而且球里是没有花瓣的，就是玻璃那样的青绿色的。五号的，是最小的，也最轻，和一号的一样，球里面有花纹或花瓣，好看。至于它们的价格，一号球最大也最贵，一毛钱只能买一个；二号球呢，一毛钱可以买两个；五号球呢，一毛钱可以买三个。

我们村有一家店卖玻璃球，就是上面这样的价。其实这家主要是卖手表、修钟表的，所以房间里墙壁上挂满了大大小小、各种模样的钟表，一到整点所有钟表会一起叮叮当当地敲钟报点，很热闹。玻璃球只是顺带着卖的。这家的孩子比我小一岁，我们常常一起玩玻璃球。那种玩法叫"野球"，就是两个人轮流把玻璃球弹出去，如果弹出去的球能撞到对方的球，就赢了。赢了，对方的球就成你的了。输了，你的球就变成对方的了。在院子里、在过道里、在街上、在打麦场上，哪里都可以玩。

有那么一段时间，我天天和他玩。最后，这个卖玻璃球的人家的孩子，输光了他家里所有的玻璃球，五号的、二号的、一号的，全都输光了。从此这家就再也不卖玻璃球了，安安分分、全心全意去卖手表钟表了。而我呢，赢得了所有的玻璃球，玻璃球太多了，盛满了一筛子。我成了玻璃球大户，开始卖玻璃球，而且，我卖得比那家便宜，那家卖一毛钱三个，我卖一毛钱五个，所以我的生意很红火。我赚了一笔小钱。这在我们村都是独一份的。

后来，我们不玩野球了，玩"顶球"。其实玩法非常简单，就是找一面墙壁，离墙壁一段距离在地上画一道线，玩家们一起站在这道线上，朝着这面墙壁把玻璃球投掷出去，让玻璃球朝着墙壁滚动，玻璃球可能撞到墙壁反弹回来，也可能没撞到墙壁在半路就停下来，都可以的。最终就看谁的球离墙壁最近，最靠近墙壁的玻璃球获胜。

在学校里我们爱玩"杠球"。在平地上画一个长方框，用粉笔或砖块都能画，就在这个长方框里玩玻璃球。还是用手指把玻璃球弹出去，让自己的玻璃球去撞击对方的玻璃球，只要把别人的玻璃球撞出长方框，就赢了。这个玩法，有点类似打台球，挺考验技巧和实力的。要撞击哪个球，从哪个角度弹，弹多大的力，每次都要考虑的。弹玻璃球，有的用左手，有的用右手。有的把玻璃球夹在食指关节那里，有的把玻璃球夹在中指关节那里，再用大拇指扣动扳机一样弹出去。

有一段时间，电视里正在热播《宰相刘罗锅》，这个电视剧里有一段玩玻璃球的剧情，受电视剧的影响，我们也模仿着玩起来。就是找一块平地，在地上总共挖七个小洞，把玻璃球依次弹进七个小洞里，然后这颗玻璃球就成功当上皇上了，就有"生杀大权"了，就可以开始撞击其他玻璃球了。

我曾跟一个大孩子玩玻璃球。可能还是年纪大就更厉害吧，我输给他好多玻璃球。玻璃球全输完了，想赢回来，就继续和他玩，欠着他。到最后，我欠他的越来越多，合起来值两块钱了。那时候，两块钱可是很大一笔钱。我不知道该怎么办，最后还是硬着头皮去和父亲说了。我以为父亲会揍我，可父亲只说以后别跟他玩了，给了我那两块钱。我向大孩子还了那两块钱，从此再也不跟他玩玻璃球了。我当时心里好轻松好轻松。

（2021 年）

玩画片

画片也叫洋火皮。老火柴盒有图案那一面，撕下来或用剪刀剪下来，就是洋火皮，就可以用来玩。画片也叫洋画，什么内容的都有，斗兽棋、军棋、《西游记》、《封神榜》、《水浒传》、《变形金刚》、圣斗士……很有意思，我们都喜欢。

买画片要去小卖部。为了买到不同内容的画片，有时候专程去更远的村庄里买。卖画片的常常是一些老人。他们的房屋里很黑，打开了灯还是很暗，屋子里还有一股怪味。但是他们往往有很有意思的画片，所以还是非去不可。

刚买的画片，是许多张小画片在一张大画纸上，共同构成一个主题。比如，斗兽棋，有象、虎、狮、豹、狼、狗、猫、鼠，八种动物，两方势力，十六张画片；军棋，有司令、军长、师长、旅长、团长、营长、连长、排长、班长、工兵、地雷、炸弹，红蓝两个阵营，还有一张军旗，加起来二十五张画片；《西游记》《封神榜》《水浒传》，往往是一张大画纸上有几十张小画片，每一张画片上都是一个鲜活的人物角色。

用剪刀把一张大画纸剪成一张张的小画片。剪的时候，要有耐心，稍不留神，可能就剪坏了。只有足够用心，才能剪得方方正正的，整齐好看。剪刀一下一下地前进，发出咯吱咯吱的声响。这种声响很动听，好像马在嚼着草料。好像那些好看的画片是被困在画纸上，现在你终于要把它们从画纸上解救下来了。

画片全剪下来了。每张画片都很规整，每张上面也有内容，你就去欣赏去研究吧，总有你好奇的喜欢的。把所有画片叠在一起，就成了一摞，放在手心里，很精致，很满足。

有了画片就有了资本，可以去和小伙伴们玩了。最常见的玩法是拍画片。找一块平地，两个人面对面蹲着，每次先要转过身子，到背后去考虑出多少张画片，每次谁出的画片数量多，谁就获得拍画片的优先权。谁获得了优先权，就把双方的画片都叠在一起，把画片中间折一下，让画片翘起来，放在地上，再用手掌使劲往地面上一拍，靠这一拍产生的风力，让画片翻过来。如果画片翻了个面，就赢了。赢了可以继续拍。如果一张画片都没有翻过来，就轮到对方拍画片了。

这里既有出画片时的思考和博弈，还有拍画片时的技巧和手劲。我拍画片在我们村那些孩子里是出名的，他们给我起了一个绰号叫"铁手老怪"。不是说我又老又怪，是说我的手像铁的一样，拍画片不怕疼。这个绰号，我很受用，但我自己心里明白，我不是铁手，我也怕疼。只不过想要赢，就要使劲拍。

有时候在土地上拍，土地上有一层墁土，手还不是太疼。有时候是在石灰地上拍，石灰地坚硬，就拍得手生疼，手掌红通通的。但即便如此，我们乐此不疲。

后来长大一些，可能也变聪明了。不拍画片，改吹画片。这也是一种玩法。还是每个人都在背后出画片，谁出得多就先吹画片。还是把双方出的画片叠放在一起，弄成一摞，放在地上，然后用嘴对着画片吹气，吹翻的画片就赢了。

等再长大一些，玩法又变了。也不用嘴吹了，换成玩扑克牌。用扑克牌玩诈金花什么的，画片当作赌资和赌注。这时候，不会再拍得手掌红通通了，也不会吹得腮帮子疼，面红耳赤的。更像是一种棋牌游戏或赌博游戏了。

这时候，我们往往已经有许多画片，就再也不去买画片，不用剪刀剪画片，也不再关注画片上的画。

（2021 年）

玩泥巴

先要去村边的水塘里挖一块泥巴。这个是需要经验的，只能用胶泥，胶泥黏性才好。胶泥是红色的。挖了一块胶泥，拿到村子里，就在村头阳沟上摔揉，就和揉面差不多。

刻泥模。砖模是从村子里的小卖部里买的，经营这样的小卖部的，往往是很老的老人。砖模上有各种各样的图案，有公鸡，有知了，有鱼，有老虎，有大象，有猪八戒，有孙悟空，什么都有。把胶泥覆盖在砖模上，夹在两只手掌里按压，力道要掌握好。给的压力不够，刻出来的图案不清楚。手劲儿过大，用力不均匀，还可能把砖模弄坏了。一旦砖模裂成了两半，再刻出来的泥模，都是有一道裂缝的。

把泥模带回家，摆放在窗台上，晾晒。家里养了鸡，要注意鸡会跳上窗台，在未干的泥模上印上爪印。鸡就爱这样干。

晾干了就变结实了，就把泥模放进灶膛里烧。大铁锅里烧着饭，灶膛里烧着泥模，是想烧出砖模来。大多数时候是把泥模熏得黑黑的，顶多能烧出一点红色来。但即便如此，也会如获至宝。

做泥塑。用胶泥随便捏着玩。自己想到什么就捏什么。有时候想捏个什么，却捏不出来。有时候没什么想法，捏着捏着，却捏出来一个有意思的东西。往往是几个孩子在一起玩，就互相比较、互相借鉴，你看看我捏了个啥，我看看你捏了个啥。

捏老头钓鱼。一个戴着一顶斗笠的老头，说他是老头儿，因为他有两撇八字胡。老头坐着，一只手执一根鱼竿，鱼竿上垂下一条线，鱼线垂落进一个水池里，水池里有各种鱼，还有五角的海星。这些都是用泥巴捏出来的。一个孩子捏出来了，其他孩子跟着也捏出来了。

做小泥炉子。把一块胶泥摔得方方正正的，从一个面上往里挖，把中间的胶泥挖出来，再在一侧的一个面上开个口，往里面挖，一个简易的小泥炉子就做好了。这才是第一步。接着去枣树林里，去枣树树干上剥一些枣树皮，收集一些腐朽的细小木材。这些就是小泥炉子要烧的柴火。

在村边，生起小泥炉子。炉子很小，木料很小，却能冒出很大的烟雾。有几个孩子，就有几个小泥炉子。有几个小泥炉子点燃了，就有几道白烟冒出来，袅袅冉冉，一直往上升，往远处飘。只是这样烧小炉子就很好玩。

有时候也模仿大人做饭。有的从家里偷偷拿了盐，有的从家里偷偷拿了油，有的从家里偷偷拿了花生。把一个罐头盖子放在小泥炉子上，这就是锅了。就在小泥炉子上炒花生。小小的泥炉子，小小的罐头盖子，放不上几颗花生的。

（2021 年）

画画

　　小的时候，我们爱画画，又没有老师教，就自己画着玩。尤其是下雨天，要骑自行车几公里才能来学校的老师因为乡间土路泥泞耽搁了，只有我们三十来个学生待在教室里。没有老师，就自由了，干吗呀，画画吧。画什么的都有，全看个人知道什么，喜欢什么。大多和看过的动画片有关。我画过孙悟空、米老鼠。最常见也最简单的，就是临摹。找自己喜欢的画，把一张单薄的白纸蒙上去，用铅笔依着原画的痕迹印着画。

　　印着画很容易，画出来也很像，但我不想印着画，没什么意思，我是看着画。把喜欢的画放在眼前，把一张白纸铺开，看一眼原画，在纸上画一下，觉得没画好，就用橡皮擦掉，重新画那一笔。就这样，抬头低头，画画擦擦，一笔一画。画完一张画，脖子和手都酸了。很费劲，可也觉得有意思。画好了线条，用彩笔上色。什么地方上什么颜色，全由你来决定。上完色以后画就变得艳丽了。

也不是只在白纸上画。

上三年级时，终于有了机会。教育局要来学校检查，不能再让后面那块黑板空着，老师就让我在黑板上画些画。好呀！周末，同学在放假，我来到学校，在黑板上画。画什么，我已经想好了。我无意间在我家院子里发现一个糕点盒子，上面有十二生肖。我就画十二生肖吧。

等到周一，同学和老师来到学校，就发现黑板上变了样，多了十二种动物。鼠、牛、虎、兔、龙、蛇、马、羊、猴、鸡、狗、猪。他们都能认出来。嘿嘿，我画得很像吧！但是老师看着看着，脸色就变了，他说：其他动物还行，画老鼠干吗？这是要让同学们向老鼠学习吗？老师觉得老鼠不妥，就用黑板擦擦掉了。

上初中的时候，也有过一次机会。学校组织学生展现才艺，手工、画画，都行。我很重视，想了很久，才决定画一幅老寿星。就是那个大额头的老寿星，手里拄一根老藤做成的龙头拐杖，拐杖头上还挂着一个葫芦。在他脚边卧着一只安静的梅花鹿。在他身后有几片松枝和一抹群山，还有一排仙鹤在碧蓝的天空上飞。

这个画面够展现我的画画才能了。为了不让别人以为我是临摹的，我不想画在薄薄的白纸上。我特意找了一块厚厚的牛皮纸箱板，在纸箱板上画，画完了又上色。可是，因为纸箱板本身是牛皮色的，不是白的，线条看不清，上了色也看不清。我画得很精细，上色后却一片灰突突的。我把我画的老寿星拿到学校，还是入选了，被收藏进了学校的一个展览室里。我有时候会去扒着窗户往里看，我画的老寿星就挂在教室里的那条绳子上。

高中时候，学校也让画过一次画。这次，我没有自己画，我想让父亲画。我听说父亲会画画，但从没有见他画过。说实话，父亲是一个农民，一天天地干农活，他那双手又粗糙又坚硬，我真不信他能画画。他就是以前能，现在也准不行了。

我和父亲说了。父亲真要试试。他说他会画老虎和毛主席。那画老虎吧。父亲只用一个小铅笔头。给他很长的削得很尖的细铅笔，他不用。给他橡皮擦，他也不用。他说他不用修改，涂涂改改那不是画画。父亲口气倒不小。

我就看父亲用他那只生满老茧的粗糙大手拿一个小小的铅笔头在本子上画着。看他的手，那就不是一只画画的手，那是用来干农活的手啊。

可是父亲在画着。

他的画法和我不一样。他不是临摹，他是完全凭自己想象去画。他也画得很认真，很精细。他画得投入，我看得入迷。我得承认，父亲的老虎真的画得很不错，和我们从集市上买的贴在墙壁上的年画里的老虎一样逼真。但是父亲又不是照着年画上画的，他是胸中有老虎。

画完了一只老虎，父亲好像兴致不减，又继续画毛主席像。

那是我唯一一次看父亲画画。从那以后，父亲就再也没画过画。

我也没有再画过画。

（2021 年）

毛笔的事

我们的小学，只有语文、数学、自然、思想品德，没有音乐，没有美术，也没有书法。有一次，学校发了练习毛笔字的字帖，却没有老师教我们写毛笔字。

我怂恿几个同学一起去买毛笔和墨汁。

村里没有卖的，我们就一起走着去二里地外的乡里，到集市那条街的一个二层小白楼里买。问毛笔有什么样的，说有狼毫和猪毛的。

我们把狼毫的毛笔和猪毛的毛笔拿在手里比较，摸摸两个毛笔头，感觉狼毫的更柔软一些，猪鬃的更粗糙一些。

狼毫的好，但是我们买不起狼毫的。最终都是买的猪毛的。好像是一支要两块钱。

只有毛笔不行，还要有墨。墨汁装在一个长方形的黑色的软塑料瓶里。看瓶子那么黑，就知道里面的墨汁一定也很黑。打开一闻，一股很奇怪的味。

我们拿着毛笔和墨汁到一个同学家里。当时他家里没有大人，只有他家养的几只鸡在他家的院子里慢条斯理地溜达。

我们走进他的房间，就开始玩弄刚买来的毛笔。把墨汁瓶的盖子拧开，在瓶盖里倒一点墨汁，用毛笔头蘸蘸，或者干脆把毛笔头伸进墨汁瓶里蘸蘸，毛笔头上就有了墨汁。可是该怎么用？

我们看中了彼此的脸，互相在对方的脸上写写画画。你在我脸上画个圆圈，我在你脸上画个三角，另一个脸上可能画个五角星。你在我脸上画一朵小花，我在你脸上画一只小鸟，而第三个人脸上可能画一只王八。

"我在你脸上画了一个王八！哈哈！"在别人脸上画王八的很得意，还炫耀。

"好呀！我也要在你脸上画个王八！"被画了王八的也要"回敬"一个王八。

因为我们都很小，也都没有学过画画，也都是第一次拿起毛笔，可以想象画得都不太好。但是我们都很有创作欲望，都认为自己很有画画天赋，谁也不服谁。

到最后，个个是一个大花脸。额头上、脸蛋上、下巴上，都有神奇的精彩的笔墨，都满是别人天马行空的即兴创作。

我回到家里，找出学校发的毛笔字帖。大人在西屋里看电视，我自己在东屋里，把毛笔、墨汁瓶放在地上，毛笔字帖也是铺在地上，坐在地上写毛笔字。我家没有铺地砖，地面不平整，坑坑洼洼的，可并不影响我写毛笔字。

只写字帖上的字不过瘾，我找出旧报纸，在报纸上写。也不照着字帖写了，就自己想写什么就写什么。我记得有写齐天大圣孙悟空。

趁大人不在家，我还去西屋里创作。用毛笔在墙壁上画画。我画的不是工笔画，应该属于泼墨写意一派。我把毛笔头伸进墨汁瓶里蘸足了墨，手执一杆长长的猪毛毛笔，在我家西屋的北墙面前一站，来了灵感，大笔一挥，龙飞凤舞，恣意挥洒。活脱脱一个大艺术家。

那我在我家墙壁上创作了什么呢？我记得有一棵大树，还有一只孔雀。大树有宝塔状的树冠，很茂盛，还有树干，还有树根，我都给画出来了，很完整，很形象。孔雀呢，我画了小小的孔雀头，孔雀头上的长翎毛，孔雀长长的身子，还有孔雀的长尾巴，很传神、生动。

我对我的作品很满意。来一个人，我就指着墙壁问他，你看，我画的是什么？一般都能看出那是一棵树，因为我实在画得太好了。但对于那只孔雀，他们常常看不出来，以为是一只鸡。

（2021 年）

打架的事

　　农村里的孩子爱玩摔跤，我就是个杰出代表。我经常带着一群小毛孩子，去打麦场的麦秸堆里摔跤，弄得浑身都挂上了麦秸。我很厉害，一个人可以对付好几个，因为他们都比我小。冲上来的，不是被我摔倒，就是被我甩飞了。他们一人抱我一只腿，还有一个在后面抱着我，都弄不倒我。我就是孩子堆里的王，简直无敌。除了欺负比我更小的小孩子，我也和与我年龄差不多的打过架。

　　还是上小学一年级的时候，我和更雷、武瑞三个放学一起回家，忘记因为什么了，走着走着他俩突然打了起来，在半路上摔起了跤，书包还在身上背着，身上都是泥和雪。更雷占了上风，把武瑞压在了下面。我就拉开更雷，把更雷压在身下。还用手抓到了他的脸，因为他的脸冻伤了，我就在他脸上抓下来一小块肉。这可吓到我了。我起来，更雷起来，也再没打架。当然那次打架并没有影响到我们，我们每天还是一起去上学一起放学回家。从小学到初中，我们都是一起的。

还有一次，我和小飞玩。水塘里结了冰，我们在冰面上玩。玩什么呢，可能就是在冰面上走来走去、踩来踩去的，看有没有鱼冻在冰层里，看有没有冻住的气泡，有的话我们就用脚后跟踩破。还可能用脚踢一块冰块，让冰块在冰面上滑动，看谁踢得远。那天我们两个玩得好好的，不知怎么就突然动起了手。我们互相用双手抓住对方的肩头，角力，摔跤。忘记他有没有用脚绊我了，总之，一下子我就摔倒了。我有点蒙。可能因为冰面太滑吧。把我摔倒以后，小飞就往家里跑了。可能他比我还害怕。因为他是我堂弟，我们以前从没打过架，他大概也没想到会摔倒我吧。但是从此以后，我们再也没打过架，还是经常在一起玩。

后街有个叫大胖的。大胖很壮，胳膊比我的腿都粗。有一次他来前街，不知怎么的，我和他打起来。很惭愧，我没敌过他，被他摔倒了。从此我就知道我不是大胖的对手。还好，我在前街，他在后街，我们很少遇见。又一次，我和国强去后街玩，在后街遇见了大胖。忘记为了什么，国强和大胖打了起来。我心想，完了，国强准打不过大胖，大胖太壮了，大胖无敌。谁承想，一开打，国强嘴里哇呀呀地喊叫着，声势逼人，手里握着自己的布鞋，用鞋底子对着大胖一顿猛抽，有几下抽到大胖身上了。可能太疼了吧，大胖瞬间就害怕了，节节败退，缩着身子，灰溜溜地逃跑了。从那以后，我才知道，原来大胖没那么强，国强以前好像很弱，没想到这么厉害。我再跟着国强，都有十足的安全感。

这些都是小时候的事了。现在想起来还挺有意思。小时候常打架却从不记仇，长大后不打架了却容易记仇。不知道是不是这么回事。

（2021 年）

钓鱼

小时候，钓过鱼。鱼钩是自制的，用母亲的针。母亲有一包针，由锡纸包裹着。点着蜡烛，用烛火把针头烧热了，再用钳子把针头弄弯，就成为一个鱼钩。本来银光闪闪的针头，经火一烧就变黑了，但并不妨碍做鱼钩。有了鱼钩，再系根细线，细线那头拴在木棍上，钓鱼的工具就做好了。

鱼饵也有办法获得。正好刚下过雨不久，雨过天晴，太阳光白亮白亮的，看起来特别兴奋，好像要把大地上的潮湿都蒸掉。屋檐下的泥土还是湿润的，用铁锹随便挖一下，就会有蚯蚓出来。也可能这一下正好把蚯蚓拦腰斩断，就能看到它的身体在泥土里收缩。

我钓鱼的地方比较特殊。虽然村边有水塘，但我对水塘没兴趣，我看中了水塘边的一口水井。水位高的时候，水塘的水淹没了水井，后来水位下落，这口井又露出来了。

我在井口边上一坐，把鱼饵插在鱼钩上。鱼饵是蚯蚓的一段身体，鱼钩是那弯曲了的针。再把鱼钩垂到井里去。这就是我的钓鱼了。

井水也不是静止的。时而，有树叶从旁边的柳树上掉下来了，正好飘落在水面上，虽然轻盈，也会弄出一点颤动。还有一些小小的水虫子，会在水面上跑动，在小小的井口水面上，弄出细微的涟漪。

坐着累了，我去柳树下面收集了许多落叶。树上明明还有许多绿叶，但同时也落下了许多树叶。好像树上的空间有限，容不下那么多树叶，就总有一些树叶被挤下来。

把柳树叶铺在井口边上。我趴在柳树叶上，还是在钓鱼，不过是换了个姿势。只有我自己在村边钓鱼，只有我自己守着这口老井，我想怎么样就怎么样。

从井里钓上来的是一种大头鱼。头很大，身子很小，有点像蝌蚪。但它是鱼，是我的收获，我也不嫌弃。

钓到的鱼太小太少，根本不够人吃，我把鱼带回家，喂了我家养的鸡。我家养的鸡，一点也不嫌弃。我把小鱼丢进鸡圈里，那些鸡扑棱着翅膀，飞下来跳起来抢。

离村庄二里地远的武家沟，是我们那里的一条河。河上有几座石桥，好像几个人站在河里，始终弯着腰。石桥两边都是田地。我来到石桥上，从石桥上抛下钓线。石桥很高，鱼线就放下去很长，我往下张望，眼光也像是钓线，也放下去很长。

河水是清的，我可以看到水里的水草，看到在水草间穿梭的鱼群。一群鱼总在一起游动，仿佛组成了一条更大的鱼。这些鱼好像没有什么目的，只是在水中游来游去，看起来自由又快乐。

鱼虽然很多，我也看得见，但是也并没有钓到什么鱼。我也就开始明白了，河里的鱼多是一回事，鱼咬钩又是另一回事。你渴望钓到鱼是一回事，鱼是否满足你是另一回事。这里面有付出，有等待，有喜悦，有失望。不是那么简单的事。

从此也没有再钓过鱼。

（2019 年）

摸鱼

我们的村庄是在高处的，比荒野高，比麦场高，比树林高，比田野高。生活在村庄里的人，站在村庄里，不管朝着哪个方向张望，视野都很开阔。村庄周围有许多洼地，盖房子垫地基需要的土，都是从村外挖来的，用车拉到村庄里，把村庄抬高了，就把周围挖低了。

起初，每到春天就会有活水从远方来，沿着一条古老而宽阔的河道，一旦进入了村边的洼地，就变得迟缓了。这远道而来的水会注满村庄周围的洼地。有水，也就有鱼。那时候，村里的人常去捕鱼。我父亲也去。用那种粘网，把网撒到水面上，撒出一个好看的圆，就会罩住一些鱼。都不是很大的鱼，只有手掌那么大的。多是鲫鱼和鲢鱼，鲫鱼的背发灰，鲢鱼的鳞片是银白色的。那时候，村边总有水，水里总有鱼，还有小乌龟。

后来，没有水从远方来了，远方的水可能出了事，可能被什么绊住了，没有水来，村庄四周的洼地就寂寞了。只能等着老天下雨，等大雨落在村庄里，又从村庄里流出来，流进洼地里。虽然不是活水，是死水，但也是水。洼地不寂寞了。

洼地成了水塘。夏天我们在水塘里洗澡，鸭子和白鹅也在水塘里戏水。冬天水塘里结了冰，我们去冰面上走动玩耍，打冰嘎，踩得冰面咯吱咯吱响，有了一道道白色的裂纹。这水塘也还不是寂寞的。

水塘里的水越来越少了，水位不断往下降。少到一定程度，村里的人来摸鱼了。先是孩子们引起的，他们在水塘里玩，把水塘弄浑了。村里的大人看见了，看见水很少了，又很浑了，就来摸鱼了。

绝不是提前商量好的，是小孩引起的，然后大人参与进来，这就不只是玩了，而是一件大事了。一个大人来了，两个大人来了，三个大人来了，陆陆续续，许多大人都来水塘里摸鱼了。

有穿着拖鞋和裤衩来的，就把拖鞋放在岸边，穿着裤衩进到水塘里。有穿着裤子来的，就把裤子脱了，裤子和鞋放在岸边，人进到水塘里。还有的，直接穿着裤子下水了。

摸鱼的人，在水中姿态各异，有的蹲在水里，蹲着往前挪着步子，两只手不停摸着。有的跪在水里，就用膝盖前行，用手努力摸着。还有的猫着腰，死盯着眼前的一片区域，以静待动。都在摸鱼呢。

岸边的人也越来越多了。女人和孩子站在岸边，观望着，叫喊着，比画着。"那里有鱼！""那里！那里！""身后！你身后！"当局者迷，旁观者清。站在岸上观看的，看得更清楚，眼睛格外尖，哪里有鱼，他们都能看见。

水塘里的水完全浑了。水变成了泥黄色的，鱼已经不能呼吸了。它们就浮出水面，露出了自己的脊背，把嘴伸出水面，朝着空气中吐泡泡，像是在呼救。它们到处游窜，心急火燎，想要找到一块净土，可是整个水塘已经浑浊了，再怎么游动，也出不了这片水域。

有人抓到了鱼，脸上就有了笑，嘴里说着"抓到一条"，手臂向着岸边一扬，一条鱼就朝着岸边飞去了。这鱼飞的方向和距离很准，正好落在岸边上，落在他家女人和孩子的跟前。女人和孩子就赶忙冲上去，把刚上了岸还在蹦跶的鱼摁住。如果有水盆水桶，就放进水盆水桶里。如果来得急，没拿盛鱼的盆或桶，就把鱼暂放在一个小水洼里。

把鱼丢到岸上，就又继续摸了。你不摸，就被别人摸去了。就那么一块水域，那么多人在摸鱼。浑水摸鱼。水塘里的鱼，在浑水中游荡着，闪躲着，躲过了这只手，马上要躲避另一只手。终究逃不过被抓住，丢到岸上的命运。

脸上都挂了泥点子。别看脸上笑嘻嘻的，眼睛里却充满了机警。发现了一条大鱼，就朝着那条大鱼扑去。大鱼一路逃到了岸边，拍动着尾巴直往岸上窜。他追到岸边，整个人猛地一扑，双手摁住了大鱼。他握着大鱼，抠住鱼的鳃，从水塘里站起来了，他的裤衩在滴水，不是水，是泥汤。他脸上是得意的笑。

孩子们也在摸鱼，但很难抓住。鱼身上很滑，一个打挺，一个扭动加速，就从孩子手里脱掉跑了。孩子越摸越上火。聪明的孩子，不用手摸了，去找来了网。那种小抄网，看到鱼，一抄就抄住了。那种三角状的叉网，推着向前，把鱼赶进网里。鱼进到网里就好抓了。

看到孩子用网，摸鱼的大人也急了，不能被小孩子抢了去，不能比不过小孩子。这不只是抢鱼了，涉及大人的尊严了，脸上也变得严肃了，集中精力去摸鱼。

水塘里的水越来越浑，摸鱼的人越来越多。鱼们都沸腾了，人们也都沸腾了。鱼们是惊慌失措，人们是兴奋不已。这是一场集体的捕猎，也是一场集体的逃亡。这是一场集体的狂欢，也是一场集体的恐慌。

摸鱼的人们终于走了。水塘里恢复了安宁，但水还是浑浊的，久久不能平静。慢慢地，浑水里的泥土沙子沉下去，水才又变清了，清得可以看见水底了，水底的泥地上坑坑洼洼，是摸鱼的人们踩出来的。这么清的水里，已经没有鱼了。有的只是翻着白肚皮漂浮在水面上的死鱼。水塘里一片死寂。

没有了鱼，水没了眷恋。没过多久，水塘就干了，一点水都没了，露出了低洼的泥地，还能看到人们摸鱼时留下的脚印。

幸亏那些摸鱼的人带走了水里的鱼，不然它们都会跟着干涸在水塘里。那时候，一滴水都没了，它们该有多绝望多伤心。

（2022 年）

玩扑克牌

我们小时候，扑克牌是常玩的。一副小小的扑克，承载了许多快乐。我有印象的，有下面这些玩法。

赶大车。这应该是最初玩的，因为它很简单。多少人都可以玩，把一副扑克牌分了，每人轮流上一张牌，后上的牌要接在先上的牌上，好像组成了一节节的车厢，能连成长长的一列。当上的牌在前面出现过了，就可以把这之间的牌敛走。所以这赶大车，像是一种接龙，但目的是敛取。谁运气好，就可以慢慢把所有牌都收敛了去；谁运气不好，就输掉所有的牌，最后两手空空。这种玩法，没有什么技巧，就是接续着一张张出牌，靠的完全是运气，适合很小的时候玩。

长虫皮。我们那里把蛇叫长虫，所以长虫皮就是蛇皮。这个玩法也简单，也是把牌均分了，每个人轮流出一张牌。所有的牌里面，从 A 到 10 都波澜不惊，但一旦出现带人物的，就可以把场上已经出的牌全部敛走。带人物的是指 J、Q、K 和大小王。它们的牌面上都有人物，都像是有身份有地位的，在这种玩法里就有了权力。带人物的牌除了能敛走已经上的牌，还可以额外向其他玩家索要牌。J 可以索要 1 张，Q 可以索要 2 张，K 可以索要 3 张，小王可以索要 4 张，大王可以索要 5 张。从中也可以看出，虽然都有地位和权力，但还是分等级，孰大孰小，一目了然。

抽王八。这种玩法也简单。先在一副扑克牌中抽出一张王和一张 8。所有玩家分牌，出牌。出牌只能一对一对地出。等玩家手中都剩下不能成对的牌，就开始互相抽取。一张一张地抽，抽到可以组成一对的，就可以继续出牌。总有一个倒霉蛋，最后手中剩下一张王和一张 8，组合起来就是"王八"。这个"王八"，会咧着嘴，面带苦笑。其他人却很开心，因为自己不是王八。还要惩罚这个倒霉蛋，在他的头上弹脑瓜嘣。

5、10、K。这种玩法是抢分。5、10、K 都是分。5 代表 5 分，10 和 K 都代表 10 分。玩家均分了牌，按照一定的组合玩法出牌。最大的牌组是 5、10、K 三张牌的组合，类似斗地主中的炸弹。5、10、K 的牌组也有正副。花色一样，就是正的，花色是杂的，就是副的，正的能管副的。当所有玩家都上完了牌，最后算一算抢到的分，抢分最多的赢。

7、王、5、2、3。名字有点长，却是好玩的，我们玩得很多。从名字就能看出来，这种玩法里的大小排序。7 是统领，竟然排在了王的前面，这在所有扑克玩法里很少见的。但大小王在一起，还是最大的组合，类似斗地主的王炸，能管住所有的牌。虽然双王最大，但单个的王却只能管单张的牌，管不了其他的出牌组合，比如大王管不了两张的。先上完手中的牌赢，或者比较抢分多少。

三对一个梅花。这种玩法，开始每个人发六张牌，然后抽牌、出牌，最后手里的牌，如果是三个对子加一个梅花，就赢了。

十点半。带人物的牌都代表半个点，其他牌的数字是几就代表几个点。每个玩家抽牌，自己决定是否继续要牌，最后比较所有玩家的点数大小。十点半，也就是 10.5，是最大的。如果超过了十点半，就叫臭了，直接被淘汰出局。这种玩法，太保守不行，太贪婪不行。到底还要不要牌，要不要追高冒险，到什么时候适可而止，得自己掂量抉择。

诈金花。每人发三张牌，然后下赌注、跟牌，开牌后比较牌的大小。牌组有对子、顺子、同花、同花顺、豹子，这些牌组越往后的越大。对子是两张数字一样的牌，顺子是数字连在一起的牌，同花是花色一样的牌。同花顺既是同花又是顺子，比如 5、6、7，都是红桃的。豹子，是三张一样的牌，豹子最大。单张牌里 A 最大，所以豹子 A 最大。也有更复杂的玩法，比如每人分五张牌，从中选出三张牌组成最大的牌，还可以有变牌。

插空。这种玩法简单暴力。就是每人发两张牌，然后从牌池中抽牌，如果抽到的牌在手里两张牌的中间，就赢了。所以，开始发的两张牌间的空间越大越好。如果是 A 和 K 最好，意味着抽到 2 到 Q 都能赢。如果开始发的两张牌是挨在一起的，抽到任何牌都是输。从牌池中抽牌，是讲究运气和胆量的。是要放弃，还是要抽牌，也看自己的抉择。

上面这些玩法，都是小时候玩的，现在我还能说出来，如数家珍，就表示都是那时候常玩的，都是一副扑克牌能变换出来的玩法。还有一些玩法，我已经忘记，说不清楚了。看这些玩法，起初都是很简单的，单纯的一种玩乐游戏。后来玩法变得复杂了，竞技性和策略性变强了。再后来更有了赌博性，不是以赢牌为乐了，而是为了赢取赌注。玩扑克牌的变化过程，活活像是映射着人生。

小时候的赌注是什么呢？有瓜子，有画片，也有钱。钱，都是很少的。因为小孩子没什么钱。画片是玩的，那时候可是我们最珍视的宝贝。瓜子是吃的，可以一边玩扑克，一边吃瓜子。吃的就是自己的赌注。有人到最后，就不是输光的，是自己吃光的！

（2022 年）

电视的故事

二胖家有电视。一台黑白电视机，方方正正的，坐落在二胖家那个长长的衣柜上，面朝着南面的窗户，窗户外面有青白色的天光。放学了，六点，正是黄昏。我们到了他家，屋里光线暗淡，书包还背在身上，也不打开电灯，只打开电视机。看动画片，《海尔兄弟》《变形金刚》。还看过其他的，但只有模糊的印象，一点情节都不记得了。它们永远留在了童年。

立美家也有一台电视。也是黑白的，比二胖家的小。在靠着西墙的白色壁柜的一个格子里，面朝着他家的那张床。我们看电视，就坐在床上，也有坐在板凳上的。在他家看白眉大侠。白眉大侠眉毛是白的，武功很厉害。白眉大侠的大徒弟，武功不高，但很爱唱歌，他爱唱："河里有水蛤蟆叫，叫得大爷心里恼。抓了几只下酒肴，咕呱，全跑了！"他被杀死的时候，从嘴里喷出一大口血，看起来畅快淋漓，好像在仰天长啸。我就记住了他。

看电视的时间，常常是在晚上。外面是寂静的乡村的夜，房间里的灯关着，也沉沦在夜的黑暗里，只有莹白的光从电视屏幕中照射出来。随着影像的变换，荧光闪烁，房间里也跟着忽明忽暗，空气分子好像都在震颤。我们目光虔诚地看着电视，沉浸在潮水一样的荧光里，全身都像被打湿了，也全然不管不顾。

那时候，电视里总有雪花。真的像是漫天飞舞的雪花，在屏幕的各处闪烁着，无穷无尽，生生不息。雪花弥漫，看不清影像，但也可以看。还有刺啦刺啦的杂音，好像雪花们在嘶号，听不清但还可以听。那时候还没有遥控，电视上有旋钮，用手去旋转旋钮，咔嗒一声，由一个频道换到另一个频道，好像是在直接拨动电视机的心脏似的。大多数频道都是雪花覆盖，白茫茫的迷离一片，一圈转下来没有几个台。因此，出现一个，就很开心，感天谢地。

后来，我家有了电视机，也是黑白的。有了这台电视机，就不用再去别人家看了。电视放在一个黑色衣柜上，那衣柜很老了，但电视是全新的。晚上躺在炕上看电视，侧着身，仰着脖子，大人和小孩都仰着脖子，看着看着就睡着了。电视机只剩下满屏雪花。

信号接收锅是父亲做的。一根光秃秃的长木头，靠着墙竖立着，顶上绑着一些铝丝，还有一个压扁的破铝锅。其实还不错，能收到一些电台。有一个台播放《葫芦娃》，信号不好，心里急死了。我就去外面转动木头，隔着窗户，一直问在房间里的弟弟，怎么样，好一点了吗？能看见了吗？雪花少了吗？每次播放《葫芦娃》，我们兄弟俩都要这样倒腾一番。

晚上在别人家看电视，看到很晚，还不见回家。父亲急了，就开始扯着嗓子呼喊我的名字。他是站在我家院子里喊的，压根没有出我们家的大门，但我在别人家房屋里照样听得真真切切。好像父亲呼喊我名字的声音，是专门朝着我的耳朵来的。父亲的声音浑厚有力，带着无法抗拒的威严，虽然很想继续看电视，但我还是乖乖回家去了。

（2022 年）

我杀过一只鸟

　　我见过的最多的鸟，就是麻雀。它们停在树上，一落就是一群，一飞也是一群，像拉开了一张网。落在猪圈里，吃猪掉的猪食，它们也不嫌弃。有时候还落在院子里，你一开门从屋里出来，呼啦一声，一片麻雀从庭院中起飞了，吓你一跳。还会落在屋顶上，啄食屋顶的玉米。总之，它们无处不在，无时不在。它们像是村里的另一类居民。

　　它们会飞，总与我保持着距离。我抓不到它们，心急。有一天，我知道了一种东西，弹弓。我做了一把弹弓，麻雀就成为我的头号猎物。我一定要打一只鸟下来！我意气风发，小小的心里，满是能量和斗志。

　　那是一个黄昏，大概在秋天，我手拿弹弓，来到村东头，被凉爽的风吹拂着脸颊。村边的柳树在风中摇摆着枝叶，看上去心情同我一样惬意。

有鸟叫声从柳树里传出来。

我捡起一颗石子，装在弹弓上，毫不犹豫地射了出去。那颗石子就迅速地飞出去了，飞进了柳树里。

紧跟着，一个东西从树上盘旋着坠落下来，不是石子，也不是树叶，而是一只麻雀。

我看到它在坠落的途中，努力扑扇着一只翅膀，大概因为另一只翅膀被打中了。我怔了片刻，等我冲过去，它已经坠落到地上，还在疯狂挣扎，拼命扑扇着翅膀，想要重新飞起来。

但是因为受伤，平常运用自如的翅膀，如今只能使用其中一只，它再怎么努力，也只能离开地面半米，就会重重掉落下去，然后它又扑打起来，就像个倔强的乒乓球，在草地上弹来弹去的，不肯罢休。

草地上的枯叶被它扑打得沸腾起来，在黄昏的温柔的一束光里，我看到灰尘和树叶在翻腾，乌烟瘴气。这只中弹后拼命挣扎的鸟，已经惊动了这片安静的草地。

虽然是第一次打鸟，我有些不知所措，但仍然迅猛地扑倒那只鸟，用手把它压在草地上。我用一只手攥着它，能感到它滚烫的体温，好像全身都在沸腾燃烧，还能感到它剧烈的颤抖。

在我这个巨人面前，它真的太过渺小了。

我把它举到眼前，扒开它松软的腹毛，那里已经被血染红，红得像烈火像夕阳。

它在我手里，没有怎么挣扎。很快，它安静下来了，身体的颤抖也停止下来了。它死了。但是体温还在，灼得我的手开始颤抖起来。

我清清楚楚地看到了，它耷拉下来的没有完全闭合的眼皮。它死不瞑目，还想飞。

那是我第一次打鸟，而且是在渴望了很久以后。可是真正打到了，我却没有丝毫愉悦，我有的是紧张、害怕、痛苦、愧疚。

我在树下挖了个小坑，把它的尸体放了进去，又埋上了土，建起一个小坟头，埋葬了它。我才感到不那么害怕，才有了一丝自慰。

那是我第一次真切地感受到生命的可贵。

（2016 年）

骑自行车的事

那些在打麦场骑自行车的孩子，像是一群在打麦场上飞的蜻蜓。他们还是很小的孩子，却硬要骑大人的自行车，就用一种很独特的骑法，一条腿从车横梁下的空当里跨过去，斜着身子，整个人好像挂在自行车一侧。这种骑法让小孩子也能驾驭自行车，他们就骑着自行车在打麦场上一圈圈驰骋着。打麦场又是个好地方，开阔、平整，特别适合骑自行车。自行车的轮胎在打麦场上碾压而过，就留下一道道带花纹的车轮胎的印痕。每辆自行车上都挂着一个孩子。这孩子，身高还不及车把高，就已经能够骑自行车。如果车子要摔倒了，这孩子也很灵敏，会在车子倒下之前，从车子上跳下去，或跟随车子一起倒，被摔得疼了，甚至膝盖磕破了，他也不会哭，只是爬起来，扶起车子，又继续骑行。蜻蜓也真的有，它们从水塘里飞起来，飞到打麦场上来。孩子们在打麦场上骑行，蜻蜓们在打麦场上空飞行。好像是并行的，好像是一种比赛，好像是一种呼应。那些老牌的自行车只有那个年代才有，那些在打麦场上骑自行车的孩子也只有那个年代才有。

我刚练习骑自行车时，有一个女孩在后面帮我扶着。那是在一个黄昏，橘红色的夕阳已经落到村庄西边那片沉寂的枣树林里去了。那个女孩对我说，你不用怕，我帮你扶着，不会倒的。我很相信她，就坐在车座上，生涩地骑着。我骑着骑着，可以保持车的平衡了，她就在后面悄悄地松开了手。从那次以后，我就学会了骑自行车。

上中学时，父亲给我买了一辆自行车，车子是轻便式的，没有横梁。车身的油漆是蓝绿色的，看起来光鲜亮丽。我很喜欢这辆自行车。我骑着这辆自行车，不论春夏秋冬，去乡里的中学上学。

一次，我和一个同学都骑着自行车，行驶在乡间的一条小土路上，我们悠闲地坐在车座上，一边骑着车一边聊着天，突然，他的自行车前轮从车体上滚出来了。他的车子突然没了前轮，他就跟随车体因为惯性猛地向前栽倒了。还好他反应快，并没有摔倒。

一次，我骑车经过乡里那条赶集的街，迎面有个女人也骑车而来，两个人都想躲避开对方，两辆自行车的车把和车前轮都紧张地扭来扭去的，最后却还是因为都选择了往一个方向拐而撞在了一起。我用脚叉在地上，停住了。那个女人却从车上摔下来了。

还有一次，我骑车经过一座桥，正好有一辆拖拉机，从一个路口拐出来，又迎面朝着桥开来。我的自行车速度很快，拖拉机速度也很快。那个桥宽度不够。那个瞬间，我想象着我的自行车会撞在拖拉机车头上。我一定要避让开，可是桥面很窄，往一旁躲避，还是会被拖拉机刮到。要不我直接冲到桥下去，可是桥有几米高，摔下去一定很惨，就算摔不死，也会骨折吧。千钧一发之际，我尽量往桥边拐去。最后，拖拉机的车轮撞在我的自行车上。我没有掉到桥下面去，拖拉机也停下来了。开拖拉机的惊到了。我向他摆摆手说没事，他就又开着拖拉机离去了。正是麦收的时候，正是农民们最忙的时候。我看着我那辆惊险过后的自行车，车前轮已经被撞得变形了，但还能骑，我就骑上自行车，继续前行。

还有我的同桌。有一天他来了，鼻青脸肿的，眼睛里充血，要不是他坐在了我旁边，我都不敢认他。我问，是我同桌吗？他说是。问他怎么弄成这样了，他说昨晚在放学路上，骑车摔到沟里去了。冬天天黑得早，我们放学回家又晚，很容易掉到沟里去的。

那个年代，谁骑自行车没有一些故事呢。

（2022 年）

烟盒纸的约定

我小时候攒过烟盒纸。我们过道里有个大哥哥，可能比我大两三岁。但因为我瘦小，他就显得很高大，好像比我大很多。有一天，他对我说："你捡烟盒纸吧，等你攒够一百张，给我，我就给你一个游戏机。"那时候，游戏机在我心里就是最好的东西。

从此，我便在村庄里到处转悠，寻找烟盒纸。一个烟盒包括外皮和内芯两部分。外皮上有香烟的商标，内芯一般是锡箔纸的。他要的就是烟盒外皮，而且要完好无损的。所以，我最好是捡到人家刚丢在地上的烟盒。那样的烟盒，刚刚落地，基本还是新的。如果隔了夜，可能就被露水打湿了。如果淋过雨水，品相就很不好了。我每天一大早就出门，在街上游荡，那些恰好抽完一盒烟的大人，随手把烟盒丢在街上。我就赶忙捡起来，如获至宝。我也去人家倒垃圾的地方寻找，在家里抽烟剩下的烟盒，会跟随生活垃圾倒出来。

我们村不大，有前后两条街，不到百户人家，可村里抽烟的不少。男人大多抽烟，也有女人抽烟。后街有个女人，过麦时开拖拉机比男人都猛，她就像男人一样抽烟。这对捡烟盒纸的我来说是个好事。我那时候真希望全村人都吸烟，都拼命吸烟，然后都把烟盒给我。那样的话，我的一百张烟盒纸就好攒了。

我捡烟盒也有盘算。比如说，我会重点去村支书家倒垃圾的地方察看。因为村支书家比较富裕，村支书家香烟也多，抽烟的人也多，烟盒也好看。村支书家常来客人，常来乡政府的人，乡政府的人爱抽烟。我老觉得乡政府来的人，兜里都有烟。我常能在村支书家丢出的垃圾里有新发现新收获。

一百张不一样的烟盒纸，其实真不容易攒。但是，我每天都怀着希望，我相信早晚有一天会攒够的。正当我捡烟盒纸捡得起劲时，传来一个消息，大哥哥一家搬走了，他们搬进县城去了，应该不会回来了。

我的希望就这样戛然而止了。我也想过，可以继续积攒，等大哥哥从县城回来，再把积攒的烟盒纸给他，让他给我游戏机。但是不知道他什么时候会回来。他走的时候也没和我说一声。好像忘了和我的约定。可我却一直记得。

后来，我没继续捡烟盒纸了。我渐渐长大，每次经过那个废弃房子，总会想起当年的大哥哥，马上又会想起烟盒纸的约定。那是多么美好动人的一个约定啊。曾经给了我多少热烈的希望和期待。我当时那么小的年纪，应该还不懂什么是希望，却尝到了希望所带来的真切的滋味。

同时，也给了我失望。跟在希望后面，像是影子的失望。希望是美好的，而失望是难过的。我没有因为这个哭，也没有怪大哥哥。一直到现在，我都觉得那个约定是好的。它敞开了一扇希望的大门，让一个孩子全神贯注地走了进去。我也羡慕着那个在希望的牵引下认真去追求的孩子。我至今也坚信着希望是这世间最美好的东西。

（2020 年）

生

命

鸡

在城市里见不到，在我的家乡却有许多。院子里、墙根下、墙头上、屋顶上、树上、草地里，哪里都有。有的在高处，有的在低处，有的招摇过市，有的喜好隐蔽。鸡像人一样生活在村庄里。

我家几乎常年养鸡，顶多养上十来只，最后剩下的也就几只。只为自足，从没想过靠此发家致富。

早些年间，总还有来卖鸡崽的。在我们村街上吆喝。有时是我先知道的，惊喜坏了，赶紧回去报告母亲，并且眼巴巴地看着她。

小鸡崽聚在竹篓里，一只挤着一只。当小贩把篓子从车上端到地上，篓子稍一倾斜，所有鸡崽就像乒乓球滚动起来。

一旦受到惊吓，还叽叽乱叫。那娇嫩、尖细、凄厉的叫声，满怀恐惧，满怀不满，仿佛后悔钻出了壳，来到这陌生世界。它们还瑟瑟发抖，好像那两条腿还太细弱，还没有太多韧劲和力气，还不足以长久支撑那个绒球一样的身体。

小鸡们的状态也不一样。有的看起来活力十足，伸着脖子不断抗议似的叽叽，不断往上踊跃身子，想要挤到其他头顶上去。有的病恹恹的，干脆卧在地上，眼皮半闭着，任由其他的踩来踏去。

鸡篓子放在地上，我们围着鸡篓子。看着看着，心生爱意，忍不住要用手去摸小鸡，想摸摸它毛茸茸的身体，摸摸这种鲜活的小生命。卖小鸡的赶紧制止："哎！不要摸啊。看就行了，不要摸啊。"好像一摸小鸡就会化掉。可我就是想摸一摸啊。

母亲会挑选有活力的。被选中的小鸡用纸箱端回家去。护送刚买下的小鸡回家，那可真是一件开心的事。我们前呼后拥，就差为小鸡弄一顶轿子了。

小鸡崽最初养在纸箱里，纸箱又放在炕头，炕头暖和又安全。母亲就睡在炕头，这时候，母亲就像一只守护鸡崽的老母鸡。

村庄里老鼠多。老鼠无时无刻不为食物操心，想方设法搞点荤腥，改善一下苦兮兮的生活。如此娇嫩的小鸡，它们自然垂涎，甚至为之铤而走险。只有把鸡崽放在炕头，人就在旁边监视着，老鼠才不敢造次。

等鸡长大一点，可以养在笼子里。笼子放在柜子上，瓮上。要离开地面，别让老鼠够到。可以想象，这时候一到夜里，许多老鼠挤在我们屋子里，对着高处的小鸡笼子虎视眈眈。如同众多狂热的教徒在虔诚地膜拜神祇。

小鸡再长大一些，可以与老鼠周旋了，笼子从高处放到地上。母亲会在笼子里面铺上厚塑料或者纸箱板，把下半部分的笼格遮住，为的是不让老鼠咬到鸡。我们常年与老鼠共处，知道老鼠的脾气与作风，为了吃到鸡，它们什么事都干得出来。

夜里一定是一场激烈的战争。笼里的鸡是防守一方，而老鼠是进攻一方。有时，会有倒霉的鸡被老鼠咬到。第二天我们起来，看看鸡笼，那只鸡卡在笼格里，鸡脖只剩下一截，而头已经不见了。就算只能得到一个鸡头，老鼠们也愿意。

半大的鸡终于可以走出笼子，可以光明正大直面老鼠。老鼠这时候却不再觊觎鸡。老鼠很清楚自己的实力，知道可为与不可为。但是还可能会出现一种鸡的天敌，黄鼠狼。总之鸡长大可不容易。这时候，我父亲已经在院子里做了鸡圈。那是它们的公寓，它们的四合院，它们的办公大楼。经过了层层磨难与考验，得以活下来的鸡，终于可以乔迁新居。

"咕咕咕咕咕！"喂鸡时，母亲这样口中念念有词，闻声，鸡都从四面八方赶来。那些鸡围着一个食盆，哄抢用麸皮做成的鸡食，鸡头疯狂地点动，鸡尾往上翘着抖动。

吃饱以后又四散而去。有的回到了墙根，有的跳上了墙头，有的飞到了树上，有的藏到草丛中去。鸡也有它们的消遣和事业，也有它们的隐秘的世界。但是我从没有想过要跟踪一只鸡。

鸡开始下蛋了。下了蛋，母鸡就咯咯咯地叫。我们听到叫声，就从屋里出来捡鸡蛋。我们刚从屋里出来，正好看到母鸡从鸡窝里出来，它慢慢踱着脚步，好像知道自己刚做了一件大事。一颗亮晶晶的白蛋浮在鸡窝的软草中，伸手去把它拿出来，还是热乎的呢。

曾经有一只鸡，本来下蛋很勤奋，后来突然不下蛋了，有一个月见不到它下蛋。还是母亲机敏，她发现了这只鸡的秘密，原来它偷偷在柴棚最里面的一个角落里下蛋。已经积攒了不少蛋。母亲说，这只母鸡想抱窝，想孵小鸡。

它在那里孵小鸡不安全。母亲把所有蛋放在一个纸箱里，那只母鸡也不怕人了，跟着它的蛋走进堂屋，跳进纸箱里。孵小鸡的母鸡如同坐月子，母亲就端茶倒水伺候着，让母鸡可以安稳地孵小鸡。

后来，这只母鸡再出门时，身边就围绕着一群小鸡。这些圆滚滚的、毛茸茸的，走路连滚带爬的小家伙，都是它的孩子。它带着它的一群孩子到处散步、觅食。一边走一边给孩子们讲故事。讲鸡的故事，讲人的故事，讲村庄的故事，讲世界的故事。虽然她曾经也是这样一只小鸡，但她现在已经成了一位伟大的母亲。

而我母亲继续养着鸡，一年一年的，一茬一茬的，好像乐此不疲。

（2019 年）

养猪

那些年，每年我家都要养一头猪。左邻右舍都不养，只有我家养，也只是养一头。

可能是在开春后的三四月，父亲打开一个系口的白编织袋，就有一头粉嫩的小猪从口袋里钻出来。对它来说，初来乍到，空气都是陌生的，它依靠四条小短腿瑟瑟地站着。当逐渐适应了，才开始走路，然后开始跑。

最开始小猪养在院子里。它此时虽然很小，却有一个大的世界。我们的院子都是它的活动空间。它可以当探险家，用它敏感的鼻子，探索院子里的一切。每件东西都有气味，我们闻不到的气味，它可以闻到。

出了堂屋，下了门台，就是它的食盆。我们家总有合适的东西用作猪的食槽。有时候是一个水缸底子，有时候是一个破瓦盆，有了裂缝，用铁丝拢住。猪的食槽不会是完好的，好像这样才与猪的身份相符。

我们一提着食桶出来，猪就知道它要开饭了。如果我们口中念念有词，"啦啦啦啦啦！"猪就更知道是在喊它了。它会跑到它的食盆前，等待着它的大餐。它站在食盆前，仰着头看着人。一旦饭食倒进食盆里，它就把头低下去了，它的嘴在食盆里吸食，每吸一下都使劲吧嗒嘴，吃得特别香。

我们喂猪时，要先把泔水倒进食盆中去，泔水是我们洗碗涮锅后剩下的水，有时还包括我们吃剩下的饭菜，比如，玉米粥、白菜汤，然后再把玉米麸子掺杂着玉米面倒进去。人吃玉米面，就少给猪吃。人不吃麸子，就给猪吃麸子。有时候还在里面添加猪饲料以及草料，我父亲是猪的营养师，猪吃什么，全靠他一手调配。

猪贪吃是真理。吃是它最大的幸福。我们喜欢猪贪吃，看着猪吃得津津有味，吃得满嘴满脸脏污，我们高兴。它吃得越多，长得越快越大。猪也高兴，它的两只大耳朵动来动去的，看样子像是在给自己的嘴巴鼓劲。

在猪进食时，我们的鸡也来了。鸡跑得比猪快，猪总是姗姗来迟。但鸡来了也不敢完全靠近，好像知道这不是它们的主场。还是得等猪先生来了，让猪先开口吃。等猪先生吃起来，它们才好见缝插针。猪先生也随和，它只管吃自己的，鸡们想吃就一起吃。

我们有时也给猪抓跳蚤。看到猪躺在地上晒着肚皮，我们先在它肚皮上轻轻挠几下，挠得它舒服了，它便不会跑开。猪的肚皮上、耳朵里都有跳蚤，还有一种比跳蚤更大的寄生虫，我们叫草爬子，草爬子能吃个大肚子，我们把草爬子从猪身上抓下来，用指甲碾压，就会冒出一股黑红色的血。

长到一定程度，猪的野心也大了。院子封锁不住它了。这时候，我父亲已建设好了猪圈，从此猪就住进了猪圈。除了有一块几平方米的空地，还有一个由玉米秆与树枝搭建的小棚子，棚子下铺上了一些麦秸，那是猪的寝室与卧榻。猪吃饱了，就去棚子下躺着。

大多数时候，猪都在棚子里躺着，好像一直在睡觉。但是，它到底是睡着，还是清醒着，其实我们也不知道。我们只看到它一直躺着。它就算睁着眼我们也不知道。我们全家人，没有谁闲到去监视一头猪。

猪的生活很单调，几乎没有什么娱乐。猪圈里有一片烂泥，它可以去烂泥里躺着，把身上弄得又脏又臭，我们看了恶心，它自己不嫌弃。它喜欢这样在烂泥里躺着。蚊蝇也不嫌弃它，围着它飞来绕去，好像要和猪谈生意。

想想，如此单调的生活，生活如同牢狱，猪最好没有精神需求，有的话只怕会疯了。但如果猪真有精神需求，却能耐住这样的寂寞，它真非等闲之辈了。猪是不是可以这样吟唱：古来圣贤皆寂寞，唯有睡者不留名。

越大的猪，自由越小。它的生活空间就那么大，生存空间也就那么大。快到年底，就是它的大限。年底我们就把猪卖了，不会让猪在家里过年。买猪的年前也把猪杀了。猪就是为人的过年服务的。

卖猪时，几个人进到猪圈里，去把猪的腿脚捆绑了，两只前腿捆绑在一起，两只后腿捆绑在一起，它就好像只有两条腿，没法走路了。连站立都不能了，只能是躺着。它在平日里就习惯躺着，最后也是那样躺着，难不成一生都是在为结局做铺垫？

有一个夏天，接连下了几天大雨，我们的房子到处漏雨，猪圈的墙倒塌了一段。不知是被大雨弄倒的，还是猪自己拱倒了墙。猪在大雨中失踪了，它去了哪里，经历了什么，我们不知道。

（2019 年）

大白鹅

在我们家，我妈可是一位养殖大师。她尤其爱养禽类，农家里常见的鸡鸭鹅，全不在话下。如果孔雀、凤凰、金乌能养，估计我妈也一定要养一养。我家要养牲畜，驴啊，猪啊，羊啊，她不是很爱张罗，但要是鸡鸭鹅，她都是冲锋在前，势不可当。我思来想去，觉得我妈应该是对会下蛋的感兴趣。

我妈喜欢鸡鸭鹅混养。就是，鸡要有，鸭要有，鹅也要有。可能在她看来，鸡鸭鹅就是一家，是不该分开的。到了喂食的时候，鸡鸭鹅都会赶来，聚集在院子里食盆这里，上演一番激烈的抢食大战。这并不是说它们要为了争抢食物而拼个你死我活。它们都忙着吃自己的，根本顾不上要去打打杀杀。它们从小到大，也总是在一起，早就形成了默契。说不上其乐融融，也绝不是剑拔弩张。它们高低搭配，错落有致。

　　从形体来看，鹅的个头最大，鸡和鸭差不多。鸡的身体好像是最合适的，腿的长度适中，身体离地的高度合适，脖子的长度也适中，距离天空的距离也合适。整体来说，它没有离地面太近，也没有太突兀地向上。鸭子，两只腿可能也不短，但总是歪斜着的，腿就好像很短，身体就像是贴着地面，一走路，一扭一晃，很笨很慢，走路很费劲，好像它的身体里装满货物，稍微一不小心，里面的货物就会撒出来。鹅虽不像鸭那样腿短，身体近乎贴着地面，但鹅的脖子实在太长了。本来就是相对较大的，脖子还伸得那么长，这就有些趾高气扬了。鹅又爱伸着脖子向天歌，看起来更无法无天了。向天歌是什么意思？是要像孙悟空那样，和天庭抗争吗？

　　从性格上来说，鸡是最中庸的。鸡平和、安静、四平八稳、不急不躁、不卑不亢，不怕事，也不爱惹事。一般是待在哪里，墙根下，树荫里，做着旁观者。但是公鸡除外，公鸡很有攻击性，公鸡除了要攻击公鸡，甚至还要攻击人类。鸭子，胆小，谨慎。总是几只或是一群鸭子，互相挤着怯怯地走着，好像是在推推搡搡着，小声窃窃私语说着，你走前面你走前面，都害怕走在前面，都想缩在别人后头。一有个风吹草动，全体马上掉头，扭着屁股就跑了。鹅，应该是最坦荡荡的。你看鹅走路那样子，沉稳，有力，雄赳赳，气昂昂，像个大将军一样。虽然没有指挥着千军万马，但硬生生靠自己，撑出了身后有千军万马的气势。如果要派一种动物做外交官，鹅一定是不二人选。如果有哪种动物可以像关羽那样单刀赴会，也一定是大白鹅将军。

　　大白鹅，一身正气，威严不可侵犯。你敢惹它，试试看。当我们打开院子的大门，大白鹅就如同大将军奔赴战场，踱着骄傲的步子出门去了。大白鹅要去哪里呢？大白鹅要到村边的水塘里去。其实，那不是它们的战场，而是它们的游乐场。大白鹅最喜欢的就是水。看它们的脚掌，那样的脚蹼，扁大如船桨，就知道它们的爱好了。它们就是为了游水而生的。它们的快乐也在于水。知之不如好之，好之不如乐之。你一定不如大白鹅懂得水之乐。

　　大白鹅走到水塘边，一只脚往水里一踏，整个身体就进到水里了。那是一种幸福的融入。一只鹅跟着一只鹅，大白鹅都漂浮在水面上。那是一种完美的漂浮。它们的身体、羽毛和它们的脚蹼一样，都是为水而生的，在水里都是无懈可击的。说如鱼得水，其实不如说如鹅得水。大白鹅漂浮在水面上，我们就想到骆宾王写的"白毛浮绿水，红掌拨清波"。写得太好了，这就是大白鹅。白羽毛漂浮在碧绿的水面上，红脚掌拨动着清澈的水波。这时候的大白鹅，看起来是让人羡慕的。它不费什么力气，就能在水面上漂浮，脚掌时而轻松拨动几下，就能在水波中前行。它要是把长长的脖子伸进水里，还能够到水草。既在开心游玩，又能获取食物，娱乐和温饱都解决了，这生活可真安逸。

　　其实，大白鹅不是一直游弋在水里，更不会一直曲项向天歌。它们也没有那么吵闹，那么招摇的。有时候大白鹅也躲进水塘边的水草<u>丛</u>中去。它们隐没在水草<u>丛</u>中，不知道在里面干

155

什么，不叫也不闹了，没有任何动静，仿佛从这个世界消失了一样。难道那水草丛中有隐秘的时空隧道，大白鹅穿越隧道进到另一个空间去了？

大白鹅虽然喜欢水，也不能一直有水。村边的水塘有时会干枯。大白鹅就没有了水，没有了乐园。没有了地方可以去，就只好待在家门口的过道里。我遇到过这样的大白鹅，几只大白鹅待在过道深处，全都趴在地面上，脚蹼、身体，连长脖子和头都贴在地面上，好像是被太阳晒得萎蔫了的庄稼，无精打采的，向着地面倒伏了。等我靠近了，它们集体站了起来，脖子伸长了，呜昂呜昂地叫着，向我发起警告。识时务者为俊杰，我赶紧掉头走了。

往回走的时候，我心潮澎湃，想象着，发大水了，从远方的河流流来了很多水。村边的水塘里都充满了水，水面涨得很高。过道里这些待着的大白鹅，好像听到了某种召唤，远远地就感知到了，就成群结队地迈着大大的脚掌，摇摇晃晃地朝着村边水塘去了。

（2022 年）

燕子

我们在房子里生活，燕子们飞进我们的房子，和我们住在一个屋檐下。除了它们之外，其他鸟都不敢的。

堂屋挨着房梁的墙壁上，有燕子垒的一个好似大碗的巢。每年都有燕子来，把这巢占了，又会飞走，让这巢空了。但我们不能确定，今年飞来的燕子就是去年飞走的燕子。

母亲把堂屋门窗高处中间那块玻璃窗换成了纱窗，在纱窗中心留了一个拳头大小的口子，就是给燕子留的路。燕子们也懂的，知道从那里出入，但偶尔，燕子也会穿过门帘，从门口出入。

燕子除了站在它的巢上，还会站在房屋里的电线上。有时候落得太急，引得电线动荡，电灯泡晃悠，白天没什么，晚上灯光摇曳。但这样的时候极少，一旦入夜，燕子就乖乖睡了。

我们喜欢看窝里的小燕子。至今还记得母亲教我们的歌："不吃麦子不吃米，打了粮食送给你。"母亲说燕子嘎嘎叫就是在说这样的话。听母亲这样唱，我们也跟着学。燕子一叫，我们就这样唱，像和它们对话。

大燕子从外面飞回来，刚一靠近燕子窝，那几张鹅黄的小嘴就齐刷刷张开了。本来趴在窝里的也站起来了。好像谁的头抬得高，谁的嘴张开得大，谁发出的声最响，大燕子嘴里叼着的食物就会派发给谁似的。

喂完了小燕子，大燕子马上转身又飞出去了。在养育小燕子的时期，大燕子尽责而忙碌。几只黄嘴角的雏燕，重新趴在窝里，把嘴巴关闭上，静静等待着食物的下一次到来。

有时候，雏燕也会突然张开嘴，好像是打了一个大哈欠。有时候也会突然张开肉翅膀站起来，似乎是趴久了，伸了一个懒腰。但大多数时候是在窝里趴着的，只露出几张嫩黄的三角的嘴。生命之初，它们就是这样用一张嘴面对世界。

有一年，就在雏燕快出窝时，我们听到燕子叫声里满是惊恐。出去一看，见一条麦青色的蛇，正把细长的身体垂下去，垂到了燕巢里。它的身体是在燕巢上方的一个墙洞里伸出来的。看起来很恐怖。

大燕子围绕着燕巢焦躁地飞来飞去，声音凄厉地叫着，却无能为力。麦青色的蛇看上去倒不紧不慢，很是沉着冷静，愣是慢慢把燕巢中的一只雏燕用嘴吸住，又把身体缩回墙洞里。

我们站在地上着急，有的手中举着擀面杖、木棍，嘴里发出恐吓的声音。有的敲打着铝盆，用筷子敲打瓷碗，希望把蛇吓跑，解救雏燕。但也无济于事。那蛇似乎什么都听不到，什么都不畏惧，只是慢悠悠地捕获它的猎物。

那是一只羽翼已渐丰满，马上就要能飞的雏燕。因为它身体肥大，不能进到墙洞里去，就卡在了墙洞口外。我们知道，那条蛇在墙洞里正一点点吃掉它。但危急关头，其他雏鸟却是有惊无险，成功地长大了，会飞了。

秋天的时候，燕子们要走了。一时间，电线上站满了燕子，乌压压的，一只挨着一只，看不到尽头，好像在集合开会。完全想不到，原来村里竟有这么多的燕子。寒冬将至，它们要一起去向更温暖的地方。

（2020 年）

麻雀

有时候，一推开堂屋的门，正好看到一群麻雀，在院子里蹦蹦跳跳，嘴对着地面啄来啄去。见人推门出来，它们呼啦一下子，扑扇着翅膀起飞了。却不飞远，而是落在院子里的树上，落在房顶上、屋檐上，然后冷眼旁观着。等到人消失了，它们还要再落下来。好像，这院子就是人和鸟共用的，人在的时候，鸟就暂时回避，人不在的时候，就是鸟的院子。

我捕过鸟。在一根短木棍上拴上长长的绳子，短木棍支撑起一个筛子的边沿儿，在筛子下撒了粮食作为诱饵，绳子一直从院子延伸到堂屋里。我在堂屋里透过玻璃窗观察外面的动静。心想着只要有鸟到筛子下吃粮食，我就拉动绳子触发机关。但是没那么简单。那些鸟就算落在院子里，也不会轻易钻到筛子里。反而等你不耐烦了，放弃了，这时候麻雀才落进院子，把粮食吃得干干净净，一粒都不剩。

东厢房窗外那棵苹果树上常落麻雀。像是麻雀们的驿站或者客店。父亲收废品，一次收回来一张粘网，就是粘鸟用的。我把粘网挂在苹果树上，真粘住了一只麻雀。把它从网上摘下来，还是活的。我在它的一只腿上拴了细绳，然后放开它，它就在房间里乱飞，在玻璃窗上乱撞，好像压根不知道有一层玻璃窗。

院子南面的猪圈上也常落麻雀。常落到猪圈里去吃食槽里的猪食，猪进食时溅落在食槽外的食渣，它们也捡起来吃。它们的嘴又尖又快，似乎就是为了在草地或土地上啄食微小的食物。我在猪圈上埋过一次夹子，夹子上的诱饵是一颗玉米粒，那一次一下子夹住三只麻雀。死了两只，就一只还活着。

还有一次，我听到柳树上有鸟叫，就用弹弓把一颗石子射进去，没想到竟射中一只鸟，这只鸟也是麻雀。它从树上旋转着往下掉落，就像一架被击中的飞机。落在树下的草地上，也不安宁，挣扎着扑扇翅膀，想要飞起来，却怎么也飞不起来，只是在草地上弹跳。我把它抓在手里，能感到它滚烫的体热、剧烈的心跳。它的胸脯中了弹，从那里流出的血鲜红，和我的血好像一样。我感到害怕，挖了个土坑，把这只鸟给埋葬了。

我还追过一只鸟。一场大雨过后，整个世界都清新了。我忙着出去看看村庄里发生了哪些变化。刚走出家门，在靠墙根堆放着的几根木头里发现一只麻雀。我追赶它，它就跑。最后它钻进了一个废弃的院子，我才停止追它。它在下大雨时，避雨不利，把自己弄湿了，暂时飞不起来，才被我追得那么狼狈。

在城市里，周末早上醒了躺在床上，总会听到窗外的鸟鸣。这鸟鸣是热闹的，一团团的，像毛线球。这鸟鸣90%是麻雀的。它们的叫声有点尖锐刺耳，就像两块石头敲击出的声音，好似清脆也好似浑浊，不是那么好听也不是那么难听。就像麻雀的外表灰土，看起来不好看也不算很难看。

有时候会在窗台上落下一两只鸟，照样是灰土的麻雀。这时候我会在房间里保持安静，给它一些时间和空间，希望它多停留一会儿。毕竟我的窗外也不是常有鸟来光顾。有时候走在路上也会遇见麻雀，我总会挥挥手，嘴里发出声音来，故意驱赶它们，其实我只是想看它们在地面上笨拙可爱地小跑，然后扑棱一下子起飞。

（2020 年）

蝉

这种生物，"知了知了"的叫声，穿针引线一样，贯穿我们的夏天。如果说夏天是一块蓝色的布，那这块布上一定绣着那么几只蝉。

早晨起得早了，去看村东边的树。这些树相比村西边的树，更早接触到阳光，翠绿的树叶在晨风中翻动，发着鲜艳的光泽。

往树下看，暴露在外的树根上，有一座空房子，是知了从里面钻出来，留下的空壳。空壳还抓在树根上，显得稳固又有力。

幼蝉从壳里出来，没能走多远，也还不能飞，就趴在那里，晾晒翅膀，积蓄能量，感知世界。它的翅膀是皱巴巴的草青色的，像还没有打开的降落伞包，没有支撑开的帐篷。

这应该是它最脆弱的时候。因为之前还在地下的泥土里，还在坚硬的铠甲里，现在钻出了地面，脱离了铠甲的保护。所以在夏日的晨风中，它有些瑟瑟发抖，不知道是害怕、紧张，还是兴奋、激动，还是仅仅感到冷。

这时候，村庄里任意一只鸡跑来，看见它，就会毫不犹豫地用嘴巴叼住它，几口就把它吃了，或者叼到哪里去，玩弄一阵子，还是要吃掉。所以它选择出来的时间，不敢说经过了周密计划，但一定也经过了考虑吧。它虽然待在地下，好似闭目塞听，其实谛听着地上的动静，等待着最佳的出土时机。

这一只早晨的蝉，是怎样的命运。是被那个发现它的孩子抓走了吗，还是那个孩子并没有去抓它？也没有鸡从村庄里走来。那它就可能飞到树上去了。那它就可以拥有一个夏天了。

更多的蝉应该是在夜里蜕壳的。借着浓稠的夜色的掩护。不信，在夏夜里，你拿着一个手电筒，去村边的柳树林里。那些柳树的树干上，都可能趴着知了，好像偷渡的大兵。

你可以轻易抓到它们，因为它们迟缓又笨拙。两个手指捏住它的身体，它所能做的也只有乱抓乱蹬。可如果用手指试探它的两只大螯，就会感受到不容小觑的力量。

我把捉到的知了，放进一个油漆桶，把小桶提回家，藏到一个废弃的鸡窝里，在小桶口压上了一块砖，就去睡觉了。等我醒了，第二天早上，我再去看，小桶里的知了全都不见了。我不清楚它们在夜里是怎么逃跑的，但是我知道我小瞧了它们。

我看了看天空，又看了看那些树，东屋窗外的那棵苹果树，院子里的一棵小榆树，大门口旁边的一棵高大的槐树。我怀疑它们飞到树上去了，最有可能是飞到那棵槐树上去了。因为它最高大，枝叶最繁茂。我要是一只蝉，我就往那里飞。

村边的柳树林里，地面上有许多小洞。我把手指伸进去，触碰到一种腐烂物，闻起来很臭，我猜是腐烂的知了。这样的知了，可能是蛰伏得太久了，可能是错过了机会，可能是没能遇到一场雨，压根就没有机会，没能成功钻出地面。

这么看起来，那些趴在树上的其貌不扬的蝉，其实是不易的。那些我们听到的并不悦耳的蝉鸣，其实也是可贵的。

（2021 年）

大鸟

在那个春天，春水还愿意沿着曲曲绕绕的水道流向村庄。村庄周围的洼地，因为新注入了春水，都变成了一块块水塘。春水在水塘里不断上涨，使得夹在水塘之间的一条土路越来越窄。幸好及时停住，水位最终和路面基本持平，如果再继续上涨，路就要被淹没了。

就在这条差点被淹没的路上，我遇见一只大鸟。我刚走没几步，忽然扑棱一声，一只大鸟从路上飞起来。听那双翅膀振动发出的声响，是一只我以前从没见过的大鸟。

在我到来之前，大鸟就落在路上。路两边都是水塘。我想，它是落下来，在水边喝水的。或者，它是一个猎手，站在水边捕鱼的。或者，它是在高空飞倦了，落在水边休息的，也或者它在思考着什么。

像这种大鸟，住在高处，飞在高处，轻易不会落下来，就算偶尔落在地上，它绝不是聒噪的，不是碎步疯跑的，不是摇头晃脑的，它更可能停在一个地方就俨然成了一座石雕。可能会偶尔翻动眼皮，因为那样会保持它的眼睛明亮。

那么短暂的过程，我没有看清它的面目，我也不知道它飞向哪里。它不像其他鸟，飞不高飞不远，飞到水塘边的柳树上就会停落，还要吱吱呀呀地乱叫一通。它一旦飞起来，就必须很高远。总要飞出你的视野，让你捉摸不透，无法寻踪。

还有一次是秋天，地里的庄稼都收了，我们去地里捡花生。正在一块花生地里刨着，寻找着被遗落的花生。这时候，飞来一只大鸟。它飞得那样高，翅膀稳稳展平，在高空中滑翔。田野里都已经空了，这只大鸟游弋着，可能在寻找猎物。

我喊着："一只大鸟！"

母亲也往天上看。我们都看到了那只大鸟。我们离它很远。我就双手着地，假装兔子，在大地上蹦蹦跳跳。我希望天上的大鸟看到我，能把我当作兔子，朝着我飞下来，哪怕飞低一些，我想它能更近一些。

母亲说："你快别学了，真把你当兔子，会把你叼到天上去的。"

我觉得母亲说得有道理，赶忙停下来不学了，继续看天空中那只大鸟，它依然在高空中巡视着。

直到现在，我还记得大鸟在高空中盘旋的样子，也记得我们在广袤而苍茫的大地上仰望着它。

（2020 年）

翠鸟

我遇见过一只好看的鸟。我去水塘边玩耍，看见它站在水边，低头往水里啄了几下，不知是喝水还是玩耍。然后面朝着水塘，一时愣在那里了，又不知在想着什么。

那是在一个春天里，和颜悦色的春水，沿着曲折的河道从远方赶来，已经不分白昼黑夜源源不断地汩汩流动好些天了。村边的水塘因为新水的注入，都开心地鼓胀起来了。水边的泥土也变得红润柔软了。

我朝着它跑过去，它看见我，两条树枝似的细腿在水边跳跃起来。它只是灵巧地跳跃，没有从地上飞起来，我就以为它不会飞。我追它，它跑上了水边的一棵老柳树。

我就没法追了，只好站在柳树下，用眼光追随它，看着它一路跑到树冠上，好似顺水行舟一样流畅，最后隐匿在枝叶之中，蓦然消失。我知道它还在树上，但已经看不到它。

我还想看到它，就在树下转悠，一直往树上张望，希望再找到它。但是，它藏得很好，就是不让我看到它。

可能它在树上居高临下，注视着我在树下的举动。我在树下动一动，它就在树上动一动，就是故意躲着我，所以我看不见它。

那是我第一次遇见这种鸟，身上有一抹鲜艳的颜色。遇见它很突然，而它消失得又太快了。我就不甘心。我还想看到它。

我站在树下，也想过往树上爬。那么小一只鸟，只有拳头大小，爬上老树倒是很容易。一路小跑就上去了。可我要到树冠上去，却是不容易的。树干那么粗，树冠那么高，树下还有水。似乎哪里都有困难与危险。

我只好作罢。

有一个老人坐在村边的石头上，好像一直在关注着一切。他看我垂头丧气地回来，笑着问我："没逮住那只鸟吧。"

他也看到那只鸟了。

"那是什么鸟？"

"翠鸟。"他说。

听说这种鸟，长大了身体很瘦小，我见到的那只身体肥大，可能是没完全成年的。

这么多年过去了，我再也没见过这种鸟。

（2019 年）

蜜蜂

静静的午后，太阳蒸着世界，像拷问着犯了错的孩子。但是村庄很沉默，只在阳光的波动中微微颤动。

家里的人都在睡觉。我的父亲睡在炕尾，他的脸朝着斑驳的土墙。我的母亲睡着炕头，她的脖子和脸仰着，朝着一台黑白电视机。

电视机依然开着，里面的人物还在说话，故事情节仍然在进行。

可我不想睡，也不想一个人看电视，就走出了家门。在院子里，我看见我们家的鸡，卧在菜园子篱笆下，躲在丝瓜叶子的阴凉里。

我继续走出大门。我往村东边走去。在村东边的土台子上，我停下来了。在这里，我闻到了一种浓烈的花香。

眼下那面倾斜的土坡上，生长着许多白色曼陀罗。举着一朵朵喇叭状的大花。太阳在天上炽热地照着，它们在地上努力朝上举着。

我看见了一只蜜蜂，在曼陀罗花上方飞，哪里有花，它就在哪里盘旋悬停，它是在挑选它的花。它那么小小的，只像一颗胶囊，一靠近花朵，阴影就落在花上，也是小小的、清浅的。

在巡视过几朵花后，它终于落在一朵花上了。不知它怎的就选了这朵花。它沿着花壁爬向花心，腿脚在花上轻车熟路。钻进去了没出来。它在获取花心的花蜜吧。

我捏住那朵花，想要抓住它。这还是我第一次要捉蜜蜂。我遇到了这样一次难逢的机会。我像捏住袋口那样捏住那朵花，我以为我已经抓住蜜蜂了。

我的手指顺着花朵捏下去。当我捏到蜜蜂时，它毫不客气地蜇了我一下。我的手指针扎似的疼，就把手松开了。然后蜜蜂振着它的翅膀，悠悠然地飞走了。它在虚空中绕了几个圈，好像故意绕给我看的。

我盯着那只小小的蜜蜂，看它薄薄的翅膀在虚空中快速地振动，肥胖的身体在薄薄的翅膀振动中游移。飞着飞着就消失了。

我的眼下还是那片倾斜的土坡，土坡上还是那片野生曼陀罗。它们不往坡上爬，也不往坡下滑，它们就待在斜坡上。

（2019 年）

蝎子

蝎子这种生物，模样看起来一点都不友好，怪吓人的。有那么多只腿脚，一爬动起来，所有腿脚都像船桨一样摆动，越看越不像是在地面上爬的，而像是在你的身上爬似的，直让你浑身不舒服，甚至起了鸡皮疙瘩。

它还有那么一条高高竖立着的尾巴，尾巴尖端还有那么一个锐利而有毒的钩子，这既是它威风凛凛的、极其有震慑力的武器，也好像是它倾其全力为自己竖起的一面旗帜。它走到哪里，自己的旗帜都竖立着，好像一只鼓着风帆在海面上航行的小船，它的精神和威风就在。

旁观者眼里，它一看就不是善茬，最好识趣地避开，不要招惹它。

我们生活在房子里，蝎子生活在墙缝里。白天就在家里待着，晚上才出来活动觅食。它们是夜行的，我们是白天活动的，就算是这样，也会有打交道的时候。

我妈在闷热的夏天，习惯手摇一把大蒲扇，既给她自己扇风驱蚊，也给我们扇风驱蚊。等她睡着了，她摇蒲扇的手也停落下来。蒲扇就落在她的枕头旁边。有时候她睡着了，听到有声响，拉开电灯一瞧，正是蝎子那些多关节的细腿在扇面上滑动着弄出的声响。不知道它怎么就爬到这里来了。

我有一个发小，他穿着一条裤子，穿上后觉得屁股那块有个什么东西在动，挺硌屁股的，他把手伸进去一掏，用手抓出来一只活物，就是一只蝎子。也不知道它怎么就爬进发小的裤子里去了。

我家堂屋和东屋都有一口大铁锅，这两口黑洞洞的大铁锅，有时候盖着锅盖，有时候没盖锅盖。有时候，过了一夜，早起做饭，一瞧，还是蝎子，在锅底爬动着，那么多只脚都在努力滑动，可是因为锅底太光滑，它爬不上来。

蝎子是四毒之一。它的毒刺那里有一个地方，像注入了墨汁一样，那里面应该就是毒液。看这个黑颜色，就知道它很毒。有不少人被蝎子蜇过。听说一旦被蝎子蜇了，如果不及时处理，可能有生命危险。不知是不是我运气好，我始终没被蝎子蜇过。

夏天的夜晚，人们从房子里出来乘凉。蝎子呢，也从墙壁的砖缝里出来，它可能也要乘凉，但一定也是要觅食。它会捕食蛐蛐、蚂蚱这些小昆虫。我就见过蝎子正用大钳子钳住蚂蚱。蚂蚱还是活着的，还在努力挣扎，但也无济于事。有时也是一整只蛐蛐就要被吃光了，只剩下半条腿在蝎子的嘴外边。

有些年，村里来了收蝎子的。因为蝎子可以做药材，也可以送到饭店里做食材，有人吃蝎子。蝎子也值钱，个头很小的，还没长大的，一只也能卖一毛钱。个头大的，尤其那种怀孕的，肚子里有子的，一只能卖两毛五。

人们流行起捉蝎子。

一到晚上，天刚黑，捉蝎子的就出门了。大人孩子，男人女人都有。带上一个手电筒，一个装蝎子的小桶或者瓶子，还需要一个镊子或者一双筷子。手电筒用来照蝎子。走街串巷，沿着墙根照，照到蝎子，用镊子夹住，放进小桶里。镊子比筷子好用。筷子只能夹趴在外面的蝎子。很多蝎子是躲在墙缝里的，筷子都进不去，但是镊子可以伸进去，夹出来。用镊子也要快准狠。蝎子很灵敏，如果不够快，它就会缩进墙缝里。

开始没捉蝎子，蝎子就非常多，很安逸，非常傻。后来捉蝎子的人越来越多，蝎子就越来越少，也越来越机警。就缩在墙缝里，露出一双钳子。稍有风吹草动，就会钻到深处去。我那时候，每天晚上能捉几十只蝎子。

第二天一早，收蝎子的就来了。各家提着小桶、拿着瓶子出来，卖蝎子。每家的小桶里、瓶子里都装着蝎子，有多的有少的，有活的有死的。收蝎子的用镊子夹着蝎子一只只数，动作很麻利，大的、小的、活的、死的，价格都不一样。

父亲说我捉蝎子挣的钱可以自己留着。因为我想要一个游戏机，我就用这笔钱偷偷买了一个游戏机。因为父亲爱抽烟喝酒，我也给他买了一条烟、两瓶二锅头。也给妈妈和弟弟妹妹买了东西。那真是我很风光的时候。

听说邻村有一个妇女，夜里出门用手电筒照到一只蝎子正在墙壁上爬，她一时心急，竟然用手去抓蝎子，结果就被蜇到了。这是一件真事，也被当作笑话。但是我一想，又好像能理解她。如果她不抓，它也就跑了。她急得有道理。

还听说蝎子每次能产出许多卵。母蝎生出的幼崽，会趴在母蝎的背上，白花花的一大团。幼崽们会一口口吃母蝎的肉体。等把母蝎的身体吃完了，它们也差不多长成了，可以各奔东西去独自营生了。不知是真是假。

（2021 年）

蚂蚱

我从没见过一只蚂蚱，像人一样，通过一条条的大路小路，一面面的长坡短坡，进入我们的村庄。它们根本不走人的路。它们好像知道田野里、打麦场上、荒草地里，都可以栖居，唯独村庄不能堂而皇之地进入。

但我们却要去捉蚂蚱。

捉蚂蚱，拿一个麦乳精瓶子，就可以出发了，空着手去也行。狗尾草可以穿蚂蚱。荒草地里到处有狗尾草，在草地上竖立着，迎风招摇，很容易被看见。

要捉蚂蚱，得去趟草地。惊动了蚂蚱，蚂蚱就会蹦跳起来，或者飞起来，但不会太远，待它再一落地，把手掌五指合拢，迅疾拍过去，往往就拍在掌心了。常常是你拍到了蚂蚱，蚂蚱同时也在掌心里起跳，还要冲撞一下你的手掌，而后再度跌落下去。

弹跳最好的是油蹦子。它的个头不大，浑身灰扑扑的，与大地颜色相仿。它的大腿极其有力。就算把它扣在掌心了，它也一定要使劲冲撞几下。就算把它拿在手指间，它还要挣扎一番。往往要刚烈得弄断自己的大腿。最绵软的是青蚂蚱，样子像纸鹤，身体是青色的，混在青草地里很难发现。走在草地，小的会在你的脚边跳跃一下，大的会嗒嗒响着振翅飞上一段。但也不过如此了。

如果你用的是麦乳精瓶子，最好在瓶盖上打个眼儿，为的是不让蚂蚱在里面憋死。如果你用的是狗尾草，只需把狗尾草穿过蚂蚱颈部，它们颈部正好有个环节可供穿过，狗尾草顶端那簇毛茸茸的"狗尾"，也正好可以卡住蚂蚱，让蚂蚱不至于掉落。这样捕捉的蚂蚱，就一只只穿在狗尾草上，腿脚只能在虚空中挣扎着。

我常去荒野里捉蚂蚱。荒野在打麦场、菜园子、田地之间。打麦场上堆积着麦秸垛、玉米秆垛，菜园子里种着白菜萝卜，田地里种着庄稼，但是荒野里只有荒草和坟茔。有一次，我去那片坟地里，见到一只青蚂蚱，正准备用手去拍，才发现竟是一条青蛇。这可把我吓坏了，赶紧退出了那片坟地。

再后来，不用手掌拍蚂蚱了，改用柳条抽蚂蚱。村里村外到处都是柳树，随便都可获得一根柳条。还是去趟草地，发现了蚂蚱，用柳条一抽，被抽中的蚂蚱非死即残。这种方法凶残，但非常好用，也不用担心拍到蛇或者蒺藜了。就算遇到蛇都可以抽打蛇。

蚂蚱喜欢在土路上产卵。正好是在我们农忙的时候。但路是我们的路，人要走，牲口要经过，车轮要经过。我见过许多在路上产卵的蚂蚱，尾部扎在土路里，只露出半截身子，半截身子在地下，你离它挺近了，它还那样待着。好像连人都不怕了，连危险都不顾了。也仿佛是在心里鼓励自己，就要产完了，再坚持一下。

它要勇敢地坚持，我自然不会放过它。它是害虫，让它产卵，来年就有更多的蚂蚱。我要捉住它，就算没捉住，也把它赶跑了。它是不是把体内的卵产完了，还是只产了一半儿就被我打断了，这个可不好说。它又不是村里的孕妇，生下来的又不是会哇哇哭的小孩儿，谁会在乎它的生产顺利与否。

吃蚂蚱。把蚂蚱的脑袋拔掉，正好连带着把体内一条黑色的貌似肠子的一并带出来，剩下的都能吃。连大腿都可以吃。放点油和盐一炒，就很香。最开始是我捉了蚂蚱，母亲炒蚂蚱。后来我自己都会动手炸蚂蚱。

有一次出去游玩，在农家乐里，有油炸蚂蚱，还有油炸知了。知了小时候也捉过，虽然蚂蚱和知了都捉过，但我们只吃蚂蚱，从没吃过知了。也不知道为什么。说不清道不明的，或许都是命运吧。

（2020 年）

蜻蜓

我在北京有十多年了，只在两个地方见过蜻蜓。

一次是在圆明园。在一个夏天的下午，我和朋友走进园里。刚进门不远是一片池塘，池塘上有距离水面一米来高的曲折的浮桥，还有一座木亭子。我们在木桥上走，在木亭子里停下，看池塘里的水，生长在池塘边的浮萍和荷花，还有若隐若现的在水里游动的鱼。还有，一只蜻蜓。只有一只，在一枝伸出水面的荷花周围飞动。它为什么要围绕着那朵花飞来飞去、上上下下的？好像是在和那朵花悄悄地说着话。很快就有雨点从天上掉落下来，掉落下来的雨点，有落在池塘水面上的，有落在木桥上的，有落在木亭子上的，有落在浮萍和荷花上的。那只蜻蜓也一定感觉到了，所以它就也飞走了。不知道飞去哪里避雨了。我们也躲进了一座假山上的亭子里，在亭子里看着那场雨像烟雾一样飘洒弥漫。在朦胧的雨雾里，我们只能看到眼前的风景，世界好像是被烟雨给吞噬掉了。世界缩小成我们眼前的那一小团。

还有一次是在颐和园。颐和园里人可真多。我们两个逛呀逛呀，经过了有名的颐和园长廊，也就经过那许多聚在长廊里的人们，来到一处还算清静的昆明湖的湖边。我们也走累了，就在湖边的石头上坐下，坐在老树垂下的树荫里，面朝着碧绿的湖水。有风从湖面上吹来，携带着清凉的水汽。有波纹在起伏动荡，有波浪在冲击湖岸。有龙舟在湖里游着，是要把排队等待的游人从游廊这边送到十七孔桥那边。十七孔桥看起来有些远，变小了，也好看。我们这里没有大船，只有靠岸停泊的小船，随着波浪颠簸着，有青色的小鱼在船身周围游荡着。也有水草从湖边的水底生长出来，一直伸出了水面，还要继续向上伸出一截。有一只蜻蜓围绕着这水草飞着，忽上忽下，忽左忽右，好像是在表演特技。这是一只黑颜色的蜻蜓。

在我的家乡可没有黑颜色的蜻蜓，只有绿色的和黄色的。村边水塘里的水涨高了，就有蜻蜓生长出来了。绿色的是一种大蜻蜓，黄色的是一种小蜻蜓。大蜻蜓尤其喜欢在水面上飞，在水面上像直升机一样巡视，好像整片水塘都是它的疆域。黄蜻蜓却喜欢往村庄里飞。尤其是在一个黄昏，黄蜻蜓像机群从水塘漫上来，飞过我们的院墙，飞到我们的院子里。孩子们正在院子里做游戏，看到那么多蜻蜓飞来了，就不再做他们的游戏了，转而抓蜻蜓。跑着追逐蜻蜓，挥舞手臂要抓蜻蜓。用扫院子的竹扫帚拍蜻蜓。可蜻蜓还在院子里飞，没有要离开的意思。直到现在我都不明白，为什么那个黄昏，有那么多蜻蜓，会从水塘漫上来，飞到院子里来，还不肯离开。

（2021 年）

野兔

有一次，我和堂弟往田野里去。一亩一亩的庄稼地，井井有条地挨在一起。庄稼地里种着高粱、玉米、黄豆，还有一些是花生、红薯。在所有的田地里，有一块地是特殊的，远远地就看见那里有一座小丘，越看越神秘。既然我们发现了，不可能不去看看。

原来，是一个废弃的砖窑。我们刚靠近砖窑，就腾地一下子，有个东西从砖窑里蹿了出去。完全没看到是什么，但我和堂弟都认为那是一只野兔。这只野兔估计就卧在砖窑边上，听到我们的动静，看到我们来了，非常机警果断地跑了。因为周围是黄豆地，它一跑就隐没在黄豆地里，我们什么都没看见。

这才刚刚开始，就遇见一只野兔。我和堂弟兴奋紧张。我们爬到砖窑顶上，沿着一条砖砌的窄窄的小径走。往里看，就是一个窑洞，窑洞深入地下，里面填着不少蒿草，一团团的，不知是在里面生长出来的，还是被风刮进去的，还是被人丢进去的。我们往里面丢了一些碎砖块，但没打算进窑洞里去。谁知道这个深洞里有什么，会不会是什么怪兽的入口。

腾地一下子，又有个家伙从窑洞里蹿出去，接着在黄豆地里狂奔。又是一只野兔。这次我们是站在窑洞顶上，时而还能看到那只野兔，但是很快它也消失不见了。好似一块瓦片在水里打水漂，跳那么几下就沉下去了，彻底被淹没吞噬了。

遇到野兔当然开心，可一眨眼就不见了，真是扫兴。我们继续在窑洞顶上走着，忽然腾的一声响，又一只野兔从窑洞里蹿出去。已经是第三次了。这次我都有点木然了，但是我的堂弟，这次有所行动了，他竟然冲下窑洞，去追那只野兔。我看傻了。他是疯了吗，竟然追野兔。我看着他在黄豆地里跑着，时而还能看到那只野兔上蹿下跳的身子。

大概追出去几百米，堂弟还在我的视野中，但已像个火柴人了。但是，堂弟离野兔越来越近，到后来竟然手里拿着棍子，好像在抽打那只野兔。他追到了那只野兔！我难以置信。最后，我看到堂弟手里提着那只野兔，朝着我们的村庄走回去了。

而我还站在窑洞顶上。我很后悔，我跑得比堂弟快，如果我去追野兔，也一定能追上。我后悔我没去追。就在我难过的时候，出现一个新机会。我看到附近的黄豆地里，伸出一对长长的大耳朵，那就是野兔的耳朵！机会又来了！这次我不能错过了！追！

为了不惊动野兔，我在地里匍匐前进，用膝盖往前爬行，近到不到二十米了，靠着黄豆枝叶的掩护，我看到野兔的两只大耳朵，在那片黄豆里随风轻轻摇动，好像在窃听周围的动静。我感到不能再近了，猛地从地上起身，开始朝着野兔狂奔。

结果你们可能猜到了，野兔的速度远超我的速度，我没跑出去多久，野兔已经没踪影了。等我再看到它，它已是跑上土坝，土坝在一里地开外。我想追都没法追了。我就更沮丧，为何堂弟能追上，我就追不上。

回到村里，我问堂弟，堂弟告诉我，他追的那只野兔，原来是少一条腿的。是被夹掉了一条腿，只有三条腿，所以它跑得不是很快。最后他能追上野兔，是因为野兔狂奔，断腿的地方，伤口裂开了，因为失血过多，它就死去了。但堂弟拿到那只野兔时，它的身体还是很热的，它好像也还有心跳。

听了堂弟的话，我就不因为自己没追上野兔难受了。三条腿的野兔不是正常的野兔，少一条腿完全不是一回事了。但我开始有了另一种想法，堂弟发现它少了一条腿，怎么我就没发现。堂弟的眼睛是比我厉害的。

（2019 年）

屎壳郎

它们的目标只是粪便，终生所求也是粪便。许多屎壳郎就把地穴建在粪便下面。这样的话，在家里就能闻到粪便的香味，出门就能吃上美味的粪便面包。

在我还很小的时候，没少和这种生物打交道。我常常提着一个酒瓶子，去村边的水塘边灌水，然后提着一瓶子水，到处找屎壳郎窝。只要有粪便的地方就常会有屎壳郎窝。

南边那片空地上，常年拴着一头牛。我在这片空地上，灌过不少屎壳郎。我还去村边找屎壳郎窝。

屎壳郎喜欢草地里的新鲜牛粪。这样的牛粪下面都会有屎壳郎窝。可能是新鲜的粪便里才能让它们获得营养。我家房后面的粪堆，是要当作肥料来用的，屎壳郎对这样的粪堆没兴趣，倒是有狗尿苔这样的细长的蘑菇从粪堆里亭亭玉立地长出来。

灌屎壳郎窝，要先把屎壳郎窝上面的牛粪移开。要是牛粪长久了，就早已风干了，也没什么臭味了，直接用手移开也没什么。除了牛粪，还有一堆土壤颗粒，这是屎壳郎打洞时从地下刨挖出来的。把这堆颗粒清理掉，然后就可以看到一个地穴了。

清理出了地穴口，把瓶子里的水慢慢往地穴里灌。要保持安静，不要出大声。就像钓鱼一样，要有耐心。盯着洞穴口的水面。水面突然晃动起来，那就是屎壳郎在洞穴里行动了。因为地穴里遭了水淹，它最终会从洞穴里出来看看。当它从地穴口爬出来了，就可以用手去抓住它。

屎壳郎有黑的外壳，前面有两只大钳子，嘴边似乎还有须子。钳子的力量是很大的。而头上往往也有角，这角尖尖的硬硬的，正是它挖土的利器。腹部好似有一层绒毛，摸起来柔柔软软的。如果你把屎壳郎放在手里把玩，久了，手上会有一种不太好闻的味儿，但不是粪便的臭味，应该是它这种生物的体味。如果你把屎壳郎攥在手心里，它就会在你手心拱来拱去的，绝对是个很有力很倔强的家伙。

还有一种个头很小的屎壳郎。常常是在田间或路上突然出现一坨牛粪，上面就有许许多多小屎壳郎正在忙碌着，密密麻麻。我们多半敬而远之。这种小屎壳郎还会飞。等消化完一坨牛粪，又会飞着去寻下一坨。看起来和我们一样忙活。

（2020年）

老鼠的事

1

我们一家几口躺在西屋的土炕上。有平躺着的，也有侧着身蜷缩着的。在寂静而漫长的乡村的深夜里，我们安静得像是已经死去。

趁着我们睡觉，有另一种生物，来到炕上，叼我的头发。我一睁开眼，那家伙迅速跳下炕，落地只发出一声轻响，之后就逃之夭夭了。

我压根没有看到它，只看到几束从窗户照射进来的不声不响的阳光。屋里积久的浮尘正在黄白的晨光里颤动着。

鸡进屋了！啄我的头发！我喊着。母亲说，不是鸡，门锁着，鸡进不来。是老鼠。我又问：老鼠叼我的头发干吗？母亲说，可能是生小老鼠，要用我的头发做窝。

老鼠有这么大的胆？我起来去堂屋查看，门鼻儿上别着一根竹筷子，两扇陈旧的木门间虽有缝隙，也不足以让鸡进来。

我们家的几只老成的鸡，正在土院子里悠然漫步，低眉垂目地迎接清晨。

2

夏天，太阳走得很慢，好像身上背负着很多东西。我闲着没事，一个人去村西边那片水塘，寻找躲在水草下面的黑鱼。

在浅水的地方，发现一个洞口。我小心翼翼地把手臂伸进去试探。感到危机要逃跑的鳝鱼，从另一个被一簇水草遮掩的洞口探出头。

鳝鱼浑身油滑，抓它的时候，很费劲。我也很兴奋。带回家里，却不知该如何处置。我们家没吃过鳝鱼，对这东西也没兴趣。

院子里有一个大黑盆，我常坐在里面洗澡，用小茶缸往自己身上浇水。盆里有半盆水。盆和盆里的水，都已经被太阳晒得热热的。

我把鳝鱼放进去。一放进水盆里，它就隐没了，像得道高人回归深山老林。

隔了一夜，第二天，我去看，水盆里只剩下水，鳝鱼呢？

到处找，最终在菜园里找到，却已经是一条死鱼了。像一根麻绳僵硬地蜷曲在菜园里。

鳝鱼的身上，被咬了几口，少了几块肉。

我猜是老鼠干的。只是不明白，鳝鱼待在那么大的盆里，隐没在水里，怎么会被老鼠咬到?

3

我们养了十几只小鹅，小鹅还没有完全长大。

到了晚上，母亲就把小鹅都装进铁笼子里。一只只地提着长长的脖子放进去。再把笼子放到高的地方。

为的就是不要让老鼠够到。但在晚上总还会有老鼠来光顾。

听到堂屋的小鹅尖叫，我们去看，笼子里一只小鹅，脖子被拉出了笼格，头已经不见了，血肉模糊。其他小鹅都挤在一起，惊声尖叫。

又是老鼠干的。但不见老鼠的踪影。

小鹅长大的过程，都被老鼠觊觎着。直到小鹅长大了，成了健壮的大鹅，老鼠才死了心。

那时候，大鹅常会伸长脖子，展开宽大的翅膀，呜昂呜昂叫唤。好像这世界都是它的。老鼠不声不响，躲得远远的。

（2021 年）

风

物

布鞋

母亲会做布鞋。给家里的人，每年做一双。父亲脚大，给他做出来的布鞋，就也是大的。我们脚小，穿小的鞋，给做出来的布鞋就是小的。每一双都是母亲一针一线做出来的。

纳鞋底。这是实打实的手工活儿。鞋底子有那么多层，又厚又硬，针都不容易扎进去。所以还需要锥子，还需要顶针。先用锥子扎个针眼，再把细针线穿过去。顶针像个戒指一样，周身密布着凹槽，戴在手指上，用来顶针屁股，让它顺利穿过针眼。

就算有这样一些工具，好似很科学完整，母亲有时候还是会失误，扎到自己的手。有时候是锥子尖扎针眼扎过头了；有时候是细针尖穿过鞋底后；有时候是顶针在顶针屁股时滑脱了。不小心被扎到了，母亲也会惊一下，停下来看看自己的手。

不严重就当没事，继续做起来。如果比较严重，比如，冒了血，就用舌头舔一下，接着继续做起来。

所谓的千层底，就是母亲这样一针一线纳出来的。这样纳出来的鞋底也很结实。可以说除了母亲在做鞋时使用的锥子、针线能穿过这鞋底，以后遇到的任何事物都穿不透这鞋底了。

纳好了鞋底，做鞋帮，按照鞋样来。鞋样就是做鞋的图纸，是和村里有做鞋经验的人借来的。再把鞋帮安在鞋底上，又一针一线缝接在一起。一双布鞋就做好了。有松紧口，在鞋帮的两侧，就像鞋的两只眼睛。

布鞋穿在脚上特舒服。又轻松又柔软。穿起来脱下来都很方便。穿的时候，脚往鞋里一伸，稍微一提鞋后边就穿上了。脱下来更方便，都不用手，用一只脚轻轻一踩另一只鞋的后跟，就从脚上脱下来了。更有甚者，要脱掉布鞋，脚向上一踢，鞋子就从脚上小鸟一样飞下来了。

一双布鞋可以穿多久？具体我也忘记了，怎么也能穿个一两年。你的脚在变大，鞋子却不能变大。所以脚趾就会顶撞鞋面。时间久了，鞋尖就破了，脚趾就从鞋里冒出来了。一般都是大脚趾露出来。因为它在所有的脚趾里最靠前啊。

脚趾露出来了，鞋也不是不能穿了。如果是在夏天，反而变凉快了。那不相当于开了个天窗吗，透风透气。大脚趾也更加自由了，也可以见到天日了。就是不太好看。这时候，也好办，母亲只需要找块合适的布料缝补在破洞上，又可以继续穿一阵子了。

所以一双布鞋，理论上是穿不烂的，它是可以缝补的，可再生似的。如果不穿了，只有两个原因，一是脚实在太大了，穿不了了，要不就是，不想再穿了。

（2021年）

灯

最开始，是一盏煤油灯。煤油灯是父亲制作的。用一个胖墩墩的罐头瓶子，瓶肚子里装着黑色的煤油，一根棉芯通过罐头盖子，把自己插在黑色的煤油里。到了晚上，擦燃火柴，点燃灯芯，煤油顺着灯芯往上爬，爬到灯芯顶上就燃烧了。即便如此，下面的灯油还是在努力往上爬。直到一罐子煤油近乎燃尽，父亲再往罐子里添加新的。

这煤油灯，烧的是黑色的煤油，冒出的是黑色的烟。煤油灯处在墙洞的灯龛中，如一个果核处在果实之中。没风时，煤油的黑烟直直而上，熏着灯龛的顶。有风时，黑烟抓着灯苗一起甩动，好像一支毛笔在虚空中舞动。

靠近了，会闻到煤油的气味。煤油的刺激性气味，仿佛是一种强烈的怨言，它本不属于这人间，却做了这人间的燃料。有时还会听到毕毕剥剥的响声，好像老鼠踩着一地干树叶奔跑。

后来，用上了蜡烛。把蜡烛的底部裹上纸片插在酒瓶口里，这样就成了可移动的灯盏。做饭时就把蜡烛放在锅台上，去照我们那口深深的大铁锅。吃饭时就把蜡烛移到饭桌上，去照我们的饭桌与食物。要睡觉了，就把蜡烛移到西厢房，去照我们的火炕和被褥。

守着一盏灯，影子在墙壁和屋顶上乱晃。我们去靠近灯，灯就将我们前面照亮，又把影子在我们身后放大。似乎，影子本就是寄生在身体里的庞然大物，经灯认真一照，影子就从我们身体里钻出来了。直到我们远离了灯，影子又水蛭一样缩回我们的身体里。

再后来，用上了电灯。葫芦状的电灯泡挂在屋顶上，我们的房间像一条怪鱼，这条怪鱼只有一颗眼睛。没电时，怪鱼闭着眼睛，我们去外面乘凉，就坐在屋后的石头上，等来电，一来电家里的电灯就亮起来了，在外面就可以看到从房屋里照出来的灯光。那突然而来的灯光真让人高兴。

电灯比煤油灯、比蜡烛都亮。电灯带来了更多的光明。电灯驱赶了更多的黑暗。电灯如牧羊犬驱赶着绵羊。黑暗只好躲到屋外去，夜晚里房屋周围的黑暗更浓。一旦灯关了，拥挤在屋外的黑暗，藏在墙根下的黑暗，躲在房顶上的黑暗，钻进墙缝中的黑暗，又像水一样回流到房子里去。

还有一种更古老的手提灯，夜里出门，可以提上一盏。这时候，看得见的，一个人在一盏灯里走路。一盏灯在无尽的夜色中燃烧。一朵火苗在玻璃罩里舞蹈。而看不见的，仿佛都已被暗夜温柔地吞掉。

（2019 年）

火炉

一提到火炉，就感到很亲切。

冬天，倘若不小心，炉子在夜里灭了，一大早，父亲便要生炉子，这是首要的事。我会记起这样的情景：母亲坐在灶台口，往大锅底下添着柴，煮饭，锅里很可能煮的是玉米粥，篦子上蒸着几个旧馒头。而父亲已把炉子由堂屋搬到了门台上。

我迈过母亲那一处，跨过灶膛口的柴火，到门台上观摩父亲生炉子。门台上除了有那三只脚的黑铁皮炉子，旁边还堆积着一些小木块。那是父亲早已用斧头劈好的，作为生炉子的引料。先把这些木块引燃，放置在炉子底部，再把一块煤球放进去，将煤球烧红引燃，炉火也就生起来了。

我来到门台上，父亲多半蹲着，俯着身子，把嘴对准炉子的底部通气口，正在一丝不苟地往里吹着气。一股新鲜浓稠得如同奶乳的白烟，从炉口袅袅而出，悠悠地升起来，也许会有一个白胡子老神仙从里面飘出来呢。

炉子一旦生好，又回到堂屋里。具体位置，多在灶台旁，通向里屋的门口角落。这样的位置，不碍事，也容易把暖气传送到里屋。炉子顶上的房梁处，恰有一个燕子窝，还好，燕子冬季是不在的，不然就要被蒸熏了。

北方农村到了冬天，屋里如果没有一个火炉，那就像一个人身体里少了心脏，真是"冷冷清清，凄凄惨惨戚戚"。人恨不得手脚抱成一团，像个刺猬一样度日。有温度的屋子，才好留住客人，没温度的根本留不住人。且别管那屋多老多小，只要在冬日是暖和的，总让人感到最大的舒服。

火炉除了供暖，还能用来做饭、烧水。煮粥、炒菜都不是问题。水差不多一壶挨着一壶地烧。冬天喝热水暖和。有客人来，不需要别的，端上一杯热水，双手捧着就够了，手上和心里都是暖烘烘的。再唠些家长里短，就更加感到温暖了。

我们小孩子，就喜欢围绕着炉子。尤其刚从外面玩耍回来，手脚都是冰冷的。一回到家里，不用多说，自动寻着火炉去了，好像急着去那里报到。小小的火炉，最多不过半米高，你须对着它蹲下，用两条微微敞开的大腿环着，两只手张开，像要捧着它。这样，它的热就向着你滚滚而来了。它那股炽烈的热情，想拒绝都拒绝不了。

不只是炉顶的火苗，整个炉壁都会发热。如果"急功近热"，可以把手掌贴在炉壁上。瞧着眼前的跳舞似的蓝色小火苗，感受着源源不断的热量，正在输往冰冷的身体，感到一种无与伦比的幸福。

有时候饿了，馋了，无聊了，还可以用火炉烤东西吃。在炉顶架上两根火筷子，再把切好的馒头片摆上去，一边烤火一边烤馒头片，眼看着馒头片由白色转成诱人的金黄色，变得如同金块，不可离火太近，也不可烤得太久，否则就要烤煳、烤黑，甚至烧起来，吃起来就是苦的。

如果只吃馒头片不过瘾，还有更解馋的。盖上火炉的盖子，放一把花生上去。用火筷子拨动。随着一股股细小的黑烟从花生上冒出来，离吃烤花生也就不远了。烤熟的花生，剥开时烫手，吃起来烫舌头，但是很香。一边吃，一边往外掉口水，那种快感，只可意会不可言传。

母亲还时常往炉盖上倒一些醋，让醋挥发在屋里，说有杀菌消毒功能。火炉就这样经常要吃上一顿莫名其妙的醋。不知道它是否被酸得咧了嘴。

到了晚上，需要把炉子封起来，让它保持不灭，平安地度过一晚。这是个技术活，没有经验的，还真干不了。我封过炉子，半夜就灭了。封炉子，要封得严，否则煤球烧得过快，炉子坚持不了一晚。但又不能完全封死，没有了氧气，它也会憋灭。上面的炉盖中央，自留一个出气小孔，下面要用炉渣封好，近乎不透气。

炉子多半是母亲封的。为了以防万一，这一夜里，母亲总有一两次要去检查一下。一旦灭了，全家都要受冷，而且第二天早上，父亲又要重新生炉子。母亲在夜里的辛苦，温暖了全家。

　　只有在老屋的时候，我们才用火炉。搬进新屋后，就告别了火炉，用上了更加高级的暖气。过年我回到家里，再也没有一个火炉可以围绕了。像踩碎炉渣这样无聊而有趣的事，也就成为不可复制的回忆。

（2016 年）

火烧大锅

堂屋有一口大锅，东屋也有一口。两口黑色的大锅像是房子里的两只静默的眼睛。

锅里会发出许多声音。刷锅时铁铲撞击剐蹭到铁锅；高粱穗头扎在一起做成的锅刷摩擦锅底；烧开的水在锅里冒着团团簇簇的白花；盛饭时饭勺磕碰到锅底；搅动锅里熬煮了很久的浓稠的米粥；从水缸里舀的一瓢凉水倒进锅里，冲击锅底，在锅底盘旋流动……都有声音。

锅底下也有声音。

灶膛里烧柴火。烧麦秸、玉米秆、棉花秆、芝麻秆、黄豆秸、烧树叶、树枝、劈柴。有的易燃，但不耐烧，适合点燃引火。比如，麦秸、玉米皮子。有的不容易烧着，但一旦烧起来，就很持久，比如，树枝、劈柴。麦秸烧成灰烬，劈柴烧成黑炭，都会发出声响。

柴火上钻出许多火苗，像从琴键上冒出的音符。火苗有大的小的，有黄的红的蓝的，有高的矮的胖的瘦的。拥挤着，推搡着，摇晃着，躁动着，喊叫着，吵闹着，哭笑着。

火苗烧烤着锅底。

还有烧火的人，面朝着灶膛，灶膛里有一片火，人眼睛里也有一片火。母亲坐在小凳子上，腿朝着灶膛伸展开，火照亮她的胸膛。父亲不坐小凳子，他习惯蹲着，朝着灶膛里的火佝偻着，好像灶膛里的火在拷问他什么。

灶膛里滚动着火苗，人脸上闪动着火光。

父亲要抽烟就从灶膛里抽出一根小木棍，把烟引着。烟头上的那一点猩红，有时会移到他嘴边，有时会划出一道弧线，如同翻飞在火海前的一只昆虫。

烟从房顶的烟囱冒出来，随着风向飘移，冲淡在浩渺的天空里。有的钻出灶膛口从堂屋门口飘出去，出了门口就弥漫开，有往高处去的，也有往低处去的，一样都消散在浩渺的天空里。

烧火的就在堂屋门口，能看到这飘进院子里的烟，也能看到院子里的晾衣绳、小树、家禽、杂物。如果下雨，就会看到雨从天上朝下落。雨落在院子里，也像是一种收获，人心里也舒坦快活。

有麻雀来了，落在院子里。一时间，小鸟在院子里蹦蹦跳跳，火苗在灶膛里蹦蹦跳跳，米粒在大锅里蹦蹦跳跳。

（2021 年）

井

村东边曾有一口井。

一大早，经过了一个夜晚，井水自己涨满了，全村人都赶来挑水。一根长长的木扁担搭在肩上，两只铁的水桶挂在扁担两头。人一走路，扁担上下颤悠，两只水桶更是摇头晃脑地摆动，好像因为要去挑水而高兴。人有这一根扁担和两只水桶陪伴着，似乎去挑水也不是形单影只了。

井没有多深，井口也只有铁锅口大小，砖砌的井口上生着绿色的苔藓。来打水的人，把一只水桶挂在扁担钩上，依靠扁担把水桶送进井里，一晃扁担让水桶沉进井水里，灌满了水桶，再提拉上来。同样的方法，灌满另一只水桶。然后把两只桶挂在扁担两头，俯身，微蹲，用力，起身，用肩膀负起扁担，挑着回家去。

　　装了水的水桶，自然变沉重了。不比来时两只空桶轻松，悠闲。挑水人的脸色相比来时，也变得有些凝重了。他要小心翼翼的，尽量让水桶保持平稳。如果节奏掌握得好，水桶会在虚空中晃悠，但只有极少的水掉出来。

　　似乎所有水桶都漏水。人挑着水桶走一路，就在路上洒下一串水痕。至于要洒出多少水，要看水桶上的窟窿缝隙大小，还要看挑水人的水平和态度。如果这个人心情不好，或者觉得水桶太重，故意使劲晃悠两下，桶里剩下的水就会更少。

　　掉在半路上的水，都是从水井里来的，在水井里一起生活，结果离开了水井，又在路上遇见了。彼此再次见面，会是怎样的心情。

　　人把水挑回家，打开水缸盖子，提着水桶，用力一翻，扑通一声，桶里的水也就扑进水缸里去了。好似倒了一桶米粒进去，倒了一桶小鱼进去。一桶水倒进了水缸，也就意味着一两天里有水喝了。人心里也因此像水缸一样变充盈了。

　　倒进了水缸里的水，本来是在地下的水井里，水井是圆柱状的空间，现在转移到了水缸里，又是那样一个圆柱状的空间，它们会觉得有什么不同吗？

　　水井是不是就是埋在地下的水缸，水缸是不是就是冒出地表的水井。水是在水井里感觉更舒服自由，还是在水缸里感觉更舒服自由，还是其实没什么不一样。

　　村里有了自来水后，村边的水井也就废弃了。每家院子里都有水龙头，只要把水管伸进水缸里，就可以接得满满的。谁还舍近求远，去井里挑水呢？

没了人的光顾，水井里渐渐没了水，成了枯井。枯井里又不断掉进垃圾、砖头、树叶、灰尘，也越来越浅了。最后，这口井被填平，在地面上消失。

村西也有一口井。村西的水塘干了，从塘底显露出一口井。井已被淤泥湮没，村里的闲人用铁锹挖。这井比村东的大多了，光井口就大了一圈，也比村东的更古老，是用青砖砌的。

挖井人挖了一人多深，他站在井坑里，好像被吞进去了。可能觉得没有意思了，也可能是感到害怕了，就不再继续挖。我们就不知道这井到底有多深，有什么曾经从井口掉进去，在井底埋了些什么东西。

（2019 年）

土坝

土坝上生长了一层苜蓿。苜蓿叶子都不足指甲盖大小，却严严实实、密密匝匝的，给整个土坝穿了一件碧绿的袍子。露出的黄土是她的肌肤。所以，是一件腿部开衩的旗袍。

两条土坝夹住一条河流，河流细细的，长长的，静静的。水势一直很平缓，分不清河里的水，到底是从东向西流，还是从西向东流。这一段土坝和河流叫武家沟，属于我们武家村。但远处的堤坝和河流，就不属于我们村了，也应该有其他名字。

我不知道这堤坝和河流的尽头在哪里。也许出了我们村的地界，它还延伸了很长很长，许久许久。也许出了我们村，很快就戛然而止了。我没有亲自沿着堤坝，沿着河流走下去过。但通过田地放眼望去，我能看到朦胧的另一端，房屋是若隐若现的，树是一团团的影子。我想在田地另一端的人，也可能在同样张望着，所看到的我们的村庄，应该也是这个样子。他们张望着我们，我们张望着他们。他们是我们的远处，我们也是他们的远处。

我从没去过那个村子。虽然也就相距三里地。有人在那个村子有亲戚，所以串亲时去过。有人家里养了牛，所以放牛时去过。沿着土坝和河流，或者沿着一条土路，就能到达那个村子。而我们家，在那个村子没有亲人，也没有养牛。

四叔也去过那个村子。有那么几年，他从城里回到家，不打算再进城打工，就给那个村经营的砖窑厂放羊。冬天的时候，他穿着一件又破又脏的绿色军大衣，手握一杆可以甩出脆响让羊群敬畏的长鞭，蜷缩着倚坐在某个早已离世的人的坟上。他每天在茫茫田野里，放着那么一大群羊，和羊群一起被野风吹着，把自己混迹在一群羊之中，时间久了，他也像其中的一只羊了。

而我始终没有离开我的村子多远，就像是一只没有飞起来的风筝。那些没有去过的地方，有些至今还被我惦记着。

我家有一亩地挨着土坝。我们像其他村民一样，在那亩地里种庄稼，顶着烈日，拔地里的草，经过一堆堆田鼠打洞弄出的玫瑰红色的颗粒状的地下土壤。从早晨到中午，从田地这头来到另一头，休息的时候上了土坝。

土坝上种了许多果树。我们就坐在果树下，坐在苜蓿上休息。半熟的果子落在苜蓿上，提前落地的，就在地上萎蔫了。我也落在了苜蓿上，面朝着太阳的碎光，听着树叶间的响动，吃那有些酸涩的杏子。而我父亲会蹲着，一口一口地抽着烟，看着我家地里的庄稼。他的眼睛里满是庄稼。

再往东的土坝上，只有苜蓿，没有种树，看上去很荒凉。那里的苜蓿像密密麻麻的爬行动物，在土坝上蠕动。有一次，我上了那荒蛮的土坝，我一个人在土坝上走着，不确定会遇到什么，有些恐惧又有些期待。也许会遇到蛇，遇到灰色的野兔，踩到捕捉野兔的夹子。

结果，我遇到两只鹌鹑。它们的巢穴就在土坝上的一簇野草下面。我经过时把它们惊飞了，我的身体往后仰了一下。那突然的瞬间，我把它们吓到了，它们也把我吓到了。我至今还记得，它们从地上起飞时，那小小的灰色的身影。

（2017 年）

菜园

我们的农家院里总要有一片菜园。

村东边有许多柳树。这些柳树，长在水塘边上，有的挺得直直的，有的斜着身子，探到水面上去了。父亲从这些柳树上砍下一些树枝，然后又骑上三轮车，去二里地外的武家沟，去河沟的土坝上，砍些带刺的刺槐。这些被收集来的树枝，被父亲插在院子里，就组成了菜园的篱笆。

菜园建起来了，还要等一场雨。雨从天上落下来，不仅让种在园子里的种子萌芽，就连围成篱笆的柳枝和刺槐枝也萌芽了。可是现在的它们，不是树了，是篱笆。它们会一起发芽，长出绿的叶子，但因为彼此挤着，谁也不要想着长大。

在一片菜园里种菜，一定要有规划。父亲是这样做的：丝瓜和豆角，是在一起的，都挨着篱笆。它们都要爬蔓，都有长

长的脚，也有不安分的想法。等到它们长起来，篱笆上就爬满
藤蔓和绿叶。它们的叶子有手掌那么大，虽然拥挤在一起，但
绝不重叠，而是错落有致，那样向着虚空张开着，灰尘会落在
上面，阳光会落在上面，雨珠会落在上面。

藤蔓是先行的，像是开得很慢的火车，在篱笆上缠绕穿梭。
不知道确切什么时候，丝瓜或是豆角，迎来了它们的第一朵花。
这第一朵花格外小心翼翼。也许在夜里开放，也许在早晨开放。
尽量避开白天，下午的阳光太烈了，只怕它刚要冒头就化了。

一旦开放了一朵花，就有更多的花会开。每朵花都像是一
只小喇叭，这里有人吹起了喇叭，其他喇叭也就跟着吹响了。
等到许多许多的花开了，好像就不再害怕太阳晒，至少太阳不
会只死盯着一朵，也不用很担心院子里活动的鸡了。这些鸡对
黄的紫的小花，也没那么大的好奇。

开花不代表就大功告成了。还要靠蝴蝶、蜜蜂、风来传递
花粉。花儿们没有脚，不能到一起约会，就只好被动等待着。
按理说，蝴蝶和蜜蜂更好，因为它们都会飞，都喜欢往花朵里
钻，一旦钻进了花里，毛茸茸的脚上免不了要带上一些花粉。
如果蜜蜂躺在花里睡了一觉，还在花朵里翻身打滚了，那就浑
身都沾染上花粉。风也是可以的，风只要一吹，那些小花就摇
晃，花粉从花心里飞出来了，但要正好落在另一朵异性的花里，
这就不容易了。

园子里面种着茄子。茄子棵很大，一种上就像小树那样生
长，对水对肥的需求也大。茄子的叶就更大了。茄子开的花是

紫色的。茄子的果实，也是紫色的，有圆的也有长的。茄子长得很快，像是不断充气的气球，一天一个变化，一天比一天大。茄子在阳光下闪着自信的光，好像根本就不怕光晒。

柿子椒是青色的，小辣椒长大是火红的。小葱种上一两排，想吃就去拔几棵。还有各种瓜，南瓜、冬瓜、北瓜、西葫芦。趴在地面上长的，挂在藤蔓上长的，悄悄躲在叶下长的，悬在半空中长的，都有。

这些蔬菜喝的是正宗的地下水。水从院子里的水龙头来。接上一根水管子，拧开水龙头，水就流进菜园了。清凉的地下水，沿着菜园里细碎的沟壑裂缝游走。哪里低就往哪里流，遇到地势高的地方就绕一绕，遇到小动物的地穴就要填充进去。只管让这水慢慢流，慢慢爬，最后总要把菜园填满。

浇菜园时，我把水管拿在手里，让水柱喷在蔬菜上。它们被太阳照晒得太久了，身上也积累了一层尘土。我给它们洗澡。水柱喷出去，溅射在叶子上，四散而开，化作许多水珠，大大小小的水珠就在叶子上欢蹦乱跳，而那些叶儿花儿就在水珠的冲击中摇晃。许许多多水珠成群结队落在叶上，砰砰作响。水和叶，都是愉悦的。

水管在我手中。我觉得哪簇叶子最高，它们很努力，就喷一喷。我觉得，哪簇叶子最密，它们不容易，就喷一喷。我觉得哪簇在摇晃，好像很招摇，不安分，我就喷一喷。我觉得哪里纹丝不动，死气沉沉，就喷一喷。

有时候，我站在菜园中间，把水柱浇在自己身上。满园子的蔬菜包围着我。大水从头顶浇下来，覆盖住了我的脸，我闭上了眼睛，周围的植物就都睁开了眼睛。它们看到一道道水沿着我的身体向下流动。看到落在我头顶我肩膀上的水散作水珠溅射开了，在阳光下闪着彩色的光。

这时候，我就像是一棵蔬菜。脱掉了人的衣裳，赤裸裸的，双脚插进了泥土里。我对水有一种渴望，水的流动让我紧张又兴奋。水从地下来，经过了我，又回到了大地。

没有人会看到我。我被蔬菜们包围。无数的叶片，层层叠叠的，密密麻麻的，将我包围了。它们像是我的衣服。就算有人从围墙外面经过，他也不知道围墙内的菜园里发生了什么。

有些藤蔓，爬上了围墙，又沿着墙壁，爬上了房顶。那是我家最高的地方。这样的藤蔓，我们不去管它。直到藤蔓枯干了，属于它的时节已经过去了，我们才沿着梯子爬上房顶，才发现一个瓜在屋顶上。藤蔓爬了这么高，爬了那么久，只是为了留下这样一个瓜。瓜里有它的种子。

一旦到了冬天，菜园就寂寞了。夏天里的生机不复存在，连一片绿叶都没有了。还剩下来的，只有父亲搭建的空架子。缠绕在架子上的枯藤。一场大雪过后，菜园被白雪覆盖，好像什么都没发生过。有时候一只鸟，灰头土脸的，缩紧了脖子，卧在架子上，一动也不动。但它那双小小的浑浊的眼睛里，好像有一个破土而出的春天，有一个生机勃勃的夏天的菜园。

（2022 年）

白菜地

我们村的菜地在村西边。菜地也像是一片村庄。我们住在我们的村庄里，蔬菜住在它们的村庄里。

一年里大多数时间，菜地里都是空的，只有空空的菜畦。只在秋天某个时候，我们才在菜畦里种白菜。我们只在那片菜地里种白菜。不知怎的，所有村民就形成了这样的共识。可自家院子里的菜园，或者房前屋后的菜园，就随意了，自己想种什么就种什么。

快到种白菜时节，父亲去集市上买菜籽。那种鲜艳的塑料包装袋上面一定会有一两棵水灵灵的大白菜。这是在告诉你，如果种下这里面的菜籽，将来就会长出这样好的大白菜。

我们常种的白菜，大概有两种，一种叫大头菜，这种菜长大后，肥肥胖胖的，像个大头娃娃，看起来特别饱满，菜叶稍微泛白。另一种可能就叫大白菜，相比大头菜，更加瘦高瓷实，叶子更加碧绿。

我更喜欢大头菜，因为它更外放，它的叶，柔软的部分多，菜帮子更少。我爱吃菜叶，不爱吃菜帮子。而另一种大白菜，就感觉比较内敛，长得结结实实的，一点都不柔软，菜帮子特别多。

菜籽买好了，就把一粒粒小小的菜籽撒在菜畦的土壤里，到底要把菜籽埋在地下多深的地方，肯定是有讲究的，但我也说不清。浇水、施肥，等着菜籽在土里打开自己，萌芽。农人好多时候需要等待。该做的做了，就只好等待。

在地下时，菜芽更多的是在黑暗中感受着自己。周身的黑暗，对它来说，可能是一种未知与恐惧，也可能是一种温暖与安全。

当它从土里冒出来，就开始面对这个世界。它那么瘦小，还不如我们的小拇指强壮，风稍微一吹，它就瑟瑟发抖。光轻轻一照，它就浑身暖暖的。这种感觉很奇妙吧。

太阳照着如此鲜嫩的生命，是不是力度也会减一减，更温柔一些，轻手轻脚呢。

开始只在一块菜畦中种上菜籽，在一块菜畦中长出许多拥挤在一起的菜苗，就像一群绿色的小火苗在微风中摇曳着。等它们长大到一定的程度，可以独自去面对一块空间了，也需要去独自占有一块空间，就挑选其中好的苗子，移栽到其他菜畦中，要带着一块泥土。这个工作要小心翼翼的，用三角铲连根带土铲起，尽量别伤了菜苗的根须。

迁移的菜苗，一株株的，彼此隔着距离，互相观望，一起成长。从此以后，我们管浇水、施肥、捉虫，它们管自己的成长。未来要长成什么样，还要看它们自己的努力。

种白菜在初期需要经常浇水。每天清晨都早早起了，去菜地里给白菜浇水。可能是白菜的根太浅，但生长得又很急，蒸腾、光合非常快，所以需要大量补充水分。

一天没浇水，白菜就会蔫。所以，我们每天早上都提着小桶，去给白菜浇水。菜地附近有水塘，就在水塘里打水。因为菜畦间的小径两旁杂草丛生，早上露水很多，在草叶上一串一串的，我们的腿脚会碰掉许多露珠，弄得两条腿湿漉漉的。

还要给白菜捉虫。你不捉菜上的虫子，菜上的虫子就吃你的菜。菜上一个个窟窿，好像筛子眼，看了能不心疼吗？

等白菜终于长大了，一棵棵拔了，用车运回家。家里有地窖的，白菜放进地窖。我家没有地窖，就放在东屋里。反正不能放在外面，外面院子里会冻烂的。屋里相比外面要暖和。一棵棵大白菜码在墙根下。这是一个冬天乃至来年春天的蔬菜。我们冬天基本只吃白菜。

隔一段时间，母亲还要打理一下白菜。要把最外层的坏叶掰下来。已经腐烂的叶子，不及时清理掉，里面更多的菜叶会很快腐烂。而且已经腐烂的菜叶子，有一种很难闻的腐臭味。

于是，堆积在墙根下的白菜，一棵棵地变少了，也一棵棵地变小了。等我们把所有囤积的白菜吃完，一个冬天也就过去了。好像是我们把冬天一点点吃完了似的。

那整个冬天里，我们的菜地是怎样的，很少有人去看的。大概是，没有雪的时候，一块块菜畦就空空的，像废弃无人的村庄。如果下雪了，菜畦里落了雪，就是一片白茫茫。

（2019 年）

217

西瓜

如果有人问我：你吃过最多的水果是什么，我一定会告诉他，是西瓜。小时候吃过好多西瓜啊。一到了夏天，我们就吃西瓜。

那时候刚过完麦，卖西瓜的就来了。瓜老板坐在车头上开着拖拉机，嘟嘟嘟的，看起来很神气。车斗里装了满满一车西瓜。还有一个人，坐在副驾驶上，或坐在车斗里，和西瓜在一起，他的身旁脚边都是绿油油、水灵灵的西瓜。

卖西瓜的把拖拉机停在十字街口，开始扯着嗓门吆喝起来："西瓜！西瓜！西瓜嘞！"

村子本来就不大，经他这么一吆喝，人们差不多都听到了。我们就告诉母亲，卖西瓜的来了。母亲看看父亲：卖西瓜的来了。父亲开腔了，声音低沉：用刚打的麦子换吧。

麦子可以换西瓜。我们就拿一个编织袋，用升子舀一些麦子，去换西瓜。好开心。

一车的西瓜，我们只买几个，就要挑西瓜。拍拍这个，拍拍那个，把耳朵靠近西瓜，听瓜发出的响儿，判断它是好还是不好。其实，我们没那么有经验，却也要拍一拍，像模像样的。

看我们拍来拍去，不亦乐乎，好像要把所有西瓜拍个遍，瓜老板就不耐烦了："不要拍了，瓜拍坏了。都是好瓜。"说着，瓜老板随手在身边捡起一个瓜递过来了。"这瓜多好。"我们当然相信瓜老板。还有谁比他更懂这些瓜呢。

瓜老板切开了瓜。乡里乡亲的，买不买无所谓，谁都可以尝尝的。如果有的瓜不太好，瓜老板毫不含糊，手臂一挥，直接把这个瓜抛出去，抛到旁边的砖垛上。

还有人偷瓜。假装在挑瓜，趁瓜老板不注意，偷偷就把瓜抱走了。我觉得吧，瓜老板也是睁一只眼闭一只眼，有时候可能是真顾不过来，有时候就是假装没看见。

西瓜背回家，放在水缸旁。有时候，还泡进水缸里。西瓜进了水缸，不会沉底，像球一样漂浮着。你把它摁下去，它还会浮上来。我们没有冰箱，吃不上冰镇西瓜，就靠这种土办法，给西瓜降温，让西瓜变清凉。

开始吃西瓜！一家人围着一张低矮的四方桌。我们虎视眈眈，看着大人切瓜。等待着西瓜被切成一瓣儿一瓣儿的。我们都想吃西瓜心儿，因为西瓜心儿更甜。

一口就把西瓜瓣儿的尖尖儿给咬掉了，最快活的就是咬掉尖尖上这一口。再一口下去，瓜瓣儿上又少了一大块儿。呜嗷呜嗷，狼吞虎咽，几口下去，就只剩下瓜皮了。

西瓜多汁。西瓜汁横流，在我们嘴角流，在肚皮上流淌。一道一道的，都成小河了。怎么都流到肚皮上啦？因为吃瓜太卖力了！

就连西瓜子也飞到肚皮上了，粘在肚皮上，黑黑的，圆圆的，像苍蝇落在上面。虽然很不雅，都懒得去弄掉的。不能耽误了吃瓜。

苍蝇也真有的。我们那里的夏天，苍蝇可多了。绿苍蝇有，黑苍蝇也有。我们吃瓜，它们也想参与进来分一杯羹，就飞来飞去、爬来爬去的，一点都不见外。

吃完一个西瓜，不过瘾，就再切开一个。直到吃得满意了。肚子也大起来了，要站起来都困难了。用手掌摸摸肚子，好撑好胀啊，还会打个饱嗝儿呢。这西瓜吃得真痛快。

剩下的西瓜皮，母亲不会扔掉，瓜皮上残留的白瓜瓢，用菜刀割下来，可以做成凉菜。放酱油、醋、盐、香油，吃起来很爽口。

再剩下的西瓜皮，母亲就抛给鸡了。我们家养的一群鸡，一点都不挑剔的，吃什么都抢来抢去的。它们用尖尖的嘴巴，疾风骤雨一样啄着。

还记得被瓜老板顺手抛到砖垛上的西瓜吗？后来这砖垛上长出了西瓜。因为它长出得很晚了，等到我们发现它，已经是在秋天了。

（2022 年）

红薯

城里有卖红薯的，但红薯是长在乡下的。我家每年就种红薯，每年也都吃红薯。

红薯爬蔓，像牵牛花，像爬山虎，但没有架子可以爬，它们就不往高处爬，只是在地面上爬。它们还有许多气根，气根扎进泥土里，抓住了地皮。红薯的叶子，大如手掌，每一片都向着天空伸着，摊开着，风一吹，就摇曳，瑟瑟抖动，窸窸窣窣。叶子那么多，叶子挨着叶子，风一吹，叶子就碰撞叶子，好像是快乐的。

地上爬满了藤蔓，全被叶子覆盖住了。地面下的泥土里，红薯正在默默生长。地面以上是热闹的，繁华的，拥挤的，地面以下其实也一样。无论是在地上还是地下，无论是处于光明中还是黑暗中，在生长的时节，就没有不忙活的。

挖红薯。不是直接就用铁锹挖，因为这样一铁锹铲进去，可能把地下的红薯铲坏了。不但红薯疼，人也会心疼。所以，是用手握住红薯的主干往外拔。地下的红薯日渐壮大，已经让泥土变得蓬松了，只需要那么用力一拔，它们就从泥土里出来了。一家老小，拖家带口，都出来了。

一棵藤上的红薯，有大的有小的，形状都不一样。有的长得早，有的长得晚，有的长得快，有的长得慢，都被我们挖出来，不能再继续生长了。有的感到满意，有的感到悲伤，都被装进了三轮车上。

红薯们在东屋堆成一堆，靠着东墙。

红薯可以生吃。嘴里闲得慌，就走进东屋里，去红薯堆物色一块红薯。看红薯的大小、颜色、形状，选出那么一块自己心仪的红薯。红薯皮上有泥土，也不需要用水洗，只用手掌抹擦一下。啃掉薯皮，露出里面的瓤。瓤不只有红色的，还有白色的、紫色的。

一口咬下去，红薯冒出白浆。生吃红薯，嘴角会含着一小汪白浆。

烤红薯。在大铁锅里做饭，往灶膛里添柴火。烧火的时候，觉得无聊寂寞，就把红薯放进灶膛里，一边做饭一边烤红薯。等把红薯从灶膛里取出来，皮已经烧焦了，黑黑的。红薯不一定完全烤熟了，但半生半熟也很好吃。烤熟的红薯用手掰开，就露出了鲜美的薯肉，从截面上冒出热香气，一缕一缕的都看得见，没有人不馋这样的烤红薯。

吃灶膛里烤的红薯，免不了要弄得嘴上、脸上、手上黑黑的。

煮红薯。蒸馒头的时候，我们会煮红薯。一煮就是半锅。煮好了捞出来，放在红陶面盆里，可以吃很久。红薯更甜，白薯更面。我们爱吃甜的，父亲不爱吃甜，喜欢吃面的，就负责吃白薯。我们不吃皮，父亲爱吃皮，就不剥皮，直接一口一口咬着吃。父亲吃白薯，咀嚼得很慢，好像是在回味，好像是一只蝈蝈。

喝红薯粥。尤其在冬天，我们爱喝粥。红薯粥最好喝。把红薯切成大块，放进玉米粥里，和粥在一起煮，一起在大铁锅里熬。熬久了，玉米和红薯的香味都出来了，融合在一起了，成了香甜的红薯玉米粥。全家人，一人一个大瓷碗，一人一碗红薯粥。双手捧着瓷碗，用嘴小心吸着啜饮，从嘴里会发出秃噜秃噜的声音。有时候吸得过猛，就会烫到口腔和舌头。但粥就是要趁热喝的，舌头被烫了也不打紧，舌头不叫苦。红薯块用筷子用勺子吃，裹挟着玉米粥的红薯块，软绵香甜，吃完一块想第二块。我们都爱吃，所以在盛粥的时候，特意多放几块红薯。这样的红薯粥，喝一碗怎么够，喝完一碗又去盛第二碗。第二碗后面还有第三碗。这样喝着红薯粥，就把冬天给忘了。

（2022 年）

芝麻

　　我们家每年都种芝麻，但每次种得都不多。大约只种半亩地。这个也好理解，我们种芝麻不为了卖，只为了自给自足。同样情况的，还有谷子、黍子，都种得很少，等它们熟了，收进袋子里，最多也就半袋子，却足够我们一家人吃了。

　　农民是不贪多的，总共就那么些土地，而且，种上这个就种不了那个，所以也需要规划和取舍。我们家每年种的农作物都差不多，该有的都有的，基本想吃什么都能吃上。土地虽然不多，却足够我们一家人年复一年在里面折腾了。

　　别看芝麻那么小，一旦种进地里，长出来的植株可不小。可以长到一米多高，每一株都细细的，长长的，直直的。说芝麻开花节节高，真没错。芝麻开出的花，不是一朵两朵，而是从下至上一大串，白色的清雅的喇叭花。所以，待到芝麻开花的时节，会看到一片不错的花田。

芝麻开的花很务实，开出来不是要给人看的，而是冲着结出果实和种子去的。开花过后就结出青青的果实了。果实和花朵一样，也是一大串，在植株上错落有致地排排坐。

等到芝麻快成熟了，就被父亲收割回来了。放在一块塑料布上，把芝麻秆连带上面的芝麻一起晒着。晒干。晒好了，用手拍打或用棍子敲打，芝麻粒就都很爽快地跑出来了。

芝麻装在厚布袋里。芝麻贵，远比普通的粮食价高。芝麻也容易招虫，连虫子都知道芝麻好吃。袋子口也要系好了，让虫子无机可乘。

我们很少吃芝麻。只是做捞面的时候，母亲有时会炒芝麻。把芝麻放进铁锅里干炒，芝麻在锅里乱跳乱蹦。芝麻含油量高，吃起来是香的。但是我不喜欢放芝麻。

我们的芝麻主要用来换香油。偶尔有走街串巷卖香油的来，他会敲一个木梆子，一听那个独特的梆子响儿，我们就知道卖香油的来了。我们就拿着香油瓶和一小袋芝麻出来。用自己种出来的芝麻换香油，就好像没花钱，就很心安理得。

每次，卖香油的先称芝麻有多重，算好了可以换多少香油，然后把漏斗插进香油瓶里，用勺子舀起油桶里的香油倒进漏斗里，香油就顺着漏斗款款流进香油瓶里了。就看到从勺子里流泻下来的香油形成一个晶莹的扇面，倒进香油瓶里的香油在逐渐积累变高，最后填满我们的香油瓶。我喜欢看整个倒油过程中香油这种缓慢而珍贵的流动。

香油虽然装在瓶里，香却是封不住的。你只要一靠近，就能闻到香油的香味。小时候嘴特馋，有时忍不住就去偷吃香油。打开香油瓶的盖子，用舌头舔舔瓶盖或瓶口。常会见到蚂蚁粘在香油瓶上，那是因为它也想吃香油，就被粘住了。

吃凉拌菜时，我们会放香油。比如，凉拌黄瓜。有时候做饭，也用香油。比如，做面条，平时吃惯了猪油、菜籽油、玉米油、豆油，有些腻了，突然想换一下口味，就用香油。白水煮面条，等面条煮好了，再放一些小葱花和香油进去，这样的面条，清淡又香。

小时候没少吃泡馒头。尤其是在冬天，我们要早早去上学，有时候来不及做饭，就泡馒头吃。把馒头掰成一块儿一块儿的，放进白瓷碗里，再倒香油、酱油、醋、盐、味精，用热水冲泡。这就是泡馒头，我小时候常吃的美食。泡馒头很香，漂浮在白瓷碗里的散发香味的大大小小的香油星子，就是一碗泡馒头的精华和灵魂所在。

泡馒头，泡的是麦面的馒头。如果是玉米面的就不行，玉米面的用热水一泡，就碎了。小时候我吃过玉米饼子。麦面馒头不够吃，我们就吃玉米饼子。我觉得玉米饼子可没麦面馒头好吃。我们在农村都不爱吃玉米饼子。可是等到上大学，到了城市里，才发现玉米饼子是好东西，要比麦面馒头贵。

芝麻秆也有用，当柴火烧，很好烧。有一年过年，母亲把芝麻秆撒在院子里，让我们都上去踩一踩，说踩碎了才好，才吉利。我们家里穷，过年都不是张灯结彩的，也不怎么放烟花爆竹。但是像这些在院子里踩芝麻秆、在屋子里踩花生皮，在门上贴春联的事儿，母亲倒是很讲究。母亲努力在我们家有限的条件下，让我们过一个热闹有趣的年。

有一次我从城里回到老家，只在家里待了几天。要离开的时候，父亲不知道从哪里拿出来一个瓶子，乍看不知瓶里装的是什么，看起来黑乎乎的。父亲说："家里也没什么好东西，你把这瓶香油带上吧。"说着父亲就要把那瓶香油递给我。我赶紧摆手。我说："大老远的，要坐一路的车，我带这一瓶香油干吗，北京又不是没有。"父亲没有罢休，继续说："带上吧，这是我和你妈，在咱家地里种的芝麻榨出来的香油，和城里卖的不一样，很好吃的。""不带不带！"我拒绝了父亲，就匆匆离开了。

好像是出于一种叛逆，我总是会拒绝父母。好像他们越是要说什么，我越是不想听。越是想让我做什么，我就越不想做。这是为什么呢？难道是小时候他们让我感到了一种无法反抗的长辈的压制，所以等我长大成人了就总想着变本加厉地"偿还"回去？但过后我又很后悔。我该带上那瓶香油。我在心里也认同父亲的话，那瓶香油和城里卖的不一样，它是我的父亲和母亲，在我家地里种的芝麻榨出来的。我的父亲和母亲还如同以往一样，年复一年地每年种上一块芝麻，可我已经很久很久没见过我们家的芝麻地了。

（2022 年）

苹果树

有时候我会想，树和我们不一样，树站在一个地方，一站就要站一生。有一棵苹果树，就站在我家院子里，站在东屋窗户外边。

母亲说，这棵苹果树是祖父种的。在一个月光皎洁的夜晚，我的祖父身披月光，走出了我们的村庄，走进村东边的一片果园。祖父看来看去，终于看中一棵小树苗。祖父挖出这棵小树苗，把它扛在肩上，带回家，种在了东屋窗户外边。这棵小树苗换了位置，也活了下来。祖父去世后，它还一直生长着，每年都还开花结果。

有了这棵苹果树，我们的院子从不寂寞。村里其他人家的孩子常跑来，是觉得我们的院子里热闹，是觊觎苹果树上的苹果。这些孩子还很小，站在苹果树下，踮着脚，仰着脖子，抬着头，伸着手臂，浑身向上努力着，也够不到树上的苹果。他就又蹦又跳，可是蹦跳起来也不高，好像是被无形的大手向下按着。他就急得面红耳赤，小拳头都攥起来了。

他聪明地转向大孩子，用可怜巴巴的眼神虔诚地看着我，求我能给他够苹果。我把他举得高高的，让他自己伸手去够苹果。我也会爬到树上去，站在树上，去够苹果。我也可以爬上墙头，站在墙头上，或者顺着墙头爬到棚顶上，站在棚顶上够苹果。我也可以爬上窗台，站在窗台上够苹果。我也可以顺着梯子爬上北房房顶，站在房顶够更高处的苹果。

从树上够下来的是青色的小苹果。吃起来，酸酸的、涩涩的，当然也是有甜味的。因为实在酸涩，一边吃一边流口水。可就算是这样，还是照吃不误。吃完一个，还会想另一个。所以，有许多孩子的炽热的目光，在苹果树下往树上张望过的。

这树上的苹果是长不大的。母亲说这是一棵土苹果树，又没有经过嫁接剪枝，结出来的苹果就只能是小小的。我的父亲，也很少打理苹果树。父亲说：剪掉多可惜，就让它自己长。枝越多，结出的果儿越多。果儿越多越好。母亲就反驳他说：多是多，可是长不大。父亲在乎的，是果实要足够多。而我的母亲，更希望长得大的。因为父亲不管不顾，苹果树一直都是自由生长的，枝条多、树叶多、开花多、结果多。

到了夏天，玩捉迷藏的游戏，我藏到了苹果树上。我站在树上，脚踩着树杈，手扶着树干，整个人随着树摇晃着。我能明显感觉到，它在摇晃，被某个方向的风一吹，就随着风向弯曲了，弯曲到一定程度，它又感到不对，自己又摆回来了。所以在风中它就不断摇晃着。温柔的风让它摇曳，强烈的风让它摇摆。

我好像成了树的一部分。双脚站在地面上时，我感觉不到这样的摇晃。

苹果树枝繁叶茂，隐蔽性极好，没有人找到我。许许多多的树叶，在我周围扇动着，像许多蝴蝶停泊着，拍动着翅膀。如果有一阵大风经过，树叶就剧烈动起来，树叶拍打着树叶，就发出哗哗的响。这种风吹树叶的响声，在树上和在树下听到的也不一样。

人在树上，是不速之客；鸟在树上，才天经地义。树是鸟的。鸟对此也很自信，理直气壮。所以鸟时常要站在树上，叽叽喳喳叫着。落在苹果树上的大多是麻雀。这是乡下最常见的鸟。它们习惯成群结队，飞的时候一起飞，落的时候一起落。别管是多大的一群，一旦飞入苹果树的树冠里，就全都隐没不见了。你看不到树里的鸟，只能听到它们的叫声。等到鸟们从树中飞起来，你才能看到有多少鸟，你也才能知道，一棵树可以容纳多少鸟。

到了秋天，苹果树上的果实已经所剩不多了。还能剩下来的，是在树的高处，不管从哪个角度，用什么方式，都不好够到的。而且，还留下的苹果，也是个头小小的。看上去，根本不能和集市上卖的苹果相比。

入冬以后，树上的苹果更少了。这时候，树上的叶子也很少了，还残留在树上的叶子，也都是残缺的，枯干的，被寒风一吹，如同风铃一样响。这时候，树上残存的果实也清晰可见了。经历了夏天的热情、秋天的丰盛，再到冬天的严酷，这些果实也可以称得上饱经风霜了，它们不再是稚嫩的青色的，也不完全是成熟的果黄色的，面颊上还带着沧桑的红色紫色。它们相比之前也变小了，好像是把自己收缩起来，好度过严寒的冬天。但它们在严寒中，裸露着那样的红紫的脸庞，又好像是丝毫不惧的。

冬天的时候，还是有麻雀会来的。它们穿上了土灰色的棉袄，身形显得臃肿肥胖了。现在它们再站在树上，就一目了然了。等到下雪了，雪花落在瘦的树枝上，落在干枯的叶上，落在残存的果实上。这时候，我见过一只麻雀，卧在苹果树的一条树枝上，和那些树上的积雪一样静静的。你说不清它是在享受当下的寂静冷清，还是在回想过往的喧闹和激情，还是在想象着来年春天万物复苏的景象。就连它身上也积累了白的雪。

等搬进了新房，孩子们长大了，常年不在家。苹果树终于安静下来。每年还是结许多苹果。还是要把枝条压弯了。苹果也终于能安然成熟了。这时候，父亲去把树上的苹果摘下来，放在一个大竹筐里。等我们回家了，就洗几个吃。一看那苹果，其貌不扬，小小的、丑丑的。吃起来，酸酸的、涩涩的，但也是甜的。就更加确定无疑了，是老院里那棵苹果树上结出的果子。

（2022 年）

小榆树

有时候，一棵树，比一个人更值得怀念。它简单、静默、无言。

院中那棵小榆树，与东窗下那棵苹果树相距不远，在刮风的日子，它们互相招手慰问，在寂静的夜里，它们喃喃碎语闲谈。

父亲盖了一间低矮的小屋，小得人进到里面，像进到一个地洞。风再吹也吹不倒它，天掉下来也砸不到它。小榆树站在小屋门旁。它们都很小，站在一处很合适。

我常通过一段矮墙，爬到小屋顶上去。那时候还很小，渴望一切高处。小屋顶上只有大概两平方米，我不敢大摇大摆地走；站在它身上颤巍巍的，像是踩在一头兽的背上。

上面落满了没被踩过的阳光。

小榆树的半边树冠恰恰好在小屋的上方。

炎炎夏日，我光着身子，躺在小屋顶上，躺在榆树荫下，将自己巧妙地放在它们之间。也不怕硌得慌，我享受着透过榆树叶掉落下来的，只剩下星星点点的光芒，这阳光不再骄辣，变得柔和细腻。

闭上眼睛，睡着了。这一觉，是在气闷蝉噪的晌午发生的。也许会持续个把小时，也许会持续整个下午。没人知道我睡在哪里。没人打扰我在树下屋顶的清梦。狗也把两只长耳朵拉下来，像萎蔫的芭蕉叶一样，贴在阴凉地上，睡着。

我吃过树上的榆钱。真像铜钱一样，一串串的，圆圆的，薄薄的，中间的几粒黑籽，又仿佛是铜钱的孔。截下一段枝，直接用手撸着吃，虽然不甚甜美，但可以吃个痛快。

夏日，小屋被当成厨房。父亲在里面盘了一口大锅。每当我们在小屋里做饭，便会经过门口的小榆树。我们有过无数个擦肩而过。

这一幕贯穿了我的一生。

小榆树遭大难了，树干上生了虫。一层蛆样的黄虫，密密麻麻覆在上面，如蚁附膻。看来这棵小树就要死了。

可是，它很顽强，它熬过了那个夏天、秋天，到了冬天，那些虫就彻底消失了，无影无踪。而小榆树还是那样站着，只是树干上多了一些疤痕。

（2016 年）

故乡的野菜

很小的时候，吃过一些野菜，倒不是因为吃不饱饭。那是我的父辈的故事，到我这一代没那么艰苦了。主要还是因为母亲识得野菜。

吃过的野菜也就几种，吃的次数也是有限的，但都留下了印象。我想，这或许与它们野菜的身份有关。因为是野生的，所以更加有味，更加难忘吧。

一种叫作苜蓿。生长在沿着一条河沟的堤坝上。大概是为巩固堤坝，防止水土流失，而人工种植的。这种植物，植株矮小，就是那么一小簇一小簇的，几乎贴着地面生长。叶片也极小，圆圆的小绿叶。据说可以作为牛羊的饲料，对牛羊来说很是肥美。我们采摘过一些，切碎做馅，蒸包子吃，至于味道如何，我已不记得了。

一种是叫曲曲菜，田野里、庄稼地里都极多。农活里不可缺少的一项，就是除草。除草或用锄头，或直接用手拔草。作为农民的儿子，我自然也体验过。除草时常常遇到曲曲菜。浑圆的茎秆贴着地面生长，善于蔓延，茎秆上还会生出须根，以抓住地面稳定自己，吸收更多的营养。生一种椭圆的肉质的可爱的小圆叶，只有小儿指甲盖那样大小。茎秆也是肉质的，带着红紫色，一看便富含水分。

曲曲菜，大多是用来给牲口吃的，比如猪。可在我们家，人也吃过。大概就是切成一段段的，然后放酱油、醋、盐、味精进去，还必须有捣碎的蒜泥。被切碎的曲曲菜，会从断茎切口渗出黏稠的汁液，口感黏糊糊的。所以胃口挑剔的人，很可能吃不下这种野菜。

我最爱吃的一种野菜，母亲叫婆婆丁。后来我才知道，就是幼年期的蒲公英，有着边缘呈锯齿状的长叶。

春天的时候，经过了寒冬，植物们要复苏了，却也有个先后。能早一点冒出来的，就更加需要勇气。这婆婆丁就属于更加具有勇气的一种。田野上还没冒出多少植物，还没开出多少花，它已经像模像样了，有了可以辨认的形状和绿色。

我便跟在母亲身后，或是小跑在她前面，跟她一起去田野里挖婆婆丁。母亲臂弯里挎着篮子，或是在手里提着。我呢，多半手里提着一把神气的小铲子。

对待婆婆丁要小心。用小铲子从根部小心翼翼地铲断，整个植株就如一朵花一样，落入篮子里了。赶上运气好，半晌就能采上半篮子。

半篮子足够吃了。吃起来也容易。只需要摘掉里面的残叶，用清水洗净，然后蘸酱吃。大酱是母亲做的，一做就是一大缸，一缸就能吃上一年。

婆婆丁吃起来，微微有点儿苦，近于无味。不过，恰恰这种无味，吃起来更加可口。

我也正是迷恋上这种无味。从初中开始，我开始住校。每月月底回到家，总想吃在学校吃不到的味道。婆婆丁竟是最让我怀念的。

有时候，母亲正忙着包饺子，我对她说，我想吃婆婆丁。

母亲听后是有些讶异的。好好的饺子不吃，偏要吃野菜。我们都好久不吃这种野菜了。

"想吃就去采吧。正好是春天。"她说。

我便带着一群孩子去田野里挖野菜了。

此时的我成了当年的母亲。一群孩子在我周围跟随着，一会儿前一会儿后，眼睛里放射出一种期待的光芒。这野菜会是什么样子呢？一群人之中，只有我知道。

只有在春天，才可能采到这种野菜。等婆婆丁长大了，也就不好吃了。过了时节，你想见都见不到。

母亲也许不明白，我为何想吃野菜。其实，我是怀念小时候的一种味道吧，还有跟她一起去寻野菜的那种美好记忆。我认为后者更甚。

可我对她说不出这样的话。我只会硬生生地对她说："我就是想吃了。"

如今，家乡随着发展的大潮，也发生了不小的变化，柏油路几年前就已延伸进来了。本来闲适的田野里，种满了细直的白杨树，变得充实而拥挤；蝴蝶在里面飞，都要绕开一棵棵树，一不小心，估计就会被撞得头破血流。想去田野里走走，都变得寸步难行。

不知像婆婆丁这种野菜，是否还有生存的余地。假如春天恰在家乡，我会去田野里寻它们，哪怕花上一个下午，哪怕只找到一棵。

我只想知道它们还存在，还活着。虽然不可避免地，会变得更加卑微。

（2016 年）

寂静的枣树林

我们村庄西边有一片林子。林子里全是乌黑的枣树。这些树，都是奇形怪状，扭扭曲曲的，就像一缕缕黑烟从大地里冒出来。

也不清楚是什么人种下的。或许，以前的某个时期，方圆数里都是乌黑的枣树，都是它们的寂静的世界。

后来有人来了，盖起了房子，建起了村庄，开辟了田地。从整个布局来看，村庄、菜园、果园、田地夹着枣树林，像几只大小不一的蚕从各个角度共同蚕食着一片桑叶。

从我们村庄出来，走不远就到菜园，菜园毗邻着枣林，有些枣树就长在菜畦边上，枣子会掉落在白菜棵里。从枣树林子出来，经过一条土道，另一侧就是一座果园。如果沿着那条土道，一头可以到其他村庄，一头可以深入田地。

虽然，房前屋后常有槐树，村边、水边有柳树，人家院子里有石榴树，但最多的还是枣树。绝大多数枣树也是这样群居在村庄以外，使得散落在村庄及村边的枣树都如同散兵游勇。

好像是我们有一个村庄，它们也有一个村庄。我们生活在我们的村庄里，它们生活在它们的村庄里。村庄里的人也很少去枣树林里。

不像柳树那样柔身媚骨，稍微有风轻轻一吹，柳条就骚动摇曳起来，整棵树都千娇百媚。枣树枝干坚硬，你去折柳枝，要拧来拧去的，因为它柔韧。你要折枣树枝，只能是嘎巴一声，断得干脆。

所以，可以轻松在柳树上看到风，再小的风都会让它动。但在枣树上轻易看不到风。绝大多数时候，它都是纹丝不动。它们像是从地下冒出来的早已凝固的岩浆，是石头。

枣树林里很寂静。很少有鸟生活在枣树上。只有极少的麻雀会在枣树树洞里筑巢。大多数麻雀也更愿意在屋檐下、墙洞里筑巢。好像它们也喜好热闹，喜好人间的繁华与烟火。

布谷鸟，这种灰色的鸟，很少在村庄里出现。倒是可以在枣树林里见到。布谷鸟会站在枣树上，卧在某个枝头一动不动。许多时间都是这样度过的。

有时它也会从树上下来，落在树下的草地上。依靠两条细细的腿，慢悠悠地踱步走路，在草地里寻找食物，草籽或者昆虫。

一个人去枣树林里，像进入另一个世界，从你刚一踏进树林，所有的树都知道了。它们全都屏住呼吸，不再大声喘气说话，都在静悄悄关注着你。看着你走路，看着你左顾右盼，感受你小心翼翼地呼吸，像无数古老的精灵盯着一个突然的闯入者。

只是要从一个村庄到另一个村庄，或者从村庄到田地、果园里去，才有人要经过枣林里的路。这是一条苍白的土路。像在枣林的肌肤上划开的一道伤口。有时经过的是一个独自走路的人，有时是一辆摩托车，有时是一辆牛车。村庄里的小牛犊、山羊独自去枣树林里，也不知是去吃草的，还是去里面转悠的，一旦进了枣林的牲畜，也变得寂静，不发出一声。

村庄里死去的人，有些也埋葬了在了枣树林里。有一些小小的坟头白白净净地耸立在枣树林里。偶尔也会有鸟落在坟头上。

只有枣子快熟的时节，才有不少人进到枣树林。农人会把从树上打下来的枣子装进白布袋，运回家倒在房顶上，晒干了，晾红了。

冬天的枣树林里，一片沉寂。没有了树叶，只剩下枝干。一棵棵树，如同一只只手臂从大地里伸出来，无数的手指往天空里摸索着，好像要努力够到什么似的。而在大地以下，有更庞大的身体在暗暗地挣扎着。

（2019 年）

生

活

蟑螂杀手

刚搬进这房间没多久，就发现有黑色的爬虫，个头不小，在门口的木架子上爬，好像是具有冒险精神的攀登者，不知在探索寻觅着什么。

是蟑螂君。要不就是前租户留给我们的，要不就是躲在我们的行李里，跟着我们从另一个地方一起搬迁过来的。

我们养了一只小狗，给小狗买了自动投食器。开始还真没想到，我们在养小狗的同时，也在养着一群蟑螂君。以至于蟑螂越来越多。我犹如战国四公子，养了许多"食客"。

每天下班回到家，一打开门，往投食器一瞧，妈呀，大大小小的蟑螂从食槽里往外爬，说千军万马夸张了，但也差不多。说如鸟兽散，是贬低它们了，它们压根没有惊慌之色，只是见我回来，装作礼貌地暂时回避一下。

因为蟑螂君如此多,同时在一个食槽里散开,我一时呆住了——这就像如果你打开家门,同时从房门里冲出许多大汉,你只能站着不动,装作是开错了门。只能放任它们从哪里来的回到哪里去。等它们差不多散尽了,我才反应过来,自言自语道:"你们太嚣张了。"我都要哭了。

洗衣服。我打开洗衣机盖子,往洗衣机桶里一看,就有蟑螂君在桶底爬着,真不知道它待在洗衣机里干吗。躲在谷底练神功吗?不管,直接放水,淹死它们!等打开开关,要调水位,却发现有几只蟑螂正好趴在显示屏上,又是在洗衣机的外壳里面,我用手敲打,它们绝对不动的,只是摇摆着触须,看起来气定神闲,压根没把我当回事。气得我想把洗衣机拆了,却又不知道怎么拆。

这可怎么办?我正抓耳挠腮,见小狗抬着头眼巴巴望着我,好像很理解同情我。望着它水汪汪的黑眼睛,我突然有了灵感。我可以训练小白,让它成为蟑螂杀手,它有这个潜力!还别说,经过简单的训练,要是见到蟑螂爬,小白还真去捕捉。在墙壁上爬的,在地板上爬的,小白都可以捕到。但是它很慈悲,就是抓着玩的。玩完以后还放生。

蟑螂越来越多。它们的活动范围,也由卫生间、门口那里拓展到卧室里,来到我的书桌上。书桌上有微波炉,微波炉上放着一口锅。可能它们是冲着这个来的。还有我偶尔放在桌面上的零食或水果吧。有时候,蟑螂君也爬到床上了。连我的床都要占吗?这可真的太过分了。

终于，我们把房间彻底打扫清理了一遍，把投食器、插座头，都移到了门外的柜子上。在门口的木架子后面，靠墙根撒了许多蟑螂药。在卫生间的格子上、暖气片上，也都撒上了。

第二天早上，我上卫生间，看见好几只蟑螂躺在瓷砖地板上。我很高兴，看来昨天下的药见效了。我蹲在马桶上呼喊："我们下的药管用，死了好多蟑螂！"女友躺在床上回应我："在哪里？""在卫生间。""你看看它们是不是都爆浆了，那都是我昨天半夜上厕所拍死的。"

（2021 年）

我的小狗

小白有一岁了。我看着它一点点长大。去年去郊区的狗舍接它的情景还像是就在眼前。当时它和另外几只小白狗混在一起，供我们挑选。我们观察了许久，看它们几只在地板上跑动，要选取其中最有眼缘的一只。有一只小狗冲着我跑过来，不停舔我的手，我就很想带它走。可是饲养员悄悄说，这只才是最好的，最有活力的，我们就选了小白。小白那时候很爱跳，在地板上蹦蹦跳跳，像是一个停不下来的弹球。

在回来的车上，我把它放在怀里，它趴在我的腿上。是一团很柔软的生命，有着生命的滚烫的温度。窗外是这座古老又现代的大城市，我透过车窗看到路边的树木、楼房在向后飞逝，起伏不定又绵延不绝。不知小白有没有看到。它毕竟太小了，从未远行过，趴在我的身上，只能瑟瑟发抖。

回到住处，在阳台上放一个纸板箱，里面铺上了一块毯子，让它暂时住在里面。我们在房间里睡，让它在阳台上睡。房间里开了空调，不能留它在屋里。那是去年夏天，本以为它没事，第二天去看它，它不停打喷嚏。它感冒了。也许是在阳台上着凉了，因为我们没有关上窗户，连毯子都是潮湿的。当时我们十分愧疚自责。

它和我一起度过了一个新年。我们一起待在房间里，一起听到了外面的爆竹声，也一起看到了窗外夜空中绽放的烟花。烟花一开始不是很激烈，它还很大胆地踩在窗下的纸箱上，往窗户外面扒望，看得也很入神，好像是被美丽的烟花吸引了。后来爆竹声激烈起来，它就开始恐惧慌张了，不知道这世界是怎么了，就在房间里到处躲藏。去床底下，沙发底下，看起来十分惊慌。到了半夜，凌晨时候，鞭炮更加集中，它却趴在沙发下没了一丝声响，不知是疲倦了，还是睡着了。

带它去宠物店剃掉胎毛。它站在一个小圆桌上，脖子上套着一个绳套，被固定在一个铁支架上，像是实验台上的试验品。因为不能动，就任由美容师摆布。美容师剃掉了它身上所有的毛发，只剩下贴着肉皮的短短的茬子，因此它看起来通身红通通的，那是它的皮肉的颜色。它被关进烘干机里，我坐在椅子上，隔着烘干机的窗看它，它也在烘干机里看我。那时候，我感到它真的很需要我。

它相比以前，更加稳重了。现在和我玩闹时，咬我不再那么用力了，对力道的把握更好了。它像个绅士。出去散步，我一喊它，它就知道跑回来。回来和我打个招呼，和我击个掌，就又撒着欢跑出去了。

有好几次，它不见了。一时间，我找不到它了，急得我的眼睛乱跳。我绝望了，就想，丢就丢了吧，是命中注定的。可就在我接近绝望的时候，它每次又都出现了。我就有一些莫名的喜悦和感动。

还有时候，它在街道上，一辆轿车开过来。它还侧脸脑袋，完全没有意识到。我就狂喊它的名字。它还傻乎乎地歪着脑袋。我心里很急，就说气话，这蠢狗！但每次都有惊无险。它至今还好好地活着，还期盼着每天夜晚出去散步。我看它眼里也还有光亮，还对这世界充满着热情和期待。

（2021 年）

一起生活

我和小白一起生活。

晚上，它待在床头柜下的窝里，或者卧在铺着坐垫的椅子上，或者蜷缩在脏兮兮的双座沙发上，或者趴在床底下正对着我的头的位置。它好像会梦游，常带着睡意，踉踉跄跄走路，从一个地点换到另一个地点去。但不闹腾，完成转移，立马卧下，继续睡。

直到天亮了，我快要醒了。它好像感觉到了，从沙发上经过床头柜，来到我的枕边。这个过程它如履薄冰，格外小心翼翼，生怕惊扰到我。然后，像一团棉花，软绵绵，悄无声息地卧在我的枕边。

我打哈欠，伸懒腰，睁开眼，它就知道我醒了。立马起身，热情起来，和我互动。好像是在和我说，你终于睡醒了啊。它是摇着尾巴，用头拱来拱去的。好像是在告诉我，大懒蛋，你该起床啦。

如果我只是翻个身，睁开眼看一下时间，还想再眯一会儿，就会对它说："你乖乖的，别打扰我，我还要再眯一会儿。"它好像也能听懂，立马停下它的亲昵，退回去安静下来。

我洗澡的时候，它蹲坐在瓷砖地板上，眼巴巴地瞧着我。在我看来像是一种守护。好像担心我洗着澡，会突然被吞噬掉或融化掉。我真喜欢它这时候的守护和乖巧。被它盯着看，也没有不好意思。

我在洗手池洗漱时，它却是趴在木地板上，把自己的身体拉伸开了，脸上是一副委屈巴巴的模样，它是知道我要出门去上班，会把它自己留在家里，就把它的委屈挂在了脸上。

等我坐在沙发上，穿袜子，穿鞋，系鞋带。它就更明白了，我很快就要出门了。这时候，它就钻到床头柜下的窝里去了，垂头丧气着。

它是能听懂一些人话的。我说小白，出去玩，去散步。它把脖子一歪，耳朵一抖，浑身激灵一下，就哼哼唧唧的，往我身上扒拉跳跃，这是在告诉我，赶快带我出去玩啦！

它的脾气很好，从没吵过架，凶恶过。温和的狗，它不欺负人家。凶恶的狗，它好像也不是很怕。挺没心没肺的。它对谁好像都没有恶意，也感受不到对方的恶意。

它喜欢自由地跑。我一呼唤它，它就会跑回我身边。它跑起来的时候，屁股上下颠，身上的毛开心地乱颤。它跟着我过着简单的生活，好像也没有什么不满。

（2022年）

两只猫

住在隔壁的男生，和我一样，平时戴着一副近视镜。隔着镜片，也能看到那么一双往下陷落的眼睛。他的下巴也和我的一样，是尖的。但他比我年轻。

有一回，他突然给我发消息说："我两天不在家，到我的房间，帮我看下猫吧。"要不是他这样说，我都不知道他养了猫。还不止一只，是有两只猫。

因为只见了那两只猫一次，现在也不太记得它们的样子了，但是有橘黄或者灰黑的毛。

当我打开房门，进到房间里，两只猫静止着，弓着背，看着我。那也是它们第一次见到我。它们有些害怕，就从床上下来，退到床底下去。

它们有一双亮亮的眼睛，在黑暗中也是亮亮的。像宝石一样，发出璀璨的光。

主人让我看看，床上是否有猫屎。我就看看床上，被子没有叠起来，就散乱在床上。两个枕头也不是整齐摆放的。看样子他走之前，并没有收拾房间。

猫的餐具在阳台上。有一个塑料的食盆，很小。还有一个同样很小的碗，那是给猫盛饮用水的。碗里近乎没水了。食盆里还有些许的猫粮。

还有一个小巧的红陶盆，里面长着细细的绿草苗子。是猫草，也就是要给猫吃的。但猫到底会不会吃草，也不知道。

先当铲屎官，把猫砂中的猫屎筛出来。再往碗里添加水，往食盆里添加猫粮。

猫粮存放在阳台上，在靠着墙壁的一个猫粮箱子里，挺精致的，还有盖子，打开盖子，箱子里储放着那么多颗粒状的猫粮，像个小型的粮仓。在里面，还躺着一把小塑料铲子，是专门用来铲猫粮的。

其间，两只猫在我身边出现过，看着我的所作所为，看着我这个突然闯入的陌生人做着这一切，不知道它们心里有何感想。

当我收拾好了，两只猫又躲起来了。好像两只幽灵一样。为了找到它们，我趴在木地板上，往床下寻找它们。

我找到了它们。它们有一双亮晶晶的宝石一样的眼睛。纵使是在黑暗里，还是那么亮闪闪的。

它们没有喵喵地叫。从我推门走进房间，到我关门又离开。它们没有叫一声。这是一种沉静的动物。无论是在黑暗中，还是在孤寂之中，都不轻易叫出声。

（2021 年）

流浪狗

　　大黄有一身枯黄的毛，毛很长，像身上披盖了一块毛毯，要耷拉到地上。大黄走起路来，屁股一扭一扭，浑身的长毛飒飒颤动。大黄看起来也不瘦。

　　大黄是一只流浪狗。大黄没有家，也没有主人。但大黄也有那么一块常待着的地方。

　　小区大门口一旁有两个低矮的像火柴盒的小房子。左边那个是便利店，卖饮料、零食、日常所需用品，便利店门外靠着一段短墙有一个带玻璃窗的冰柜，瓶瓶包装华丽的饮料冷冰冰地摆放在这冰柜里。便利店门口这一侧，停着一辆儿童玩具车。只要孩子坐上去，打开开关，玩具车就会摇动起来，还会闪烁粉色蓝色的灯光，还会唱好听的儿歌，小孩子就很喜欢。

　　另一个小房子，是小区的保安室。且在大门外搭了一个帐篷，撑开了一顶遮阳伞，保安站在遮阳伞里，管理进出的人员车辆。保安室的门一直开着。只要有人经过，就能看到里面的黑皮沙发，还有一张单人床，一张小小的木桌。

就在这两个小房子门口中间，有两个不锈钢碗。一个是大黄的饭碗，一个是大黄喝水的。饭碗里常有许多宠物粮食。有许多颗，堆积在碗里。是好心人放的，要给大黄吃的。

盛水的碗里也常有水，水也是给大黄备的。因为碗是露天的，就在大门口附近，常有阵阵怪风吹来，把街道上的灰尘、碎屑、树叶吹起来，或是把树上的树叶吹掉了，正好飘进大黄的碗里。大黄喝的水，就免不了有灰尘、碎屑、树叶。

大多数时候，大黄就守着门口，在水泥地上趴着，守着自己的两个碗。一个碗里有吃的，一个碗里有喝的，可以说吃喝无忧了。有太阳在天上的时候，它那一身枯黄的长毛，经阳光一照，也好似变得金灿灿的了。这时候，它像一头狮子。

一旦有遛狗的人带着宠物狗经过，宠物狗对大黄以及大黄的地盘、大黄的两个碗好奇，想要过去看看。但是遛狗的人不同意。大家都知道大黄是流浪狗，流浪狗没人给打理，身上可能有寄生虫，可能有什么疾病。所以，最多只在远处瞧瞧大黄就行了。

我养的小白狗，因为小没有顾忌，每次都会和大黄打招呼，去参观大黄的两个碗。有时候，可能嘴馋了，还会吃大黄的粮食，嗍几口大黄的水。大黄就在一旁看着，嘴里哼哼唧唧着，好像是在说，小家伙，你吃吧喝吧，我请你的。也好像是在说，你少吃点吧，我今天还没吃饭呢，这可是我的晚餐。

有时候大黄不在，只有它的饭碗和水碗在。小白也过去，巡视一下大黄的两个碗，看看里面有什么。有时候有鸡蛋，煮熟的鸡蛋剥掉壳，掰开了，蛋清和蛋黄都有，散落在水泥地上。有时候，大黄的饭碗上盖着许多骨头，骨头太多，都冒了，一定也是好心人给大黄送来的。

我知道它们是朋友。大黄不但请小白吃东西，还跟着小白一起玩。它们一起沿着街道走，一起停在草地里拉屎尿尿。有时候大黄走得快，小白在草地里耽误了，大黄就在前头停下来，扭头翘首等着小白。有时候小白走得快，隔开一段距离了，也会在前面等等大黄。

每次，大黄都不会跟我们很远很久。它会突然在某条街道上消失掉。不知道是回两个小房子那里去了，还是去了哪里。无论白天还是夜晚，大黄都是自由的，没有人会管它。它想去哪里就去哪里。它的世界可以很大很大，它甚至可以走出小区，去很远很远的地方。它的世界也可以很小很小，缩小到那两个小房子门口的一小块水泥地上。

大黄可能不叫大黄，只是我这么叫它。

（2021 年）

一只小猫

我打开房门，刚拉开一道门缝，一只小东西就从里面跑了出来。很小，很轻，像是一团小影子。是一只小猫。以前从没见过的，这是谁家的小猫呢？

不管是谁家的，是我放出来的，我就得给人家赶回去。小猫好像知道我的心思，它顺着楼梯台阶往上跳。它那小小的身体，还没有一阶台阶高，但它会跳跃呀，就那么一跳一跳地，向上爬。

我在后面弓着背跟着它，眼神诚恳善良地看着它，口中念念有词："小猫，别往上爬了，上面什么也没有。小猫，乖，外面很危险，跟我回家吧。"

我虽然觉得自己很诚恳，可在小猫眼里可能是坏人，它就加紧跳上一个个台阶，上楼了。

在楼上，它停下来了。可能是觉得楼上也没什么吧，也是空空荡荡的。有点紧张地看着我，喵喵叫着，声音很稚嫩。我口中念念有词，一点点靠近它，直到用大手将它擒住。

我用两只大手捧住它，它真的好小好柔软啊。真是个可爱的小东西。

等回到大厅里，我把它放在拼木地板上。小家伙站在地板上，冲着我叫。好像是我招惹到它了。

我打开自己房间的门。它在门口冲着我叫。我对它说，你要进来玩吗？小猫好像听懂了，真的就走进了我的房间。等我把关在独卫的小狗放出来，两个小家伙就见面了。

小白可兴奋啦。这也是它第一次见到小猫。而且是送上门的小猫呢。小猫看起来却是害怕紧张的。它也是第一次见到小白，小白可比它大多了。

小白想靠近小猫，又不太敢。敢靠近了，想摸摸小猫，又不太敢。小猫呢，就蹲在门口，不敢动，抬起一只小爪子，挡在自己面前，口中还发出警告声，不许靠近我啊，不许碰我呀。

很快，小猫就放松下来了。开始在房间里走动，从门口走到里面来了。也开始东张西望，用它那双涉世未深、充满好奇的、清澈无比的眼睛，打量我的房间。

两个小家伙玩耍起来了。你追我躲，你摸我，我挠你。它们都有毛茸茸的、可爱无比的小爪子。拍在身上都是轻轻的，试探性的，一点都不疼，可能会有一点痒吧。

小白太热情了，小猫有点招架不住，就到处躲。一会儿躲到床底下去了，一会儿躲到晾衣架下去了，一会儿被逼到一个墙角里了。我就把小猫抱出来，重新放到地板上。让小白收敛点，别那么热情激动，这可不是待客之道。

两个小家伙玩闹的时候，我在微信群里问："谁家的小猫在大厅里？"

住在隔壁次卧的女孩说话了："不是我的，我的两只小猫都关在房间里。"

住在隔断间里的那个男生说话了："是我的，我不在家。一会儿就回去。"

我说："我一开门，小猫就跑出去了，我给赶回来了。别放大厅里，容易跑丢。"

那男生说："嗯，我就抱来养着试试，明天就给朋友送回去。"

小猫该放回去了。我打开房间的门，对小猫说："小猫，你走吧。你的主人快回来了。"小猫看看我，没有走出去。经过这段时间，它已经和小白成为朋友了。就在刚才，它还仰躺在地板上，露着肚皮，跟小白玩耍呢。

看小猫没有出去的意思，我只好把小猫抱起来，把它放到大厅的地板上，再把我的房门关上。我很怕这时候小猫在外面叫。隔着房门听大厅里的动静。

再看小白，一动不动站在地板上，伸着脖子抬头盯着房门，和我一样，也在听动静。小猫没有叫，好像消失了一样。

（2022 年）

背影

我见过她的背影。

我心里烦闷，出去散步。而她是从她的基地出来，要进到一座楼里去。那楼里没有电梯，如果她要上楼，就要和我下楼时一样，一个接一个台阶爬上去。

我有点好奇她的住处，看她往一座楼去了，但不能肯定她就住在里面。她可能是进去捡废品。

那靠墙的一排空间，本来是轿车停车位，那里有一间小房子，可能是水电房吧，靠着小房子和围墙形成的夹角那里，就是她的基地。

我每次经过，都看一眼她的基地。那里囤积得最多的是纸板箱，纸板箱都被打开了，压得平平整整的，叠放成一沓一沓的。她还有一辆小型的脚蹬三轮车，经常就停在基地一旁，车斗里常有一些饮料瓶。

有时候我经过，她正在她的基地里收拾她的废品。有时候她是低着头弯着腰，有时候她坐在一个小凳子上。她一直在其中忙活着，看起来也很平和安详。

天要下雨了，她会用塑料布把她的废品们盖住。可能担心风大，还会把小凳子、砖头、瓦片压在纸板堆上。在下雨前，她会把她的基地收拾妥当，准备好迎接风雨。

其实，那里虽然堆满了废品，却永远不像垃圾堆，呈现出来的，是一个老人苦心孤诣、慢条斯理收拾出来的那种井然有序。倒是小区集中放垃圾那个地方，每次经过都是臭味扑鼻。

每次看到她坐在基地里忙活着，我就会想，这就是她的田地啊，她坐在里面做事不会烦呀。因为那就是她的事业，那就是她生活的依靠。她是依靠自己诚实的劳动活着，因此也不需要任何人的怜悯。

小区里的其他老人，他们坐在棋盘桌那里聊天、下棋。聚在大门前那块空地上，白天在树荫下乘凉，晚上在灯下玩牌。下午有一段时间，大门前的空地上没了树荫，地板晒得发烫冒烟，他们就去楼后那片空地，那里有很好的树荫和清风。总之他们是这里的老居民，对这里的一切都很熟悉，知道一天里不同时段，哪里有最好的阳光，最好的空气，最好的风。

这位老人，她应该也是老居民了。她应该也喜欢好的阳光，好的空气，好的风。她应该也喜欢坐在树荫里乘凉。别人在树荫里乘凉，说说笑笑时，她是正在太阳底下或在月光里，在垃圾桶里捡废品。

可能她是孤寡老人，没有孩子。可能她有孩子，但孩子不争气，还需要自己养活自己。可能她有孩子可以养她，却还想自己找点事情做。总之她一个老人家在捡废品。

有一天我们从网上商店一次买了许多瓜果蔬菜和日常用品，很沉，两个人都不好弄。在发愁时，那老人正好推着她的小三轮车经过。

"婆婆，你好，"女友走过去对她说，"我们可以借用一下您的三轮车吗，太沉了，我们弄不动。"

老婆婆赶忙停下来，很殷切地说："行呀，行呀！"接着才又问，"要运到哪里去呀？"我们告诉她我们要去的楼房。

一路上，老人在前面扶着小车，我和女友在后面推着。我的心里说不出的一种滋味。快要到了，我就说："停在这里可以了，就在前面。"

老人家却不肯，她说到楼下吧，我一点都不累。我们对她表示感谢，说了感谢的话，还想把水果给她一些。她不肯要，还很感激我们，她说：

"你们不嫌弃我呀。"

我突然听了这样一句话，心里有说不出的滋味。也不想再说什么话，只和女友把沉甸甸的袋子提到楼上去。

以后就再也没和老人说过话。虽然每次出门回家都要经过她的基地，也时常会看到她。但我不会刻意去观望。我不想引起她的注意。

那是一个十分佝偻的背影。

（2020 年）

面店

这是一家不大不小的面店。店门面朝着南，被阳光照着。专门做面的。如果你看贴在墙上的菜单，就知道有经典牛肉面，有放了豌豆的牛肉面，还有凉拌的炸酱面。还卖几样小菜，像卤蛋啊，鸡腿啊，凉拌海带丝，醋拌黄瓜条。

有人在柜台点单，柜台里的女店员先要问："您要大碗还是小碗的？"如果你说要小碗的，她就会提醒你："小碗的分量很少哟，可能不够吃的。""好吧，那就来大碗的吧。"当你说了要大碗的，女店员又会说："您要不要加个卤蛋，加个鸡腿啊。卤蛋是三块一个，鸡腿是六块一个，都在墙上画着写着呢。"问过了卤蛋和鸡腿，店员还会再问你："您要喝什么饮料吗？有北冰洋，有花生露。一瓶都是五块钱。"

你点过餐去找位置坐下了。终于听到前面喊自己的号，你去窗口要端自己的面回来。站在窗口喊号的店员却不肯把饭碗给你，对你说："您坐在哪里啊？不用您端，我给您端过去。"每次都是这样的，她会让你引着去你的座位，要亲自把饭碗端到你的座位，不会让你自己端回去。你就在心里感到真不错啊，好像被当作高贵的顾客了。

还有在店里四处收拾的，收拾顾客留在餐桌上的餐具和擦嘴用掉的起皱的餐巾纸，也要擦桌子。这就是她们要干的。这些在店里四处收拾的女店员，总要在嘴里喊着："您好，欢迎光临！""慢走，拜拜！"每当一个顾客起身要离开了，就有店员要喊一声："慢走，拜拜！"有时候，不止一个店员这样喊，两三个店员赶到一起了，就是一起喊："慢走，拜拜！"好像一起喊口号，好像在合唱，就有意思了。

我觉得"慢走，拜拜"合在一起有些奇怪。慢走是中国话，拜拜却是外国话。两个词放在一起，那么理直气壮，反反复复说，不奇怪吗？她们不觉得奇怪，也没有感到什么尴尬。很从容地反复说着这样的欢送词。

吃面的时候，你没点饮料，可以去接一杯柠檬水。柠檬水盛在一种细口的大肚玻璃瓶里，瓶子比一般的啤酒瓶子大许多。在这大玻璃瓶子里，有切成片的柠檬片，还有切成条的胡萝卜条，还有切成细条的黄瓜条，颜色各不同，都在瓶子里的水里悬浮着。这样的柠檬水喝起来带着一股淡淡的柠檬味。

你吃完了你点的面，喝掉了一杯柠檬水，刚从座位上起身要走，就又听到有女店员在喊："慢走，拜拜！"你还没完全走出店门，她的欢送已经脱口而出了。可是你心里挺开心的，因为她关注到你了。你刚走出店门，就被太阳照着了，因为店门面朝着南。

（2021 年）

清场

再次走进这座大楼，是来收拾东西，要把办公物品退还了，还有一些工具书要带走。

一楼大厅的两个前台还是面熟的。

等到了三楼，偌大的办公场地，足足可以容下几百人，只剩下空的桌椅。还有一个人，是这楼层的保安。他认出了我，问："怎么现在才来？"

我看了下整个场地，好像我是最后一个了。他给了我一张单了、一支圆珠笔，让我把笔记木电脑的编号填上去，还有那张门卡要还给他。

我们闲聊了几句，他问我去哪里办公了。我问他接下来去哪里。他说，撤呗。但撤到哪里，他没有说，我就没再多问。

最近这行裁员很严重，失去工作的人很多。就连干保安的，也跟着受到连累。

填好单子以后，他拿着笔记本电脑、那张单子和工卡离开了。我一看，他躺在了一张沙发上。那是一张靠墙壁的长沙发，本来是供员工们坐着聊天的，沙发前还有一两张小桌子。但现在小桌子没有了。他就躺在沙发上，身子稍微蜷缩着，正好可以容在里面。

我想，他这一天大多数时间应该都是这样躺在沙发上的。因为整层楼，甚至整座楼里，就没什么人了。只有他留下来，在等着人们来收拾东西。

他是留下来收尾的，要看着这些人一个个离开。等所有人都离开了，他也就要离开了。因为这是一个被放弃的项目，所有涉及的成百上千的职工，都要离开。

明天要清场，所以明天应该是他工作的最后一天。顺利的话，明天下午，这沙发他不用躺了。

他应该是最后一个离开的，他又何去何从呢？去另一个地方做保安？那是他自己的事。我自己都前途未卜，所以也懒得去想别人。我只管收拾我的东西。

一楼大厅浅浅的水池里，还有那么一群小鱼。这些鱼，个头总是那么小，好像怎么长都长不大，也一直在那么狭小的水域里游动着，好像怎么也不会疲惫。

我离开时，没有和他说话，因为他躺在沙发上，一声不响，像是睡着了。我背着一个沉甸甸的鼓鼓囊囊的大书包，双手抱着一摞同样沉甸甸的书，离开了。

（2021 年）

打工娃

短视频平台里有一个叫打工娃的，我关注他有一段时间了。他是一个个头很矮的打工仔，嘴巴很大，鼻子趴趴着，眼睛很小。可我就关注了他，就愿意每天看他的更新视频，不知道是什么道理。

他没上过几年学，早早就出来打工了。所以他给自己起名叫打工娃。直到去年他还在广东一家纸厂里上班，每天守着一台机器，也算是高级技工了，一个月能挣个万八千的。

其实挣得不少了，但是今年从老家回来后，他就不再进工厂了。据说纸厂老板盼他回去，给他开出一天四百元的高价，他也不想去。为什么啊？

他说："我打工这么多年，虽然挣了一笔钱，却没有女朋友。我找不到女朋友，我挣钱有什么用。所以我今年的目

267

标就是找个女朋友。挣钱多少无所谓，我要进女工多的厂子，找个女朋友。

他真去找工厂了。可是工厂普遍给的工资太低，他又不想去。好不容易进了一家工厂，工厂里女工也很多，可是他说自己被主管针对了。就让他干最累最苦的活，一整天都待在一个地方站着，哪儿也不能去，也没办法接触女工。

所以他只干了一天，就从这家工厂辞职了。他回到自己的出租屋里，继续躺着。他每天大多数时间都在躺着。就是在出租屋里的单人床上一躺，睡觉或者玩手机。在他的床上有一个风扇。是哆啦A梦造型的，看起来很可爱。

睡醒了，不困了，却饿了，就做饭吃。他会自己做饭的。他常吃腊肉。他有一大块腊肉，从老家带来的。每次炒菜就切一块腊肉下来。也特别爱吃辣椒。每次做饭，无论做什么，都要放进去许多辣椒。有人问不辣吗？打工娃说不辣。

有一次他买来一批辣椒。本来抱着不小的希望，希望这批来自家乡的辣椒，真的很辣。他拿起一个红辣椒填进嘴里，就像牛吃草一样卷进嘴里去了。紧接着是第二个、第三个，后面他一下子往嘴里同时塞了一把红辣椒，全吃了。他却说：完了，被商家骗了，不辣。

打工娃还玩基金。他在工厂里打了九年工，攒了有七八万块钱。他把这笔钱都买了基金。具体买的什么基金，这个咱不知道。前阵子基金大跌，打工娃买的基金也跌了。跌得很厉害呀，一天就亏了好几千块。打工娃无心再找工作，连吃饭都不香了，就在床上躺着，等着基金再涨起来。

第二天，果然基金又涨了。一下子又赚了几千块。这下子打工娃可太开心了。他脸上笑嘻嘻的，大嘴巴一直咧开着。他说因为基金涨了，赚钱了，要吃顿好的犒劳自己。他去超市买了一大块猪肉回来，在锅里炖肉吃。

他吃肉，不喜欢切小块。他的肉一大块一大块的，像一块块石头在锅里炖着。炖好了，他用筷子插进一块大肉里，一块肉可以啃上半天，哪有这么吃肉的！我隔着屏幕看着都馋！

打工娃喝酸奶也有一套。先把酸奶软盒里的酸奶吸光了，又把软盒完全拆开，一个长方的酸奶盒子，六个面全部展开，一个面一个面用舌头舔，像给酸奶盒子刮痧一样。舔得干干净净的，一点酸奶都剩不下，真的比狗都过分了！

吃好喝好了，打工娃又去单人床上躺着了。睡醒了，不困了，打工娃又饿了。他常常在半夜醒来，也常常在半夜感到很饿。白天不饿晚上饿，他自己也不知道为什么。饿就吃剩饭。他很少洗锅洗碗，只要饭不馊他就吃。吃完饭又回到床上去了。

基金涨了，赚钱了，打工娃也不去找工作了。基金赚到钱了，还去打工干吗？进工厂累死累活的，一天也挣不到几个钱。一个小时给二十块，一天才能挣多少？打工娃看得很明白。不管怎么算，进工厂都是吃亏，都是被剥削压榨，都不能让他发财。

打工娃也有上进的时候。有一天，他想改变形象，好找老婆。就出去跑步了。他那一天跑了十几公里，前面有一个美女，他就一直跟着追，可始终追不上人家。第二天打工娃就下不了床了。

腿疼。只好继续在床上躺着。

有人问："娃哥，你现在天天躺着，都不进工厂打工了，为什么还叫打工娃？"打工娃回答说："我虽然现在没进工厂打工，但是早晚要进工厂打工的。我知道我就是打工的娃。我就是在工厂打工的命。"

（2021 年）

红与黑

那天下班回来，我刚走进厅里，就惊呆了。由大厅隔出的房间的隔断墙和门被拆掉了。倒是拉上了一块红色窗帘。但是窗帘毕竟不是墙，也没完全遮挡住房间。就如同一个胸膛被剖开了，可以看到房间里的景象。

我知道发生了什么事。这样的隔断房是不被允许的，只要有人举报，就会被拆除的。

说起来住在里面的人真可怜。他刚和二房东签了租房合约，还没住几天，房间的一面墙就被拆了。更可怜的是，他本人还要继续住在里面。我想这也是无奈的。毕竟签了合约，如果不住，怕是不会退房租的。

让我说，那房间已经不是房间了，已经恢复成大厅的一部分，只是用一道帘子隔着，连个帐篷都不是了。多没有安全感啊，没有隐私可言。可那个家伙居然还继续住着。一块那么大的红色窗帘遮挡不住，很快又多了一块黑色的帘子，两道帘子珠联璧合，这下倒可以形成一道完整的墙了。

就借着两道帘子的隔挡，他继续在大厅那边住着。假装还是他的房间。我们另外几户，因为住的不是隔断间，倒没被拆除了墙和门，也假装什么都没发生，什么都没看到似的，继续那样住着。我们都是租户，谁都不认识谁，各自过自己的就好了。

那住在帘子后面的人，应该是个安静的小伙子。平时不发出一点声音。发生这样的事，他也没说一句话。我也从未正面见过他。只是有一次他的黑帘子打开着，我去厨房看到他正躺在他的床上。他的床上除了有他，还有一些散乱的衣服，以及一台电风扇。或许他正开着风扇吹着自己。

我就瞟了一眼，不敢看太多，怕侵犯了人家的隐私。他已经很惨了。因为没了墙，厅里多了一些气味。一个大活人就住在厅里，能没味儿吗？他没了隐私，他的气味也跟着没了隐私，在大厅里到处游荡。而我们也不敢穿得很清凉去卫生间了，就怕不小心撞见了他。

一次，女友从外面回来，小声对我说："我听到住在大厅的那个人打电话了。他正在给家里人通电话。家里人好像叫他回家，说他一个人待在北京干吗。"

至于那两道帘子，一块是红色的，上面印着一些花瓶，花瓶中有菊花，有梅花，有水仙，挺活泼的。而那块黑色的帘子，就是一片黑了，上面什么都没有。

（2019年）

一个老人

他拉着一辆小车，要从街道那边过来。那是一条国道，宽阔如河流。他弯着身子，背驼得严重，像要变成一只蜗牛。

他横穿过街道。他的小车是一辆破烂的婴儿车，少一个车轮，车上塞满了可以回收利用的垃圾，堆满了纸板。他脚上的鞋子显得很大，上身显然是一件孩童的衣服，胸口上有米老鼠和唐老鸭的图案。但因为他瘦小，穿着倒也合身。

他把小车停在一家饭店门口，从小车里掏出一个饭缸，轻撩门帘钻进了饭店里。我有点担心他会被赶出来。他衣衫褴褛、蓬头垢面，看上去畏畏缩缩的，很容易被当作乞丐。

饭店门口的门帘在风中晃动着，后来静止下来，好像等待什么事情发生。过了一会儿，老人双手捧着饭缸走出来，好像很沉重。

他走下门口的几个台阶，靠着饭店的一面墙壁蹲下来。那面墙壁面对着那条公路，公路上车来车往。他把头埋在饭缸里，吃起来。眼前的世界庞大热闹，但他眼里只有那一缸子饭。

几只苍蝇被吸引过来，围绕着他飞来飞去，苍蝇的影子在明亮的墙壁上留下几个黑点，像豆子一样弹来弹去的。

后来他用筷子把饭缸里刮干净，应该是吃下了最后的饭粒，从饭缸里抬起头来。他靠着墙壁坐下，把头靠在了墙壁上。饭缸已经放在地上。有一只苍蝇落在缸子沿儿上，还有一只苍蝇落在他额头上。他眨了眨眼睛，那只苍蝇就飞了，又落在他手背上。

在苍蝇的陪伴之下，他那样坐了一会儿。

我站在一家商店门口。手中提的袋子里有几个柿子，是刚才在一个小摊上买的。我在这个县城上学，在城边这个路口等车，从这里坐上绿皮巴车，行驶几十里可以到家。旁边有一家化肥店，有一次等车碰到下雨，我就躲进了化肥店。店里阴暗，屋顶低矮，尿素一袋袋叠在一起，散发出很刺鼻的气味。当时同我一起躲雨的，还有几只鸡，在对面饭店的屋檐下单脚站立。

那个老人拉起小车，沿着通往城外那条路走去。我想把我的几个柿子给他，但我不想被别人看到。我得找个合适的机会。他在一个倒垃圾的地方停下来。

"我可以把这几个柿子给你吗？"我说。

他从垃圾堆里抬起头来，看着我微笑。他的牙齿不剩几颗。

"我自己吃不完，所以想送给你。"我说。

"谢谢你，小伙子，你是个好人。"他说。

他接过袋子，从袋里拿出一个，吃了起来。汁液流淌在他的嘴角，手上。看得出来他吃得很尽力。

看着他吃掉一个柿子，我变得大胆起来。

"你没有孩子吗？这么大年纪了还出来。"

"年纪再大也得活。我没有孩子，我就一个人。"

他把刚从垃圾堆里捡起的两个塑料瓶捏扁塞进小车里。

"我回去了，小伙子，谢谢你。"他拉起他的小车。

"我帮你拉吧。"我说。

"不用，我就住那边，我自己行。"

他用手指了指城边一片低矮的棚房。一个大大的夕阳落下来，红通通地压在上面。

他拉着车走得很慢，甚至只能看到小车，看不到他。他朝着西边越走越远、越走越深，好像走进了圆圆的夕阳里。

（2016 年）

武术表演

　　一个周末的下午，我带着小狗散步。走到人工湖那里，就听到了很大的动静。等我从湖边转过来，看到是武校的在表演武术。表演人员都年纪轻轻的，穿着红衣和黑裤。红衣上写着武校的名字，黑裤的裤脚都扎起来了。

　　正在表演双节棍。一个小伙子手持双节棍上场，他刚走到表演场地中心，要挥舞他手中的双节棍，却发觉双节棍的链子绞在一起了，他试着甩了甩，甩不开，只好退回去。他的表演还没开始就结束了。观众看到这样的情况，却是哈哈笑了起来，觉得特别有意思。我也忍不住笑了。

　　第一个刚退下去，第二个人马上上来了。这个人也是表演双节棍。他的双节棍没有绞在一起，他就手持双节棍挥舞起来，看得出他还是很小心谨慎的，双节棍挥舞得越来越快，时而在他的身前舞动，时而在他的一侧舞动，时而在他的头顶舞动。

这个人表演完退下去，刚才失利的第一个人，再一次跳进场地中心。这次他的双节棍没出问题，他就挥舞起他手中的双节棍，当他把双节棍甩出去，双节棍就像一条蛇一样探出去，坐在场地周围的小观众，赶忙向后仰着自己的身子，生怕那双节棍打到自己。

他又把双节棍收回来，用两只手一起舞动，双节棍在他周身翻飞，速度越来越快，如同飞机的螺旋桨，感觉他整个人都要起飞了。那双节棍要是打在身上一定很疼。真替他捏把汗啊。但是他的动作干净利落，看得出他很自信，其实不必担心的。

双节棍表演者下场了，又上来一个人。这个人很瘦，是空手上场的，要表演拳法。一上来，来了个白鹤亮翅，马上就起范儿了。接下来，开始打拳，不知道那是什么拳法，反正时退时进，时缓时快，亦刚亦柔，有开有合，像模像样的。让旁观者肃然起敬，一下子安静下来。

观众围在表演场地周围，小孩子们坐在最前面，都是盘腿坐在地上。大人站在孩子们后面，有的手里拿着一把蒲扇，一边看一边给自己扇风。有的双手叉着腰，有的双手抱在胸前，还有的在用手机拍着，还有的在说着笑着。时不时都要拍手鼓掌叫好。

这里是一片广场，广场中心有古希腊风格的白色雕像，雕像不分男女，全都袒胸露乳，不知到底是什么神话人物。周围的树木茂盛，更远处是银白的天空。

小狗乖乖蹲坐在地上，好像也在观看表演。它知道这是在干什么吗？当然不知道。它不知道武术表演是为了招收学员，它第一次见到这样的场面，但看起来好像很淡定镇静。它不叫也不跑，不惊也不慌。

这时候，表演人员开始表演翻跟头了。场地中央放了个软垫。所有表演人员，鱼贯入场，一个接着一个翻，有前空翻，有后空翻，还有侧翻。他们翻了好几轮，第一轮的时候翻得都很轻松，第二轮的时候就没那么从容了，第三轮的时候就有些力不从心了。但是他们还在翻……

（2022 年）

路人速写

他坐在轮椅上，双手乖巧地搭放在自己的膝盖上，她在后面推着轮椅，并且和他在说话。他没有搭话，只看了我一眼。

他是一位老人，眉毛都是花白的，像是刚从大雪里走出来，眉毛上沾染了许多雪花。一顶白底灰斑的宽边帽，遮挡住了他的一些脸。腰上系着一条深黄色的皮腰带，斜挎着一个很老旧的干瘪的牛皮包。看起来像是已经背了几十年的。

她个头矮小，穿着连体红裙，脑后扎着一个短小的辫子，这辫子看起来很结实，一点也不动的。她一边走路一边打着电话。走过一段距离，又折回来了。

她穿着白衣和黑裤，都像是丝绸料的，看起来顺滑又单薄，都在晨风中颤动着。腰部挎着一个黑色小皮包。

她个子矮矮的，可能赶路感到闷热，黑外套脱了下来，搭放在左臂弯里夹着。她身上剩下的，是白衬衫和黑短裤，还有两只小船似的黑皮鞋。

她是一个小女孩，只有几岁大，穿着裤管格外蓬松却收紧了裤脚的灯笼裤，因为跟不上妈妈的步伐，就小跑起来了，刚追上妈妈，妈妈就主动牵住了她的手，一起向前去了。

她背着一个书包，手里还提着一个手提包。可能分量有些重，走路又匆匆的，步子很大很快，她的手臂就甩动着。

下雨了。

他打着伞，把书包背在了胸前。

他是一位高大肥胖的男士，站在路边等车。他没有伞，就没事一样，又着一只脚站着。他刚点燃了一支烟，烟卷叼在嘴里，嘴里冒出一小片烟雾。他正把烟盒装进自己的口袋里，与此同时，他的眼睛正在观望着什么。

他是一个老人，他的头顶上缺了一块头发，好像是一块地荒了。左手里拿着一根细长的木棍，好像是怕雨天路滑，当作拐杖来用的。他每走一步，棍子就在地面上点一下。他的右手里有两个被他把玩的干核桃。干核桃在他手里转动着。

又一日。

这两个女人都坐在路边。她的面前摆着黄瓜、西红柿、土豆、小葱。而另一个人的面前只有一小堆大葱。她们都是在树荫里卖菜的。她们卖的菜很少。她们在聊着什么。

她穿着一身土灰色的衣服，右手里提着手提袋，从对面走过来。手提布袋里鼓鼓的，像是装满了土豆。手提袋的带子缠绕在她的手腕上，又被她的手紧紧抓住提着。

这个男士，个头高大。头发油亮，梳得很顺滑，像是打了发蜡，全都朝着一个方向倒伏。白色的短袖的衬衫，膝盖那里有些破的牛仔裤，一双白色的帆布板鞋。白衬衫的下半截齐刷刷扎在牛仔裤里，被一条宽大的黑皮带扎住。这腰带的金属扣，扣在他微微隆起的肚子上。随着他的呼吸，那腰带扣也在微微起伏。

这个女士，打扮时尚。鸭舌帽扣在她的头顶上，墨镜遮挡在她的眼睛上。阳光很强，她的鸭舌帽和墨镜看似帮她挡住一些阳光。一袭黑色的连体短裙，将她的两条大腿完全暴露在阳光中。蓝色的长袜，凉鞋，腰间挎着一个肥大的包。她的身体挺得很直，甚至有些向后仰着。一只短小的辫子从鸭舌帽的后面有些骄傲地探出来。

她打着一顶粉色的小伞，伞面上有许多桃子图案。她是短发的女孩，头发不到双肩，可能因为迎着阳光走，光线刺得她表情有些难受。一条很合体的白裙子套在她娇小的身体上，像是花瓶里塞着一束花。她继续朝着阳光去了，举着她那带桃子图案的小伞。

他的头发已经花白了，于臂上覆盖的纷乱的汗毛，被阳光照得清清楚楚的。他在一棵树站了一下，又去站牌下站着了。他的脸上有雀斑。

她穿着白短袖、牛仔短裤、小白鞋。从后面看，她的长发从她的背上垂落下去，已经垂到腰间了。她的两条腿有些向里弯曲，她一迈步子这种弯曲就更加明显。

　　他是一个环卫工人，右手里提着编织袋，左手拿着一个长长的夹子。他正在寻找着人行道上的垃圾。遇见了饮料瓶、纸片、盒子，他就用那夹子夹起来，装进他的袋子里。他穿着橘黄色的衣服，戴着橘黄色的帽子。

（2022年）

月季开花

月季花开了。就是这几天的事。

那天晚上我们带着小狗出去散步，小狗时不时就往路边的草坪里钻。在黑暗的夜色与橘黄的路灯调和出来的那种朦胧的光线里，我们看到了草坪里的月季。已经长了许多叶子，唯独还没有开花。再细看，原来已经有了花苞，像是小拳头一样紧攥着，攥着的是一把浓郁的香气吧，还不想打开，不想被发现。

"月季还没开花呢。"

"是啊，但是有花苞了。"

"什么时候开花啊？"

"估计很快，这几天吧。"

我们就这样谈论着，走过了那些月季，它们还是那样在夜色里紧紧合拢着它们的花苞，所有的叶子也都像是手掌一样簇拥着保护着。那是它们自己的明灯吗？到底离开放还要多久呢？要开放还差些什么呢？比如，还差多少时间，还差多少次风吹，还需要摇摆多少次，谁知道呢，只有它们自己清楚吧，或者连它们自己都不清楚，就只好在摸索着。可能每个花苞里就有一只手在四处摸索着。但一定是轻轻的悄悄的，因为我们听不到什么声音。

又一天的晚上，我们又出去散步，在另一条路上，遇见了另一片月季。还是在草坪里，还是在夜色与路灯调和出的那种朦胧的光线里，看上去是一片，但不知道有多少株。

它们开花了，红的花，黄的花。一株月季上开放了许多花，许多株都在开花。你看到的，就是一片红红黄黄的花。红的花靠外面，黄的花靠里面，看起来很规整，好像是早就谋划好的。所以我们就猜，这可能是附近人家的后花园，专门是这样设计的。

闻到它们的香味了。因为是一片花聚在一起，不好说具体是谁发出的。

"没想到这么快就开了，还开了这么多。"

"黄色的比红色的好看，在晚上看起来更鲜艳。"

我们这样谈论着，又经过了。月季在原处，在它们本来的位置，继续开放着，释放着香气。许多香气随着夜风飘走了，不知道飘到哪里去，又会被谁闻到。夜里有许多动物会竖起鼻头吗？不会吧。关紧的窗户容易挤进去吗？不容易吧。所以好多花香也就是飘散了吧，像尘埃一样都落在地上了吧。

早上，我们出门，又看到了一片月季。因为是在白天，比晚上看得更清楚了。这一片月季也正在开花。开粉色的花，黄色的花。

粉色的花有些泛白了。像是在雨水中掉过色。看样子好像要衰败了。刚开放没多久，就要衰败了吗？当然也可能它本身就是那样的颜色。

我们不需要替它悲观。月季的花期应该很长。有早开早谢的，也有晚开晚谢的。我们还可以看很久的月季花。

（2021 年）

雨天里的刺猬

一个夏日的夜晚。

如往常一样，坐过十几站地铁，又坐过三站公交，回到所住的小区。那几日烟雨朦胧，雨细柔如情丝，缠缠绵绵的，时而停歇，时而又来，使得空气湿漉漉的。

在这样空蒙的天气里，我隐隐有一种预感，好像有什么事要发生。可是心里想着，脚步并没有停止，距离所住的楼，只有几十米了。

天天走的碎石小径，能有什么事发生呢？充其量遇到一两个迎面而来的人影，且在夜色里根本就看不清脸，与游弋在另一个世界的鬼影无异。

小径两边是草地，里面生满了草，还有许多灌木。草木让本来由钢筋水泥铸造的高楼坐卧在寂静安宁之中，像一只只坐直了身子，向远处张望的退休警犬。

天色暗淡。我的脚步突然停了下来。隐隐看到，前面的小径上，有几团黑影。

我怀疑是动物粪便，所以变得谨慎，生怕踩到。当我又近一些，便发现那几团黑影是会动的。我打开手机的灯，照出了几只小动物。

刺猬！

我差点惊呼出来。

一只大刺猬领着两只小刺猬。

刺猬这种活物，只儿时在农村才见过。在北京有十年了，还从没见过这样的活物。

城市里繁华而富有，同样也孤寂而贫乏。

城市里的活物实在是少。有时候，我就会怀念儿时常见的动物。今天竟在我所住的楼下遇到了。

我挪动脚步，慢慢靠近，轻俯下身，离它们更近了一些，恨不得把手掌放在它们身上抚摸。

它们显然感到了危险和恐惧。在大刺猬的带领下，小家伙们加大马力，使劲倒腾着小短腿，冲刺似的跑进草坪里去了。

我没有追进去，只是站在小径上，痴痴望着这一幕。望着它们最终消失在灌木丛里。

它们的家也许就藏在灌木丛里。可我不想去细探它们的家，不想去打扰它们。如此弱小的生灵，能在人类如此稠密的地方生存，无异于夹缝里生存，已经很是不易了。

它们是趁着夜色出来散步的吧。这样有些潮润的天气，人不大愿意出来，正好是它们的机会。如此夜色，没有星星，没有月亮，人不大喜欢，恰恰给了它们出来透透气的机会。

可是这难得的举家出来散步的雅兴，还被我给搅扰了。我个头那么大，形似巨人，一定是吓坏它们了。

我只希望，经过此事，没有吓坏它们，不至于使它们丧失生活的信心和勇气。

遇到它们，使我相信，有些事物，看似销声匿迹了，但其实还存在着。机会，始终是有的。希望，始终存在着。

那一片片草地，一簇簇灌木丛，就是生的希望，是生命之地。

也许当我在楼上，透过窗口，向外张望的时候，刺猬全家，以及其他微小的生物，也正坐在草地上，手里捧着食物，望着天上的月亮呢。

月光平静柔和地照着我们。我们所处的高度不同，却享有同一颗月亮。

想到这里，我内心涌出一种温暖。

（2016 年）

春天

玉兰树开了花，开在它们生长的地方。是在楼房外面，靠墙根站着，在路边站着，单独站着，或者挨着。也有一块草地在它们下面，那是度过了冬天的枯草地，正有绿的小草从中努力钻出来。它们的根也深入地下，使劲抓着那么一把泥土，才使自己挺拔地站立着。春天要它们开花，它们就开花了。满树白色的形状相仿的花朵，像许多白蝴蝶聚集在枝头上，风一吹，就全都扇动着翅膀。那么多聚集在一处，却没有一朵像是要窒息的，没有一朵像是在抱怨的，没有一朵像不愿意的。这在我眼里，就是所谓春天里的最好的风景了。

柳树染上了色。是一种因为鲜嫩徘徊在黄绿之间的朦胧的颜色，像是不知从何处飘来的淡淡的香味一样不好捕捉。你在路上悠然散步，和人聊着天，漫不经心，猛然看到它，眼睛一亮。

一团柳烟。新鲜、蓬松、柔软、淡薄。仿佛微风稍大，就会彻底吹散它。你再要认真看，却又看不太清了。你要到树下去，去看个明白，等你走到树下，颜色就更淡了。只有许多小小的乖巧的嫩芽，正悄咪咪地趴在枝条上，生怕被谁注意到，把它们揪下来。其实它们不用怕。已经长大成人的你，不至于一激动，就去折树上的柳枝了。过不多久，它们就会长成一片片狭长的叶子，每片叶子都是要从春天伸进夏天里的手指。

太阳变亮了。还是那浑圆的沧桑的太阳，还是从东边走出来，在那片孤寂的天空里独自走一遭，好像干了什么，又好像什么都没干，再从西边落下去。还是那样的轨迹，看起来没什么两样，可它就是变亮了。在冬天里它一直打不起精神，黯然失色，像是蒙尘的瓷器，现在它准是被擦拭过了。它是想通了，心里亮堂了，所以神采奕奕的。街道、树木、楼房、店铺、人们、铺在墙脚下的白色的卵石、街边小贩摆出来的红艳艳的草莓，都神采奕奕，明明亮亮的。好像一切都在发光。这世间可真光明了。

风变暖了。人身上的衣服变少了，棉衣变成了风衣。

雨已经下过两三场了。一下雨就湿漉漉的，石板路和街边树都湿漉漉的，人眼里和心里也湿漉漉的。一下雨街道上有了一块块小水洼，像一块块清亮的镜子，可以照出你的身影，但不能捡起来带回家。一下雨街道上就冒出许多缓缓移动的雨伞，是偌大的城市丛林里在雨天里长出来的小蘑菇。雨在夜里下的时候，没有发出任何动静，却把世间的杂音盖住了，所以这一夜，人，猫，狗，都睡得很好，梦也都是美好的。清晨雨已经停了，在候车亭等车的人探头探脑，张望着车来的方向，有水珠正好滴落在他身上。他感觉到了，就把身子挪挪，避免水珠落在身上。原来雨虽然停歇了，亭顶的挡板上还在滴落着水珠。好像一个人跑了很久，终于停下来了还在喘气。

一场沙尘暴也来过了。沙尘暴把这城市笼罩了。沙尘暴拥抱了这座城市，亲吻了这座城市。人们戴着口罩，沙尘钻进口罩。人们钻进轿车，沙尘钻进轿车。人们走进地铁，沙尘钻进地铁。人们走进房间，沙尘也跟进房间。人们咬一咬牙，沙尘在他们嘴里。人们摸一摸鼻头，沙尘就在他们鼻头上。人们抠一抠耳朵，沙尘在他们耳朵里。人们脱掉鞋袜，沙尘在他们的鞋袜里。沙尘暴无处不在，沙尘暴朝着人们龇牙咧嘴，一脸粗粝的笑意。但是第二天沙尘暴就离开了，它去拥抱下一座城市了。那里同样有很多人，有很多楼房和车辆。那里同样值得它去拥抱。

池塘里有水了。冬天池塘里干了，池塘底大大小小的石头尴尬地裸露出来。像是一个人藏在抽屉里的心情日记被一页页打开了。现在好了，池塘有水了。心情日记可以重新锁进抽屉了。水是慢慢涨高的。开始只有浅浅的一层，小狗撒着欢在浅水中一跑而过，小蹄子溅起许多水花，也把自己弄湿了。等水深了，池塘肥了，小狗就去水边，用小脚掌试探，这时候不敢再下水了，却把头低下去，嘴巴伸进去，喝起池塘里的水。

（2021 年）

无题

　　如果长久坐在一棵树下，便会有这样的发现：树叶一片片往下落，花瓣也一片片往下落。不仅如此，还有细小的树枝，也往下掉落。不是像下雪那样，纷纷掉落，而是时不时的，在你不经意间，好像不想被发现。分量都不大的，所以就算落在身上，也没有痛痒。落在地上，也没有多大的声响。

　　我是坐在一棵不大的槐树下，在任何地方都有的那样一棵槐树。有个把时辰了，但还没有厌倦。从我来到这里，坐在长椅上，已经有些小东西落在我身上。一个小树枝落在了我的左肩上，一个小树枝落在了我的大腿上。还有一片槐花瓣，落在了我的胸脯上。它是已经萎蔫了的。我随手把枯树枝和干花瓣都扔到地上。这才发现，地上已经默默积累了许多细小的枯树枝和萎蔫的花瓣。

面前是一块铺满方砖的空地。暗红色的方砖在灰色的方砖里穿插，形成了几何状的条纹和图案。除了从树上掉落下来的枯树枝、干花瓣，还有蚂蚁在空地上缓慢爬行。还有白色的蝴蝶不紧不慢地扇动着翅膀。还有几拨麻雀，落在我左边，落在我右边，在地上跳动几下，就又飞起来。

有个人把湿衣服挂在晾衣竿上了，有深色的和浅色的汗衫，还有一条长裤混在里面。那会儿风大，就吹得很快乐，它们在风里飞舞，倾斜得厉害，都要离开晾衣竿了。这会儿，风小了，它们只在轻轻摇晃。有一件紫色的格子衫，躺在了地上。另一根晾衣竿上，挂着一面白色的被单，上面有绿色的印花，像是孔雀的羽毛。刚才，一个戴黑色鸭舌帽的小个子男人，在抽了一口烟后，把被单叠起来带走了。

还有一棵很好的石榴树。我说它好，是在我看来，它不大不小，树上的果实，也恰到好处。总共有十来颗的样子。我只在一个角度看它，果实也隐藏在羽毛似的枝叶下。只有风猛地一吹，整个树冠摇晃，才显露出来更多。它的果实有的很低，小孩子伸手就能够到。在树干底部，有一个木块做的方形小围栏围着，像是整棵树坐在一个小板凳上，很有意思。

至于阳台上和一楼的，看起来都不好。也有花盆，花盆里也有植物，却是已经干枯的，花盆有白瓷的，有红陶的，虽然身上有泥点子，倒是依然好看。二楼、三楼、四楼的阳台上，开始有好的盆景。都被金属围栏围着，也不用担心花盆会轻易掉下来。窗口都是黑漆漆的，是遮挡着窗帘的缘故，只石榴树后面那扇窗里，出现过一个穿白背心的老年人，他一侧肩头上搭放了一条毛巾。

有两只不常见的小鸟落在葡萄架上，待了一阵子，然后又飞走了。有一个坐在车里睡着的小男孩，以及他的母亲和奶奶，在我旁边的椅子上坐了半晌，孩子醒来以后开始哭，奶奶把男孩从车里抱出来，抱在怀里，手臂上挎着一个黑包，妈妈跟在后面推着空车一起走远了。还有一个小女孩，自己坐在一辆三轮车上，自言自语，玩弄着手里的一个玩偶，这会儿也不见了。现在是一个秃顶的大爷，与我坐在同一棵树下，同一张椅子上。我坐在一端，他坐在另一端。他看着他眼前的风景，我看着我眼前的风景。我们都很安静。我不知道他心里在想着什么，就像他也不知道我心里的所想。

（2020 年）

八月

八月的风景正好。楼房后面的一小片园子，猜想是那扇窗户里的人家的。葡萄藤蔓汹涌地覆盖了窗台。先要看到坠在藤上的一串串葡萄，才能发现隐藏在里面的很含蓄的窗。

每次在路上张望，也是最先看到葡萄。这些葡萄一直在生长，一天比一天大一点，有的果粒还染上了紫色。果粒上的紫也能看到，兴许是被阳光照着的缘故。虽然是生长在大大的叶片下，却好像不安于躲在叶片下，所以它们总轻轻摇晃着，像自信的宝石一样在阳光里闪动。

除了葡萄，还有石榴、竹子、月季、芭蕉、丝瓜，这些都是能轻松看到的。我喜欢所有果实挂在树上。丝瓜是正开着许多黄色的花，月季是正开着许多红色的花，都很鲜艳，互相叫好。而竹子只有细细瘦瘦的枝叶，收得很紧，露出来的也不多。

芭蕉呢，很肥大，看起来有点油。还有一棵矮小的松树，感觉不大合群，但也确实站在那里。

每天经过都朝园子张望一眼，然后继续走路。去年，这地方还是荒地，里面有的，是纷杂的野草，砖块瓦片玻璃，后来有人清理了，知道是要种些东西，但当时也想不到会有今天的盛况。是低估了那个人的心思和付出，还是低估了植物本身的生命力。说起来，也始终没见过园子的主人，从没见过有人出现在园子里。好像这些花木不需要人的侍弄，在暗夜里会自己打理自己。

倒见过我住的楼房后面的那片园子的主人。那片园子是这里去年最好的。也是种了葡萄、丝瓜、石榴、芭蕉、南瓜、枣树。在一个夏日的下雨天，我撑着伞出来看雨，就见一个人钻进园子里去了。他拿着一把小铁锹，清理出一条水道，让园子里聚集的雨水可以出去，免得被淹了。那园子里还在两棵树之间牵搭了一条晾衣绳，还有一条隐隐可见的泥土小径，估计是园子主人在里面走动，踩踏出来的。我有时候也进去，因为是人家的园子，我不敢多做停留，只假装是经过。

除了这样的开辟在楼房后面的小园子，房前路边的草坪里也有一些树。但这些树没有高大的，分不清哪些是人种的，哪些是自己生长出来的。前些日子看到有人背着农药桶，站在小梯子上，往一棵柿子树上喷药。喷头喷出的雾状水汽特别好看，赏心悦目。兴许是发现那棵小树生虫了吧。

附近小区都已重建过，面积都很大，少不了池塘亭子，只这小区是老旧的，又小又破，等着被拆除，因此也鲜有外人进来。平时也就很安静。白天只会有个别老人坐在棋牌桌那里下棋，或者发呆。黄昏以后，大门前那块空地上，才会出现许多孩子。孩子们跑闹玩耍，大人们坐在周围的椅子上聊天。那些椅子各式各样，像是从不同人家搬来的。椅子上坐过各样的人，到了深夜里会完全空下来。

算起来，这是我在这里度过的第三个夏天了。每一个夏天，我都会看挂在树上的石榴以及坠在藤蔓上的葡萄。去年房东要涨房租，本打算搬走。后来说了一些话，房东又同意不涨，我就又继续住了下来。现在还有一个月，又刚好住满一年。说实话不喜欢这里，对这里也没有什么留恋，完全是寄身之所。还不确定是否会继续住下去，如果搬又要搬到哪里去。但是无论到哪里去，我都应该记得，这里也生活着一些人，一群植物。而我也在这里生活过。

（2020 年）

这些年住过的地方

最开始，在红领巾公园附近的一座旧白楼里住过半年。我们几个刚从学校毕业的同学一起住在那里。起初感觉挺好的，什么都觉得新鲜。附近有个热闹的露天市场，我们每天一起去市场买菜，回来又一起做饭、吃饭，吃完晚饭又一起去公园散步。我们一路说说笑笑，还像在学校时一样。公园里有几片相连的湖水，也有几座不一样的桥。黄昏，那些年轻男女坐在湖边的秋千上，面朝着湖水荡来荡去的，看起来也颇为美好。

很快，我们几个同学就散了，大多离开了北京，到祖国各地去工作。而我留了下来，一直到了冬天，又经过了新年。其间，我没有找到工作，就每天去公园里散步，冬天园里的年轻人很少，几乎全是老年人。老年人们身上裹着厚厚的棉衣，在覆盖着雪的园里慢慢地走，好像在寻觅什么似的。我也浑身穿得厚厚的，只露出一双眼睛，混迹在老人们之中慢慢地走。有时，也停下来，站在岸边上，看结冰的湖面。湖面上除了积雪，什么都没有。我见过一个人坐在湖心，好像砸了一个洞，坐在湖面上钓鱼。湖水还是有的，但在冰面下面。

后来开始工作了，我又搬回学校附近，住在一个隔断间。属于最小的那种，但我一个瘦瘦的青年，完全可以住在里面。没有窗，但有床，床是单人床，像是为我量身定制的，我再高点胖点就不合适。隔壁就是卫生间，邻居上卫生间、冲马桶、洗澡，我都可以听见。从这里搬走时收拾东西，我在床底找到一块毛巾，那块毛巾是潮湿的，默默吸了不少水分，拿在手里往下滴答水。我有点惊奇，屋里原来这么潮，但也庆幸，我竟然没在这样的潮湿中身上发霉。

我在远大路附近的两个小区住过四年。一个小区附近有一家地下超市，我常踏着向下的台阶去里面买蔬菜，而同在地下的还有一家盲人按摩店。在里面工作的，都是眼睛有问题的人。一个小区院子很小，但也有一块供休憩的地方，里面种着一棵丁香树、两棵郁金香，还有满天红，以及几棵更高的槐树。树下布置了几条长凳，还有一个气派的红木椅，像是从谁家搬出来的。常有老人坐在树下的长凳上，一坐就是半天。也有小鸟落在树上，在枝叶间蹦来跳去，忽高忽低，扰得枝叶轻微乱颤，忽而落到地上，忽而又飞上天，这是我坐在树下时看到的。

在通州梨园一个叫海棠湾的小区，住了两年。那个小区环境极好，树多，俨然一座植物园，还有一个人工湖，湖里常年有水，还有假山与瀑布，还有一群观赏鱼，还有三只鸭子、两只白鹅常在湖面上游荡。下雨天，我从二十四楼下来，撑一把伞，站在湖边，看雨落中的湖面，看湖面上的雨落，看雨滴与湖面的接触。我看到雨滴扑进湖水里，很调皮地又从湖面上跳起来，总要弄出那样几道涟漪。结果湖面上就是数不尽的涟漪。两只白鹅依然待在湖里，一只是单腿站立在湖心的石头上，另一只像船一样漂浮着停泊在石头附近。而那几只灰色的小鸭子就不知道躲到哪里避雨去了。

在这个地方，我还养了一只狗。它浑身雪白，我就叫它小白。它与我相伴了半年，这半年里，我若是在床上睡觉，它就卧在我的头顶，和我共睡一张床，共用一个枕头。我若坐在电脑前，它就待在我的脚边。有时它也卧在窗台上，毛茸茸的一团被窗外的光照着。但我一旦动身，它就会立马察觉，抬起头来，站起身来，看着我。我带着它半夜出去散步，我走到哪里，它就走到哪里。它身上没有绳索，但早已习惯跟着我。我抬头看天上的月亮，它低头在草地里寻觅。我往上看，它往下看。我的眼睛里有渴望，它的鼻头上有渴望。去超市，超市不让它进，我就把它放在门口的一个纸板箱里，它乖乖坐在纸板箱里，不叫不闹，用眼睛跟着我，等着我购物回来。

我还在北影小区住过两年。小区里面有一家餐馆，墙壁上贴着老照片，桌椅都是铺红布的，餐馆门口沿着墙根摆放着几个红陶花盆,其中有的结出过青色的小圆果。店里的酱鸭最好吃，我却常吃宫保鸡丁盖饭，因为便宜实惠。附近有个元大都遗址公园，免费的，两年时间里却只进去过两次。有一次是黄昏去的，入夜，园中的人更多，人们在元大都雕塑前跳舞，雕塑以及园中的树都静静看着。离北京电影学院不远，只进去过两次，一次是一个朋友来，想去学校里转转，没有什么可看的，很快也就出来了。

现在，这个小区有十几座楼，我住在最靠里的一座楼上。爬楼梯上六楼，才到我的住处。进了房子的门，几个房间中，有一个是我的。我已经在这里住了两年。可以看见对面的几座高楼和一座相对矮小的柠檬色的酒店。有时，还能看到正好从酒店门口经过的人，以及从街道边的橱窗外经过的人，可能是离得有些远了，这些人都是小小的，小得只像一个符号了。我常会坐在窗前，透过窗这样向外看。

（2019 年）

人

间

青春那些事

记得大一刚开始，我感到压抑苦闷，非常想出去转转。当时已经是傍晚，城市的灯光亮起来。我想找个人做伴，去隔壁宿舍找利峰，利峰没有犹豫便答应了。我们骑着单车，一路猛骑狂奔，从农业大学一直奔到天安门。那是我第一次到天安门。

途中经过这个大都市无尽的繁华，沿途一个接着一个的店铺招牌，几乎没来得及看清就从身边飞驰而过了。我们的速度堪称狂野，几乎达到自行车的极限。那时候更年轻，更张狂，更无畏，身体里像困着一头年轻的兽，想要从你的身体里冲出来。

我们大声吼叫，呐喊，朝着都市的夜空。那叫喊声从我们年轻的喉咙发出，在拥堵的汽车，拥挤的房屋之间，向着沉寂而深邃的夜空奔去了。只有夜空里才不像人间这般拥挤浮躁。

到了天安门，正好看到城楼上的一串串彩灯熄灭。一座古老威严的城楼，本来璀璨光亮着，突然就暗淡下来。但还有一些灯盏亮着，可以看到城楼的轮廓。因为是第一次来，心情异常兴奋。我们拿出一个傻瓜相机，借着路灯的光，以天安门做背景，拍下了照片。一直到电池没电，又到对面店里寻找电池，继续拍照。回到宿舍已是半夜。

还有一次，应该是大三，我又感到压抑苦闷，在一个阴天的下午，突然想去植物园。我告诉利峰，利峰自然愿意同行。我们又骑着单车，一路猛蹬狂奔，从学校赶往植物园。路上，天上的云朵运动起来，看样子是要下雨。我们没有回头。进到园子里，只迎面走来三个人，是正要出园子的人。遇见这三人之后，就再也没遇到任何人。整个园子都是空的，当时的心情却极为舒爽，好似整个偌大的园子，都是我们两个人的。

我们往园子里走，走上池塘上的木廊，在廊上的亭子里停了停，看池塘里的一两处荷花，圆圆的荷叶漂浮在水面上，小小的荷花挺立在半空中，就连还没绽放的花骨朵看起来都是那么美好。鱼群在荷叶下游移不定，隐隐露出黄红色的脊背。

继续走没多远，雨便下起来。透过迷蒙如烟的雨雾，看到前面假山上有一处亭子。快走几步，爬上假山，来到亭里。既在亭里避雨，又看亭外的雨。我们两个，一个直直站着面朝着亭外，一个依靠亭柱坐在亭沿儿上，看亭子外面的雨。

雨从天而降，降落得极快。那些雨成线状，又细又密，一排排、一捆捆，密密匝匝地降落。看起来既匆匆又轻盈，只要有风稍微一吹，雨就可以倾斜拐歪，本来应该直接落在地上，却飘向一片松林中去了。淋过雨的松林，松枝变得更黑，松针变得更绿。雨水虽不是泪水，却洗出了万物的本真。

亭檐上有水珠一滴滴落下来，后来水珠串联起来成了水柱，牛尾一样在我们面前甩来甩去。假山石上的积水已经汇集成流，自上而下流动着。地面的积水上冒起一个个欢蹦乱跳的泡泡。我们在亭子中，整个身心已经被雨水的清凉之气浸透。

后来雨终于停歇，但天空还阴沉着，乌云还在移动着。心中的浮躁被一场雨暂时浇熄了。回去路上，雨又下起来，正好浇在我们身上，我们的车子上。老旧的车漆上泛起新鲜的光亮。等到了学校，已是落汤鸡了。

此去经年，每每回忆此事，每每有所触动。人在不断向前走，往事却留在了身后。有关青春的事，只停留在青春了。不过我们得庆幸，总有那么一二事，如一两颗光亮的珠子，缀在我们的青春上，使青春一直闪着可爱的光。

（2016 年）

聚散总有时

翔子突然来北京，是我没有想到的。当时我正坐在公交车上，空荡荡的一辆车，我坐在最后一排的中间，跟着空车在傍晚的路面上摇晃。突然接到他的电话。

他从机场过来，已经过了九点。学校食堂停止营业了。他说，在附近随便走走，找个地方吃饭吧。但他想先买包烟。他爱抽烟，上学时，常一个人躲在阳台上抽烟。我们就从南门出来，沿着那条曾经很熟悉的街道走。

变化真大。好多店都没见过，以前都没有。我们一边走路，他一边这样说着。他说得没错，是开了许多新店铺，许多店铺也不见了。有一家眼镜店还在，我就说，这家眼镜店还在呢。

看到了一家新开的烟酒店，他走进店里去买了一盒烟。刚从店里出来，他就从烟盒里抽出两根烟，递给我一根："你抽烟吗？"我不抽。他说："你还像以前不抽烟啊。真好。"

买了烟以后，他想返回学校，从学校里穿过去，再从北门出去。他是想看看学校。他这次来北京，是来参加培训的。

学校摔跤馆前的广场上，有些学生在玩滑板、轮滑，和多年前的情景一样。经过男生楼前面那座新楼，他说："这是什么楼啊？"我也不知道。这座楼是在我们离开学校后才建的，看起来挺气派的。当年我们上课经常去的三教，看起来还是它当年的样子。

经过水利学院，经过几盏昏黄的路灯，从学校北门出来，我们来到一条宽阔的街上，翔子说，上学时经常来这条街上喝酒。他是和他的朋友来的，他们都爱打篮球。他说有时候，他们会一直喝到天亮。

这条街变化真大，以前就一排小房子，现在都这么繁华了。这样的话他反复说着。

我们进了一家烧烤店。一边吃烤串，一边聊天。烤串是要现烤的，烤串装置架在桌上，烤串会自动旋转。服务员时而过来看一眼。

一人喝一瓶啤酒。啤酒里加了柠檬片。他在银行工作。他说，回到兰州的第一年，因为工作需要，在一个月里一直喝酒，差点丢掉了性命。幸亏有人给他输血，才保住这条命。从那以后，他就不敢再那样喝酒了。

自从离开学校，我们很少联系。现在突然又坐在一起。只觉得时间恍惚，好像这些年都是庄周梦蝶，都是虚幻出来的，而从我们离开到我们再坐到一起，才算从一场梦中醒来。

我们都有变化。他的身体胖起来了。以前是身上哪里都少肉，可以用枯瘦如柴形容。现在浑身都鼓起来了，脸颊上、肚子上、腿上，哪里都有了肉。他也经历了许多，从高中开始的爱情结束了，因为喝酒差点丢掉性命，父亲去世，买房，结婚，有子，事业上升。

但这过去的一切都无须多言了。用他的话说，在死亡边缘徘徊过，就感到没什么可惧的了。只有生死才真重要，其他的都不算什么。听起来因为去过一趟鬼门关，他已经可以看淡很多东西了。但我又有些担心，不知这种看破到底是好还是坏，是因此能更加珍惜还是更加冷漠。这也是我的生活在面对的问题。

让我感到开心的是，我能从他的眼睛里看到光亮，一种带着精神气的黑色光亮。肚子是鼓起来了，脸上也多了沧桑，但眼睛里还是有亮光的。

从店里出来，已经到了半夜，我们各自打车，我回我的住处，他回机场附近的宾馆。聚散总有时，我们各奔东西，生活还要继续。

（2018 年）

橙子的世界

几年以前，中山新婚过后，带着爱人来到北京，我们几个同学在学校食堂聚餐，见了一面。中山还是那样子，头发稀疏，小小的两颗眼睛，依然圆滑地躲在眼窝里，但似乎更往深处陷进去了。他的小娇妻，活泼又好看，眼睛忽闪忽闪的。他们两个挨着坐，手在桌下牵在一起。现在他们两个才是最亲近的，要一起去面对未来的生活。

更早以前，在一个夏日的傍晚，我们到小月河边去散步。那时，临近毕业，我们就要离开学校，去工作。中山想买个公文包。他喊我一起去，我便跟着去了。小月河就在学校附近，从学校小南门出去，步行几分钟就可以到。他在河边地摊上，选了个黑色的包。这里卖的都是便宜货。

还有一次，已经很晚了，外面的人很少了，路上的车也稀了。我们本想去店里买半个放在冰箱里的冰镇西瓜，但店铺已经关门。我们不甘心，还去敲了敲门。然后继续往河边走。河边的地摊也都收了。本来一到晚上，河岸的街边以及那座石桥上，全是卖各种商品的小贩，连卖仓鼠卖小兔的都有，但是现在一个都没有了。只有河道里还有低低矮矮的河水，在黑夜里暗暗流动的。

我们沿着河边的街道走，那街道坑坑洼洼的，一边是那条腥臭的河，一边是挤在一起的矮小的房屋。终于遇见一个卖西瓜的。一个女人正把摆在外面的西瓜往小店里抱。我们问这西瓜还卖吗。她说卖啊。我们要了半个西瓜，提着切分成块的西瓜，继续沿着河边走。

找到一个好地方。这里有一棵柳树，树下有两块石头，我坐在一块石头上，他坐在另一块石头上。面朝着小河，开始吃西瓜。河堤的斜坡上长着许多水草，在有灯光倒映的地方，能看到河水的存在。灯光的倒映在水里是扭曲的。水腥味沿着斜坡漫上来了。还有一只老蛙，不知在哪里叫着。我们看不到它，但听叫声很苍老。瓜皮丢进水里，也只能听到水响，看不到溅起的水花。

在这样黑暗的深夜里，我们都感到了自由，就连吸入的空气都仿佛是自由而新鲜的。他开始讲他的初恋故事。她是与他一起长大的邻家女孩，从小一起拎着瓶子去打酱油的。他来北京上学时，她送他去车站，他心里有话想跟她说，却始终没能说出来。直到他上了车，车开动了，才说出了心里话："未来的路还很长，你愿意跟我一起走吗？"我听了很感动，觉得这真浪漫，就追问她答应了吗？

毕业后，中山决定回老家，他说他想带领老家的村民们致富。他的心里大概能产生这样的理想。有一段时间，他在养鸡。不知养了多少，应该是失败了。有一段时间，他又卖蜂蜜。他说，不养鸡了，卖蜂蜜，蜂是他爷爷养的，蜜是自家的蜂采的，正宗的土蜂蜜。为了表示支持，我买了两瓶土蜂蜜。但蜂蜜运到北京，两个玻璃瓶都破了，可惜了两瓶蜂蜜。他又给我寄来了新的。

这几年，他又在种橙子树，卖橙子。也不只是他一个人的行为，是他那里的许多人都在种橙子树，卖橙子。他们那里的橙子，皮薄、汁多、果鲜。

我问他，种了多少棵树啊？他说，他家就三亩多橙子树。那整个三峡地区呢？他说那不知道。我想，那就是橙子的世界了。到底有多少橙子树，有多少橙子，恐怕无人知道。我想着，有一天去三峡找他，走进他们的橙园里，近距离看看那些树，亲手采摘树上的果子。

（2019 年）

一个朋友

是和这个朋友，第一次去吃比萨。在那条街的比萨店里。好像是在二楼上，一张宽大的桌子，把两个人隔开，一人坐在桌子一边，中间有一盘比萨。当时我们怎么吃的，最后吃掉了多少，又说过什么话，一点都不记得了。这已经是十年前的事。

还是跟这个朋友，第一次吃寿司。还是在那条街上，一座白墙蓝窗的大楼，底下有那么一个小口，里面一个小小的空间，有一个人在里面做寿司。你在外面说要什么，他从里面伸手递出来。我们把寿司拿回学校，坐在空的教室里吃。是在一个夏日的午后，那教室在一座老楼里，正对着窗外有一棵梧桐树。站在窗口，正好可以看到。树叶被阳光照得半透明，半绿半黄的，在微风中颤动。风稍大了，许多树叶摇曳起来，互相碰撞，就风铃似的哗哗直响，好像要把什么抖落。窗外还有更多的树，街道两边有老杨树，全是高大挺拔的，如同远古的神，需要抬头仰望。树的响声也由近及远，就好像，风是从最近的树朝着远处的树，踩着树叶一步步走过去的。风在外面走动着，我们只是听着风声。

还是跟这个朋友，还是在那条街上，第一次去了避风塘。那是一个可以坐着喝饮品、晒太阳、听音乐、看书的地方。在一个早春里，刚刚过了寒冬，店外的草坪中有一株小桃树，就那么一点可怜的枝干，像从地里伸出的一只手，上面萌发出了一些苞芽，我知道有嫩叶要从那里冒出来了。就像身体柔软的小姑娘蜷缩在枝头，就要站起来，舒展开了。通往门口还有一座木板铺成的浮桥，木桥在沉寂了一冬的草坪上经过。在门口等她时，我曾长时间观看这即将萌发的小桃树，与这即将复苏的草地。我觉得它们真好。到了夏天一定会更好。我还看到一片灰蓝色的天空，冷冷寂寂地把这世界笼罩着。

如果不是这位朋友，恐怕我从不会进那些店。因为我不吃寿司，也不吃比萨，也应该不会走进店里去坐着看书，待上半晌，喝上一杯珍珠奶茶。这些年里，我有两年住在附近，每天都要经过那条街。我坐在公交车里，跟着车厢颠簸移动。我走在石板路上，踏过一块块方砖石板。我走在树下，听过不少蝉鸣，遇见许多落叶。花开花落，人来人往。我没有再去过那些店，甚至都没有这样想过。我竟好像把从前的都给忘了。其实，它们应该早已不在了。

它们只在我的心里了。体面的比萨店、小小的寿司店、温馨的避风塘、安静的老教室、草坪里的小桃树、窗外的梧桐树、路边的老杨树，甚至那条街，那座白色大楼，那朴素的学校，有的已经消逝，有的还存在着，却都被我封存在心里了。

现在，这朋友移居在国外，应该轻易不会回来了。她已经是三个孩子的母亲。

（2020 年）

仓鼠

在大学宿舍里，有人养乌龟，有人养兔子，还有人养猫。而我，算是养过一只小仓鼠。

这是一只偶遇的仓鼠。我和同学去学校外面的河边的夜市闲逛，遇见的。一个老人在卖。我看中了这只仓鼠，用几十块钱买下了它，连带的，还有一个关着仓鼠的笼子，笼子里还有盛饲料的小盆、盛水的小碗。还有一个供仓鼠玩耍的玩具，好像是水车一样的转轮，仓鼠只要在上面踩踏，轮子就会转动起来。仓鼠如果跑起来，轮子就会快速转动。有点像是人的跑步机。

看到这样一个小巧精致的笼子，里面还有好玩的玩具，我觉得仓鼠在里面的生活应该不很无聊。我提着笼子回到学校宿舍，把笼子放在我床铺下的书桌上。我一直观察着我的仓鼠。这可是我第一次自己养小动物。这种感觉不同于在家里养鸡鸭鹅猪狗猫，那些动物虽然也是养的，但那是我们全家饲养的，这只仓鼠却是我自己的宠物。意义不一样。

我充满爱意地看着它，从此它的命运就跟我连在一起了，多奇妙啊。多么可爱的小家伙啊。一身灰毛，毛茸茸的。可是它来到这里后，就一直蔫不唧的。买的时候，它还很欢腾，在转轮上玩耍，好像是在跑步机上运动的健身达人。

它是不开心吗？它不会抑郁了吧！后来，它趴在笼子里不动了，我直担心它快要死了。我一晚上都没睡好。第二天傍晚，我就拎着笼子，带着仓鼠来到河边的夜市上。我把仓鼠连带笼子一并退还给了那个老人。我也没有想着讨回钱，我只是想把仓鼠退还给他。

我虽然想养仓鼠，但一旦真的养了，又见不得它那种失落和忧郁，见不得它那种无精打采。我怕它因为我死去。虽然只是一个小生命。后来我想，也许它只是因为刚到一个新环境，一时不适应，害怕恐惧，也许慢慢就会转好的，就会活泼起来。但是我等不到那个时候。我见不得它那种难受。

等把仓鼠还给了老者，我就马上感到松了一口气。仓鼠没有死在我的手里。仓鼠回到老者那里，应该又可以欢蹦乱跳了。虽然它终究还是逃不掉被卖掉被买走的颠簸的命运。

从此以后，我就再也没想要养仓鼠了。我知道了我的性情不适合养这种可怜的小东西。

但我有一个朋友还是养仓鼠的。有的晚上，我们一起在校园里散步，一起走到高大宛如天神的大杨树下，去寻找小树枝。

就是为了她养的那只仓鼠。她说她的仓鼠好像在磨牙，总是咬笼子。我们就去为它寻找树枝。

后来，我这朋友去国外留学了。她的那只仓鼠，应该也是送了人，连带着关它的笼子。

（2022 年）

想要一个男朋友

Coco 和她的好朋友住在一起。她们是大学时的同学和舍友。属于那种上下铺的关系。上铺的人，往下一探头，就可以看到下铺。下铺的人，往上探头，也能看到上铺。要是说话，就躺在各自的床上，那么近的距离，只隔着一块木板，可以说两个人的悄悄话。现在离开学校了，她们仍然在一起，继续着上学时的情谊。她们一起住在公寓里。是那种 Loft，名义上有两层，一层空间很小，看上去只有狭长的走廊和通往二层的旋梯。二楼也许很好，她们一起住在二楼，像是树上的鸟。最近，两个人决定分居，一个继续睡在楼上，一个搬到一楼去。这样两个人互不打扰，都可以睡得更好。一楼是有一扇窗的，窗前有块空间，可以放一张床，有一个人睡在那里。因为有窗，晚上会更加凉爽。而二楼虽在高处，却并没有窗户，就像个闷葫芦。

Coco 的生活像模像样。第一次发工资，应该很少，她和朋友两人马上去吃了一顿精致的小火锅。她美其名曰，发工资了，改善一下生活。有个周末和朋友一起去逛街了，在店里买了一双黑白条纹的棉拖，说是拿到公司穿。有个周末和朋友一起去看电影了，问看的什么电影，说是很旧的电影。电影院里只开放部分座位，那些不开放的座位是用胶带封锁着，像是被五花大绑了。那些看电影的人也彼此隔离着，中间必有空座。她和朋友也没坐在一起，都是在黑暗中看了一场孤独的电影。

可以想象，两个刚进入社会的年轻女孩，一定是想方设法把生活安排得满满的，尽量让生活像充了气的气球一样饱满，像早晨刚盛开的鲜花一样娇艳好看。但是依然会感到空虚，感到孤独无聊。她说她需要一个男朋友，她说她要在一周内找到男朋友。她说得很郑重其事。我觉得有意思，七天里找到男朋友，除非是一个大活人从天而降,直接砸在她身上。问她,你朋友呢? 她说，她天天跟我大眼瞪小眼，看个电视剧，一起呐喊，都想找个男朋友。我说她太急了。Coco 就说："我不管，我就要一个男朋友。"她已经在她的嘴上建造了一个小屋，就等一个男朋友前来入住。

"我没对象，我太惨了。"Coco 脸都憔悴了。

总之，Coco 现在非常渴望一个男朋友，到了魂牵梦萦的地步。她抱着找到男朋友的崇高理想加入了公司的交友群。本来觉得前途一片光明，男朋友就在群里向她招手。但刚一进群就感到不对，因为群里有三百多人，就像一群乌鸦黑压压挤在电线杆上，遮天蔽日，让她气闷。她很失落："我本来以为就一二十个人，三百多人！怎么交流啊。太尴尬了，我都不敢说话。"确实，人多了也就像荒漠。她像是从一片荒漠走进另一片荒漠，照样是孤独寂寞。照样是想说话张不开口，张了张口却又说不出话。倒是有一个男的主动找她搭话，据说是一位秃顶的老师。他对她说，一看到她的照片就觉得很有眼缘。她听了怪害怕的。晚上做了噩梦。

男朋友为什么那么难找？Coco自我分析，是她本身有问题，好像有社交恐惧症，对男生有恐惧厌恶感。但她同时又渴望男人。你说矛盾不矛盾。有人说，是Coco要求太高。因为本身条件不错，所以要求不会低。但Coco说，我要求不高啊，只要人善良，有上进心，个头高，对我好，就行啊。可是就这样的男人，也很难找到一个。有人说，爱情就是围城，你还是在外面待着吧。可Coco挤破脑袋也想钻进爱情城堡，好像城堡外面净是豺狼虎豹，而城堡里头就是她的白马王子。

"我想要一个男朋友。"老说这话，像魔怔了。那就想办法帮她找吧。有人说，找同事不行，如果以后分开了，抬头不见低头见，多尴尬。有人说，多参加活动，创造接触的机会，总会遇到合适的人。有人说，感情这事不能急，太急会出问题。而且，越容易得到的，往往越不会珍惜。所以，应该保持矜持。Coco觉得我们是王八念经，让我们推荐，这样效率高。我们竟都没可推荐的，我还说，我没几个朋友，越往后朋友越少。Coco听了，不想说话。

其实 Coco 很不错，年轻、美丽、开朗、直爽。面颊边缘上有点她那个年纪该有的年轻躁动的青春痘。她那个年纪该有的心思她那颗心里应该也都有。还会做菜，还会烘焙。她应该常在家里大显身手，为好朋友和她自己做上几道菜，看着电视，吃着美食，过着看似快乐的日子。按理说，目前一切都还是好的，但她就缺一个男朋友。就像心上有一个漏洞，总在流失，让她心里越来越空。

可能，有时候她也会思考。生活，到底为了什么？为了一份好工作？为了找一个好男人？为了吃许多美食？为了穿好看的衣服？为了用更好的化妆品？为了让自己更美？为了让自己更好？为了让自己开心？为了家人和朋友？为了所谓的幸福？可幸福又是什么？……想着想着，也就睡了。

（2020 年）

乱穿衣的时节

过去的一整个冬天，我都穿着一件银灰色的羽绒服。我把自己包裹在这件衣服里，像躲在壳里的蜗牛，就这样度过了寒冷的冬天。然后就来到了春天。

冬天和春天并没有明显的分割线。不是说迈一步就能由冬天进入春天。四季也是含糊不清的。以至于春天来了，还穿着冬天的羽绒服。春捂秋冻，应该不错。

直到有一天晚上，我如往常一样，带着小狗散步，我遇到一个大妈。大妈有一双火眼金睛，见我还穿着羽绒服，颇为惊讶地对我说："你怎么还穿着棉衣呢？！"

大妈这样一惊叹，我感到很不好意思。谁知道这大晚上，黑灯瞎火的，还有人会关注我的衣着。北京的大妈就是这样热心。

我回答她说："我感冒了，怕着凉，所以还穿着棉衣。"大妈半信半疑，直勾勾地盯着我身上的棉衣，好像我的棉衣里藏了什么东西。我催着小狗匆匆离去，好像逃离犯罪现场。

回家后，我开始翻箱倒柜，像土拨鼠刨土一样，找去年穿的衣服。

第二天早上，大妈的话还在我脑海中回旋着，挥之不去。我决定换上单薄的衣服。我穿上了牛仔单裤和一件毛衣，没有穿外套。我站在站牌下等车，清凉的晨风沐浴着我。我用双手抱住自己的胸膛，像一个孤胆英雄。

就在那个早晨，我真的感冒了。我不能怪大妈，其实每个春天我都会感冒。这个春天我曾抱着侥幸心理，以为会躲过那场感冒。到底是感冒还是花粉过敏，我到现在也说不清，虽然每年都出现。

我有一个朋友，她刚找到一份新工作，不太如意，总想找人诉说，她又爱吃烤鱼，我也爱吃烤鱼，我们就每周去吃烤鱼。每次都是吃同样口味的。我们也吃不烦。

有一次，我只穿了毛衣，没穿外套。她因为来例假，体寒怕冷，穿着黑色的羽绒服。她对我说："你不能只穿毛衣，毛衣不挡风的，风一吹就吹透了，你应该穿个外套。"

吃完烤鱼站在外面等车的时候，我感觉那晚的风透过我的毛衣来回穿梭，就像鱼群在水草丛中游来游去的。但是我不想让朋友看出来。我像个男子汉一样，站在那晚的夜风中，彰显男儿本色。

清明节那天，我决定去店里买衣服。挑了几件衣服后，我在试衣间试衣服。突然，一个小女孩掀开门帘，我与她面面相觑，时间仿佛瞬时静止了。

小女孩看了我一下，估计发现我不是她的妈妈，就把掀开门帘的小手放下去，转身离开了。我没有大喊大叫，我继续试着衣服。而小女孩呢，继续去找她的妈妈了。

又一个早晨，我走出楼房，见天色阴沉，地上有湿漉漉的痕迹，好像夜里下过了雨。我走在路上，身旁一大爷突然发问：穿这样冷吗？我知道他在对我说话。我穿着半截袖。等我下了车，竟又下起了雨。雨很急，又细又密。我跑上了天桥，又跑进了地铁里。

（2022 年）

遇到熟人

常会遇到熟人。有时是在电梯口遇到，有两个电梯，人家在等一个，我就去等另一个。我还要低着头看手机，手指在手机屏幕上滑动，表示自己沉浸在另一个世界里。或者，盯着一个地方发呆，直勾勾盯着一面墙壁，抬头仰望屋顶也行，好像有什么伟大发现似的，其实那墙壁上连一只苍蝇都没有。之所以目不转睛死盯着一个地方看，只是因为那地方没有熟人。当然也可以往窗外看，往门外看。毕竟窗外和门外，还有更大的世界，更美好的风景。大厅里还总有一些盆景，当然也可以看植物，因为它提供着那么一抹鲜亮的绿色。总之就是目光要避开熟人之所在，还要佯装压根就没有看到他。说起来，刚看到熟人那会儿，目光落到他身上，好像舌头舔到了冰，沸水浇到了雪上，屁股坐在了针尖上，一激灵立马就闪开了。

　　有时是在电梯里遇到，那么一个封闭的小空间，也一定要审时度势运营好。如果是我先进了电梯，就躲在一个角落里，腰杆子挺直，站如松，一定要像个正人君子。如果是熟人先进电梯，就要根据他的位置，来给自己选一个位置。空间虽然很小，但也要尽量保持距离。再看电梯中的众人，脸面的朝向不同，目光的落点不同。我不知道别人心里在想什么，反正我想的是，谁也不要注意到我，我也不会去注意任何人。虽然不得不挤在一起，咱们井水不犯河水啊。

　　有时候是在路上遇到。人家走在我前面，但我对此十分机警，好像专门训练过的警犬，一瞧人家的背影就能认出来。本来自己走得挺快的，立马急刹车，把速度降下来，或者干脆停下来，找点事情做，看下手机，回头瞧瞧，原地转几圈都成。等与人家拉开一定距离了，再继续往前走。如果我是在前面的，偶尔回了下头，发现有熟人在后面，就立马提高速度，先走为敬。好像一旦走慢了，后面那人就会用竹竿戳到我的后背。

　　有时避无可避，躲无可躲。比如，在公司里，熟人迎面而来，目光交织了，都看到彼此了。就只好笑脸相迎。本来冷峻的脸上立马浮起来一丝浅浅的笑意。好像酒店的营业招牌挂上了，说一句，嘿。对方也是脸上挂笑，说一句，嘿。就这么简简单单一个字，也就过去了。但是，就是很怕这种熟人相遇。以我的观察，应该不只是我自己这样，有时候是有人先看见了我，眼光正要闪躲我，我就像有第六感，恰好给捕捉到了。

　　有时是在饭店里遇到。公司附近就那么几家店，免不了会遇到。有一次，一个女人坐在了我对面，问我，这里有人吗？我说没有。她就在我这桌斜对面坐下来。我一看，不认识，可以安心吃饭了。马上又来了一男的，坐在她旁边，才发现是同事。而这女人，是他爱人。老天爷啊，这就尴尬了。我都不会吃饭了，张嘴闭嘴都不会了，拿筷子的手都在颤抖。特别不自在，整个人绷得紧紧的。这饭吃得就很难受。

上班期间，最舒服的，是蹲厕所。在一个隔间里一蹲，在马桶上一坐，后背微弓着，两只手划拉着手机，看看萌宠、美女、世界新闻。这时候没有人能看到我，也没有人知道我蹲在这里。我就算挖鼻孔、流哈喇子，也没人知道。终于不暴露在别人的视野中了，身心也终于可以暂时松弛下来了。这是上班时候的忙里偷闲，也称得上是一种幸福了。但是也不能太久，久了怕有人惦记你，说闲话。人家花钱又不是雇你来蹲马桶的。

有人说这是社恐的表现。什么意思，是说害怕社交吗？只是我自己这样，还是大家都这样？为什么会这样呢？是因为自卑，还是看破红尘，看淡社交了？这样是好还是不好呢？需要去改变吗？这种情况的产生，原因会不会是根深蒂固的，兴许和童年经历有关。那又要怎样去改观呢？我就开始去胡思乱想了，越想又要更加焦虑了。

公司门口，每天都有卖水果的。草莓又大又红，又比店里的便宜。有时候我也会想，要不买点草莓，给大家吃吧。总有人时常买些水果、带些零食分享。而且他们这样与我分享时，我心里也会感到一丝温暖和愉悦。我明明知道这样是好的，但始终没这样去做。好像有一层魔障始终笼罩在我心上，让我不能敞开心扉去和别人交往。是因为受过什么伤吗？说有也有吧，但也好像没什么。想当年，我也是很热情的，很坦诚率真，愿意敞开心扉。尤其刚离开学校那时候，那是一颗多么晶莹剔透的心啊。后来，做过一些工作，遇到了一些人，经过了一些事，外放的心就渐渐收敛起来了。不再那样锋芒毕露了，也不再那样晶莹剔透了。

总之，所谓的熟人，其实是不熟的，整天要见面，心却隔着的。像五光十色的肥皂泡，这肥皂泡只能漂浮在水面上，就是不能融入水心里去。我告诉自己，目不斜视，不东张西望，尽量少看到。如果真的遇到了，尽量不躲避，脸上挂着笑，打个招呼吧，我希望我的笑看起来还是真诚的。

（2022 年）

面膜

我不是精致男生，但偶尔也会敷面膜。突然心血来潮，就会敷一次。我买的面膜特别经用，好像永远也用不完。

我买的面膜，是在网上商城中，看了销量、排行榜、评论区，货比多家选出来的。毕竟是要往自己脸上贴的，不敢马虎。面膜盒子上写的韩文，我是一点都看不懂。但这正好说明高级啊。还好，上面还有中文，但我平生最讨厌的一件事，就是看使用说明书。可不看一下使用说明，不足以表示我对面膜的尊重，还是读了读。大概就是先洗干净脸，再把面膜敷在脸上。

得知我敷面膜，我的一个朋友就和我分享敷面膜的经验。她说："你把面膜放在冰箱里，这样面膜敷在脸上会凉丝丝的，很舒服。"我一听，马上产生一个疑问：要把面膜和水果蔬菜一起放在冰箱里吗？这样面膜不就有水果蔬菜的味儿了吗？她说没事。我信她，因为女生可都是敷面膜的专家。

有一天晚上，我走到镜子前，孤芳自赏。看着镜子中那张沧桑的脸，我感到很陌生。这是我吗？我突然开始自责，这张脸跟着我可受苦了，根本没有什么保养，就是每天用洁面乳洗一洗。这时候我想到已经在冰箱里冷冻很久的面膜。

养兵千日，用兵一时。我打开冰箱，从面膜盒里取出一片面膜，又撕开包装袋。一张卧龙一样的面膜终于横空出世。哇，好奇妙！湿淋淋的，凉飕飕的，黏糊糊的，还有香味。好闻。面膜里富含营养液。我可一滴都不想浪费。我得赶紧贴到我的脸上。

面膜是折叠在一起的，我小心翼翼地揭开，生怕把面膜扯坏了。打开以后，一张人脸形状的面具一样的面膜就显现出来了。我走到镜子前，照着镜子贴面膜。我贴得很认真。额头上要贴好，可以镇压抬头纹。眼睛下面要贴好，可以治理眼袋。鼻子上要贴好，可以给鼻尖除油。嘴四周要贴好，可以给胡茬里补充养分。下巴上要贴好，可能下巴还能再长一长，让我拥有尖下巴，更像美男子。

我觉得我的手法不错，手指肚在脸上各处按压。就像给手机屏幕贴膜一样，不能容许出现一点气泡，面膜要与脸面完全贴合在一起。我这么认真，一定要好好吸收啊。我对脸上的细胞们说。它们好像听得懂，都振奋起来了，久旱逢甘霖，都张开了嘴，如饥似渴地吸收起来了。

贴好了面膜，好像有了两层脸，脸上绷得紧紧的。我就不敢说话了。眨眼睛都变轻柔了。我知道，脸上的任何一点风吹草动，都会牵一发而动全身，都可能惊动已然严丝合缝完美贴在我脸上的面膜。所以，我的嘴角不能动，眼角不能动，鼻子也不能抽动。我仰面平躺在床上，像埃及木乃伊。我的小狗把头探到我的脸上，闻了闻我的鼻息，好像是担心我要断气了。我用鼻子轻哼一下表示我没事。

　　本来我以为，要充分吸收，就要多敷一会儿，敷一晚上才好。我那朋友告诉我，敷面膜不能敷太久。因为敷太久，面膜变干，就又反过来吸取脸上的水分，我觉得很有道理。我只敷二十分钟。不给面膜反噬的机会。

　　把面膜从脸上揭下来，就去冲洗干净了，再走到镜子前照看。镜子里自己那张脸，好似真的变得有光了。用手指按压也有弹性了。可是，大晚上的，这张脸是为了给谁看呢？

（2022 年）

喝茶

我不是爱茶人士，但也喝过一些茶。

小时候很少喝茶，父亲母亲都不喝茶。我们家压根就没茶这种东西。有时候去别人家做客，人家会提上来一个白瓷的茶壶，从那白瓷茶壶的长而扁的嘴里流泻出来的浑浊的黄水，就是茶水。这茶壶有茶垢，是用了很久的。我喝过从这样的老旧茶壶中倒出来的茶水。茶味也是有的。泡的是什么茶，我不知道。

有一位朋友，是云南白族的，家在香格里拉。她从学校回家后，给我寄来一些特产。有牦牛肉干，还有普洱茶和红雪茶。牦牛肉干，我吃了一块儿，很腥，让我联想到活牦牛，就不再吃。普洱茶，我从没喝过，但听过它的大名，知道它是苦的，并且以苦出名。我不喜欢苦味，也没喝这普洱茶。

红雪茶呢，也是第一次见。问送茶的朋友，她告诉我，这种茶长在冰雪高原上，泡出的茶水是红色的，很好看。红色的茶水？经她这么一说我更好奇了，就用热水在白瓷杯里泡了一杯。果然，泡出的茶水血红血红。好看是好看，但我感觉像血，只是浅尝了一下，不敢再喝。

这来自香格里拉的普洱茶和红雪茶，都是正宗的，这样的好茶让我用，简直是暴殄天物。我把这普洱茶和红雪茶送给一位在学院里工作的老师。这位大学老师很正直，思想觉悟很高，觉得我是要用茶叶贿赂他，不肯收。我好说歹说，他才收下。

工作时，有同事喝茶，偶尔给我个茶包。泡的时候，把茶包浸到水杯中，一根丝线悬挂在杯沿儿上。这茶包里，有干菊花、冰糖块什么的。喝这样的茶就觉得那根拴着茶叶包，悬垂在杯沿儿外的丝线有些意思。

有家公司提供茶叶。是有一个木架子，架子上整个一排的格子里，摆着各种瓶瓶罐罐，瓶罐里装着各种的茶叶和辅助泡茶的佐料。红茶、绿茶、黑茶都有。我偶尔拿着杯子去弄些茶叶放在水杯里，还会放些冰糖、枸杞、干菊花进去，看起来好像很讲究，其实并不会喝茶。

我也品不出茶的香。可能我喝茶的目的、态度、器具、程序，都不太对吧。我喝茶就一杯杯地喝，不断地续杯，喝茶如喝水。茶水面上漂浮着茶叶，如一艘艘小船，碍事，得用嘴吹开，才好下嘴喝。有时茶叶会粘在嘴唇上、舌头上，要把茶叶子呸掉。这像是喝茶的人吗，简直是糟践茶的文化和品位。

　　不过有一种茶，我倒是爱喝。就是大麦茶。这种茶在一些普通的小店里才会有。是偶尔到了一个地方，偶尔走进一家小店里，被端上来的一杯茶。它的那种醇厚的香味，是干炒以后的麦香。

（2022 年）

香水

突然心血来潮，想要用香水，想找到一种适合自己的气味。就去西单大悦城看香水。在二层有许多卖香水的品牌店。

先遇见了古驰的店，英文叫 Gucci，从店员嘴里听起来像"哭泣"，谁在哭泣啊，好酷的一个名字。刚一走进店里，就有一个女店员过来接待。

"先生，您想要什么样的香水？"

"要清淡的。上班族。"

"哦，那您闻闻这款。"

她拿起一个小纸片，把香水喷口对着空气喷一下，再把小纸片伸进去摇一摇，好像要变魔术，会从小纸片里飞出一只鸽子。我看明白了，这是要让香水喷雾沾在纸片上。好巧妙！好优雅！

"先生，您闻闻，这是经典款。"

好，我闻闻，果然很经典。这气味我闻到过，很冲。正在患过敏性鼻炎的鼻子毫不给面子地打了个大喷嚏。把一旁伸着脖子的女店员吓了一跳。

她赶紧安慰我，刚喷就这样，这是前调，味儿比较大，等到了中调就好了……哦哦，竟然还有这么多讲究，有前调、中调、后调。怎么听起来，香水像是一首歌曲？

"那是不是后调味儿就不大了，也是它持续时间最久的？"我这样问道。

"没错！先生，您说得太对了。后调最持久，也没这么冲了。后调是木香的。很好闻。"

"木香是什么香啊？"刚进入一个新领域，我刨根问底。

"木香啊……"女店员很专业，手舞足蹈、声情并茂解说着，像个演说家。

女店员又拿起另一个香水瓶子，又对着空气优雅地喷一下，一团慵懒的香水喷雾在半空中散开。又把一张小纸片伸进去晃一晃。递过来："先生，您再闻下这个。这两个差不多，都是经典款的，但也有区别。"

我现在手里有了两张纸片，好像同时有两张电影票，这可让我犯难了。我闻闻左手里的纸片，再闻闻右手里的纸片，来回交换着闻好多次，还是闻不出个所以然来。我蒙了。

女店员看在眼里，对我和蔼可亲地微笑，露出她嘴里白白的牙齿。"先生，您是不是有点晕了，鼻子不是很敏感了？"

对，她真善解人意，更善解人意的是，她拿过来一个圆乎乎的小玻璃瓶，里面装了一瓶颗粒状的东西。好像是什么好吃的零食。"先生，您闻闻猫屎咖啡，再闻香水。"

我懂了。我把两张纸片拿在一只手里，另一个手里拿着一瓶猫屎咖啡。把瓶子端到鼻前，深闻一下。瞬间鼻子就清醒了。这味可真冲！怪不得叫猫屎咖啡。我就和店员说："这猫屎咖啡做成香水应该也不错。"

"先生您可真幽默。"女店员还是面带温柔的笑意，一双眼睛都笑成两道弯月了，"您再闻闻香水吧。这次应该能闻出来了。"

"好。"我再闻香水纸片，"我这就像吃饭，吃一口荤的，再吃一口素的。"

接下来我又陷入一种循环，刚才是两张纸片来回闻，这会儿变成了两张纸片和一瓶猫屎咖啡循环。

我闻闻这个，闻闻那个，左右开弓，不亦乐乎。其实我很急，很想分辨出来，到底哪种更好闻，更适合我。什么前调、中调、后调，虽然说法不同，但是我闻不出来。

"我要是有狗鼻子就好了。"我努力闻了好大一阵子，还是宣告失败。我走了，拿着两张香水纸片，我还要继续闻呢。猫屎咖啡人家不让拿走。

接下来，还有更多的香水店，好像都是响当当、顶呱呱的大牌，既然来了，咱都进去瞧瞧。就像刘姥姥进大观园。

香水该怎么喷。我对这个很感兴趣。

有的店员说，对着空气喷一下，人走进去一下就行。针对这种使用方法，我觉得要尽快走进香水喷雾里去，不然香水喷雾就掉落下去了，浪费了。而且，要在香味里站多久也是一个问题，站的时间太短了，可能有些香水还没有落下来。那不也是浪费吗？

有的店员说，只对着大腿内侧喷，不要喷上身。因为夏天喷上身，味儿大。喷下身，味儿小点。为什么喷大腿内侧呢？我想喷在大腿内侧，也是便于保留香水吧，兴许因为隐蔽，不会挥发那么快？

有的店员说，对着胸前喷一下，对着左右腋下各喷一下，再在手腕上喷一下。手腕上喷了，把两个手腕在一起揉搓一下，再把两个手腕在两个耳根上揉搓一下。总共喷四下。我说："喷四下是不是太浪费？如果每次喷一下，一瓶能用一年，一次喷四下，就只能用三个月。"我的数学还不错。

"怎么喷这个看个人喜好的。反正我每次都这么喷。我喜欢每天自己身上很香，反正我也不用自己买。"这是个男店员，他的头发好油亮，黑皮鞋也很闪亮。他一边和我说着，一边演示着在自己的胸前、两个腋下、手腕上喷了香水。啊，他一定比刚才更香了。

"还有的，人家就喜欢这香水味，在房间里到处喷，在卫生间里喷，就当空气清新水使用。买那种最大瓶的，一个月就用一瓶。"

我最终买了一瓶100ml的，一千块，没打折。人家说了，人家从不打折。一线品牌从不打折，打折的都是二线品牌。

提着一瓶"金汁玉液"，我走出了店面，走出去一段距离，又扭头转身回去，回到店里。我对那个男店员说："香水怎么喷来着？你能在我身上喷喷吗？给我演示一下。"

男店员就朝着我身上喷起来。他是这样喷的：先在我的胸前喷一下，又在我的左右腋下各喷一下，又在我的手腕上喷一下。让我把两个手腕揉搓一下，再在两个耳根上揉搓。

我身上喷了四下香水，香喷喷地走了。我在路上香喷喷的，在地铁里香喷喷的。直到晚上睡觉时，我身上都有那股味。在香味缠绕下，我睡着了。

（2021 年）

水果

我已经剥开好几个小橘子吃了。每个橘子，都是把外皮用指甲剥开，又把覆在橘子瓣上的须子除掉，然后一瓣儿或两瓣儿地送进嘴里去。面前的桌面上，已经积了一堆不同程度破碎的黄橘皮，还有油绿绿的好似油纸的叶子，它们离果实很近，采摘时就被带了下来。

还有四个雪梨，黄澄澄的、圆滚滚的、冰凉凉的，周身覆着一群小小的明显的斑点，好像生长过程中遭受过许多坎坷似的。现在它们还都很硬，我打算继续放一放，给它们更多的时间，让它们自行酝酿，体内变得柔软了芳香了，自动散发出一种酒香味来，再去吃。

还买了一串紫色的提子，提子是女友选的。那些提子冷静地聚在一个木格子里，女友从中选了一串，又嫌多，从一大串上截下一小枝。她把它提在手里，也是沉甸甸的。

刚进到店里时，我们到处看了看。似乎随意巡视这些水果，是进水果店的必要环节，而买水果才是不必要的。

有些水果只用眼睛看，好像还不够，还要用手去摸一摸，轻轻摩挲它们的表皮。似乎那就是它们的肌肤。果皮以下也有它们的心。你只要触摸，水果的心都能感觉到。但是即使感受到了，它们也什么都不说，你要自己去想象，因为它是沉默的果实。

所有的果实都是沉默的，这与我们不同。或许果实就是树的漂流瓶，一棵树的秘密就包含在了一颗颗果实里。既然选择这种较为委婉隐秘的方式，可能就是只希望有心人去发现它。

那一颗果实包括什么呢？果皮、果肉、果核。果皮看上去，有的水嫩，有的晶莹，有的光滑，有的粗糙，有的娇羞，有的热情，那是它们面对这个世界的面皮。果肉，有的细腻有的粗粝，有多汁的有少汁的，有酸的甜的涩的苦的。果核，有不同形状的，有大的小的，是我们吃水果最后要丢弃的部分，却可能是一颗果实最后显露的真心。但我们却只在乎它的肉，而不关注它的心。

那果实的种子里是什么？我想可能就是它一生积攒下的思想结晶了，就像一个老人为后世留下的至简遗言。它曾经的情绪、信仰、理想、希冀、信念，都包藏在那一颗小小的种子里。那样一颗小小的种子，我们不会去关注。只有大地对这样小小的东西感兴趣，并充满爱意地一一打开。

（2020年）

落叶

树叶从树上掉下来，落在地上。石板路上净是枯黄的落叶。环卫工人正在工作，他把落叶扫成堆，小丘似的落叶堆在街边。会有一辆保洁三轮车开过来，把这些一堆一堆的落叶都装进车里，运到什么地方。

这时节正是树叶掉落的时节，任他怎么打扫，总有树叶掉下来。他就需要扫过一遍又一遍，直到树上的树叶差不多掉光，再也没有什么树叶会轻易掉下来，他还是要一遍遍打扫这街道。这就是他的工作。

我看见人们全都穿上了厚衣服。和我一样，目视前方，脚踏那些落叶前行。那些被踩到的落叶，有的还是柔软的，有些是有弹性的，你的脚步踩踏过去，它还能恢复到它本来的形状。有的就很干枯，踩踏过去，它就粉碎了。

再有一阵风吹过，就吹散了它们的齑粉。到这个时候，它们经历了抽芽、长大、枯黄、凋落、粉碎。从无到有，又从有到无，一片树叶也算是走完了自己的一生。若不是如此，还能怎样呢。

还有些树叶不会掉落，整个冬天都挂在树上。它们通常在冬天的寒风中，在树冠上瑟瑟抖动，簌簌作响。好像化作一种悲鸣的乐器了，而且这种乐器只在寒冬里弹奏。

这样的树叶，已经很难掉落了，经历了太多的风，也早已死亡了。如同临死前死死抓住了某个东西，是不会松手的。这时候，死亡变成了最大的固执和坚持。

各处都有树叶在掉落，好像商量好了一样。我沿途经过了一些树叶的掉落，这些树叶在掉落时也看到我经过。我是在向前走。但是在它们眼里，我的向前行走是否也是一种形式的坠落呢？不管我是慢走还是快跑，还是在旅途的哪个节点上，我也终会有一个终点。我打算尽量放慢脚步，不那么行色匆匆。

（2018 年）

雪

1

今年下第一场雪时，我正走在回家的路上。我朝着西边走，但天边没有夕阳，灰蒙蒙的，这是冬天的傍晚的颜色，再接下来，这灰蒙蒙就逐渐深下去，像桑葚彻底熟了，变成黑的。而黑夜会纱布似的蒙住我的眼，把世界压缩得仿佛只剩了我自己。我相信黑夜是肥沃的，有许多白天看不见的物质，会在黑夜里悄悄地生长。还会有许多事物在黑暗中疗伤，像浮尘终于落在地上，像小鸟在巢里修钟表一样修理翅膀。

我走着路，会看到那些高高低低的楼房，那些切糕似的整整齐齐的车辆，那些零零散散在我身边经过的人。我看不清他们的面孔，他们也看不清我。我们只是游荡的标点符号，各自寻找合适的地方停顿。就在这时候,我看到了雪花,不经意间,突然出现在我的眼帘里。

我看见雪花,一片片的,很琐碎的,井然有序地,安静而优雅地,往下飘落。这还是第一批雪花,最先落下的,先把自己融化,让大地上有了雪的气息,让后来的雪对大地不再陌生,不再感到那么紧张害怕。稍后的雪一片片落下来,一片片叠加在一起,才有了那么一点厚度,也才有了那么一点的白。

单独一片,太微小,太单薄。可能它们自己知道,所以它们在天上时一起,落在地上还是一起。一片雪花不能离另一片雪花太远,太孤单了他们会迷失自己。它们的降落本身就是一场大冒险。因为抱在一起彼此温暖,所以才能在寒冷里生存。

没有一个人是打伞的。雪就算落在身上,也不是粘连的,也不会侵入的,像轻盈的蝴蝶一样,趴在头发上、肩膀上、胳膊上,然后跟着我们一起走上一段路程。我们经过的风景,看到的世界,它会跟着我们看到。在雪天里待久了,身上积的雪多了,仿佛长出了白色绒毛。轻轻一拍打,雪花就从我们身上跳下来,绝不纠缠。

我觉得雪不只是降落那么简单,也不只是在大地上堆砌那么简单。一场雪的降落会让我想起许多场雪的降落,好像雪的降落是为了在我心中延续下去。就算每年冬天只有一场雪,我也已经经历过几十场。

公交车在夜色里穿行,也在雪落中穿行。有些雪花落在车顶上,没发出一点声响。有些雪花在车窗外经过,我就正好看到了它们。

车到站了。路灯下，有许多雪花在飘落。许多人看到了这场雪，他们兴奋地呼喊，下雪了！下雪了！今年第一场雪！真好呀！好像期盼了很久，终于等到了。好像下雪是冬天里的一场收成。好像有了雪落下来，这一年才踏实下来，我们的心才沉静下来。

临睡前，我打开窗向外张望，雪还在落。我想象着，外面世界很冷，但雪很温暖。我在床上睡着了，雪还在外面落着。早晨醒来，推开窗子，外面的屋顶上、街道上、墙头上、车顶上、草地上，已全是白了。

天也晴了，太阳也出来了，几天都过去了，草地上还有残雪，和泥土枯草在一起。街边树下还堆积着雪，这雪又脏又黑又硬，似乎不会融化了。会怀念以前的纯洁与柔软吗？会后悔这场人间旅行吗？应该不会的。哪怕只为了那一场飘落。

2

今年冬天的第二场雪也落下来了，是在一个安静的夜晚里。雪落得没有什么动静，反正我什么都没听见。只在第二天早上起来，拉开窗户，往窗外一瞧，哇呀，外面的世界全白了。

等我从楼房里出来，才知道雪仍然在下着。不知道从何时开始下的，但此时此刻还在下着。我没有回楼上拿伞。身上落些雪花并不可怕。

刚走几步，就遇见一个母亲与一个孩子，孩子从雪地里抓起一把雪，捏了一个小雪球，把团好的雪球往母亲身上丢去。母亲只是佯装害怕，但并不真正地闪躲，就让那个雪球打在自己身上。雪球击中母亲，嘭的一个闷响，就碎裂开了，又化作残雪，散落到地上。这时候，孩子脸上是开心的笑，母亲脸上也是开心的笑。

公交站候车亭下，有几个人正在等车，像橱窗里挂着的衣服似的。亭子下的那块地方，地面上没有多少雪。没有很大的风吹，雪花从天上飘落下来，就算可以自由飞舞，有些地方还是去不到的。

候车亭后面是一家火锅店。有一个女店员正用铁锹铲着店门口台阶上的雪。台阶只有三阶，她是要把第二阶上的雪，一锹一锹铲起来，然后倒在台阶下面。她算是这城市里，第一批开始铲雪的人了。

石板路上基本被雪覆盖了，但圆形的井盖上没有白雪。似乎有许多生物在井盖下面吹着热风，使雪花始终不能安稳地聚集。马路上车来车往，也是没有积雪的。滚动的车轮是热的，喷出的汽车尾气是热的，雪一落在路面上也就融化了。

绿灯亮起，走路的人开始穿过马路，另一个方向的车辆停了下来。有人骑着摩托车，车身上积了不少雪，但这雪好像不妨碍什么，就安安稳稳跟着摩托走。还有一个开电动三轮车的，趁着等红绿灯的空当，快速下车清理一下车窗上的雪，马上又回到车上去了。

我在泥泞的雪地中，小心翼翼地走着，但是鞋尖还是湿了。看看身边的其他人，也是一样小心翼翼走着。前面的女孩，把两只手臂端起来，像一只企鹅似的，扭扭晃晃地走着。还有的人是蹦蹦跳跳的。不知道他们的鞋是否也湿了。

第二天，许多雪堆积在街边树下了。好像沿着树干，雪可以重新爬回天上去似的。

（2019 年）

3

第三场雪了。还记得前两场的情况。第一次，正走在回家的路上，只有极微小的雪飘落，最终也只在地面上落了薄薄的一层。第二场雪就郑重了，在一个夜里落下来，落了许多，到处都肥肥厚厚的。而这第三场雪也是在夜里来的。还是早晨，掀开窗帘，往窗外一瞧，才看见雪。

被雪覆盖的房屋，仿佛变蓬松变肥美了，像一簇簇刚从地下冒出的新鲜白蘑菇。

明显更宏大，似乎也更洁白厚重，覆盖在屋顶、街道、树上。那么厚的雪，自然有分量，但所有被棉被似的雪覆盖着的，所呈现出的都是幸福的模样。

雪本身是冰冷的，但落在其他事物身上，似乎又是温暖的。它们自己很冷，却只冷在自己，不轻易把这冷传递出去。

所有树上都积满了雪，树枝都被雪包裹了。这是一项繁重而细致的工程，但就在一个夜间已悄然完成。不管是谁在树下经过，总会有雪从树上掉落。就算没人经过，雪还是要掉落。

关于这种掉落，我以为，是树上的雪在慢慢松动，因为街道上车辆经过，大地在不停地微微颤动。我们不好感觉到，但树梢上的雪可以。

树上掉落下雪片，就在你的眼前划过，心里就不免会想，会不会落在我身上呀。进而心里会矛盾起来，既有些担心落在身上，又有些期盼落在身上。但完全不用紧张，那些雪落在身上，也是轻轻柔柔的。

一个女孩，走着走着突然停住，她用手碰了墙上的枯藤，那藤就摇晃起来，藤上附着的雪就纷纷扬扬地飘落下来。而她赶忙用手机抓拍这个动态的瞬间，然后继续走她的路。

晚上走在回来的路上，路上的雪竟全没了。我知道它们变化的过程，本是肥厚的洁白的，经许多脚不断踩踏碾压，就变脏了、黑了、薄了，最终消融。

这脚下的石板路上已看不出一点雪的痕迹，只有仿佛雨后留下的半湿半干的斑块。但人的脚步、车的轮胎到不了的那些地方，雪还依然存在着。

（2019 年）

扫雪

那一天刚刚开始，我还没完全睡醒，躺在炕上，闭着眼睛，半梦半醒。窗帘已经拉开，我能感到从窗玻璃的霜花上漫射过来的光有点刺眼睛。我还听到房顶上有响动。父亲已经起来扫雪，他先要扫掉屋顶上的雪。雪花虽小虽轻，许多叠加在一起，就变得非常沉重。他能感到屋顶所承受的重量，他能感觉到屋顶向下塌陷了一些，房梁上的横木向下弯曲了一些。他能听到微弱的欲断裂似的咯吱咯吱的响声。

他顺着一架木梯，提着竹扫把，上到房顶上，把下了一夜的雪，一下一下扫下来。雪下了整整一夜才铺满房顶，但是父亲只需要一个时辰，就能把屋顶打扫干净。父亲扫雪时，我能听到脚步踩压屋顶发出的沉闷的声响，也能准确感到脚踩在了什么位置。我有些担心父亲的一只脚突然从屋顶上漏下来，一条腿漏下来，甚至父亲整个人从房顶上掉下来。但是父亲从没让这样的事情发生，他知道他自己的重量和屋顶所能承受的重量。

等父亲从房顶上下来，开始扫院子里的雪，我就听到不同的声响。是竹扫把在雪上划过，在冻硬的地皮上刮过，所发出的沙沙嚓嚓的声音。父亲至少要在院子里扫出一条从出堂屋的门台一直通到大门口的路，要露出土色的地皮。要在雪还没融化之前，扫出这样一条路。还有一条岔路是通向茅厕的。扫完以后就算雪再融化，也是融化在被扫到的地方，融化在墙根或树干下面。

扫雪不是只扫自家院子里的雪，也不是各人自扫门前雪，只扫到门前还不行，还不够。如果想要一条足够长的干爽的路，就继续扫下去。父亲就想要这样一条路，他就继续扫过道里的雪。过道的两侧高于中间，他把我家这侧的雪扫到中间，沿着我家的墙壁扫出一条路。父亲扫出的路，不只有我家的人走，整个过道里的人家，都可以走。

父亲在外面扫雪时，我还在炕上躺着。我享受着当时的感觉。一场大雪过后，世界就好像生了一场大病，而我不想轻易去探望惊动。在茫茫雪天里，我没有睁开眼睛，没有从炕上起来。作为他的孩子，我听着他在外面劳动的声音，听着扫雪声，想象着外面的雪有多大、有多厚，根据声音判断着他扫到了哪里，扫出了一条怎样的路。我相信，他终归要扫出一条道路，不管那雪到底有多大多厚。

几间低矮的棚屋上的雪不必扫。那雪化了也就化了，雪水漏在棚里也无妨。棚里的牲口不像人那样讲究。棚里重要的农具已经搬到屋里。白白的雪会一直铺在屋顶上，好像被熨斗熨得平整结实了。直到一场场大风吹过，吹起的灰尘落在屋顶的雪上，每一粒灰尘都腐蚀融化了一点雪。雪从远处望去还是白白的，但细看已经布满肮脏的坑坑洼洼。融化的雪水顺着屋檐的茅草往下滴落。一滴一滴地缓缓掉落，最终也在屋檐下砸出明显的水窝。

（2017 年）

座位

我七岁那年，母亲觉得我该上学了，带我去了我们村的小学。我跟着母亲进到一间教室里，教室里聚集着许多孩子，乱哄哄的，我很紧张。老师告诉我母亲，教室里满了，没有座位了。母亲就又带着我回了家。

第二年，附近几个村的孩子都去史家村上小学。我和我的两个发小，每天背着书包一起去史家村上学。在史家村那所小学里，有了我的座位，我坐在教室最后一排，最靠近门的位置。

隔一段时间就调座位，只是平移。所以不管怎样调换，我还是坐在最后一排。我的个头并不高，坐在最后一排，是我自己选择的。坐在最后一排的，还有我们班个头最高的两个女生，一个是我们村后街的，一个是史家村的，每次她们要进到自己的座位，我就故意挡着，不让她们过去。有一次老师看到了，教训了我一顿，我才不敢再当拦路虎。

等我上五年级，又换了一所学校，还是自己选座位，我还是坐在最后一排，靠着门口。坐在最后面，视野最为开阔，我可以洞察教室里的一切，可以看到每个学生的后脑勺，谁交头接耳我都知道。向左扭头透过那扇南窗，还可以观察院子里的动静。可以看到窗外的花坛中的几株月季花，落在月季花枝上的小鸟。要是那位教语文的男老师骑着自行车从大门进来了，我立马就能看到。

老师只要一进教室，先要看到我，经过我。我的同桌，他家卖钟表、手表。他的手腕上就总戴着手表，而且三天两头换一块新手表。有一段时间，他戴的是一块夜光表，经过阳光一照，再放到暗地里，表盘和指针会发出绿色的荧光，特别好看。我就经常和同桌一起欣赏他的夜光表。有一次，我正用两只手护住他的夜光表，认真看神奇的荧光。老师进来，逮到了我，他扇了一下我的后脑勺。

我那时候学习好，班里的好几个同学，有男的有女的，上自习就搬着凳子来到后面，我们围坐在一起做语文阅读理解题，让总结中心思想，填的都是一样的答案。我们的两位老师，坐在休息室里，他们也在聊天。那时候，在一个小教室里，我们是自由的。小学六年，我都是坐在教室最后一排，靠着门口的位置。我很喜欢这个位置。

等到初中，要去乡里，教室变大了，我坐在了第三排。初二的时候，我转学到了一所私立学校，在那所学校我也坐在第三排。其实我也喜欢第三排，第三排是靠前的，一点都不会影响看黑板，又不像坐在第一排，就在老师眼皮底下，胆战心惊的，还要吃老师的粉笔灰、唾沫星子。可有人就喜欢坐在第一排。

等上了高中，教室变得更大了，一个教室里有八十多人。这时候我的眼睛已经近视了，戴上了近视眼镜。在偌大的教室里，我只是其中的一个。具体的座位，我也记不清了。我像是被淹没了。

等上了大学，每次上课，座位自选，就不固定了。有时是班级课，有时是学院课。有时是几十人的小教室，有时是几百人的大教室。坐在哪里，全看自己。总体来说，刚开始时，我还是愿意坐在前面，还是很有上进思想的。后来，就慢慢坐到最后一排去了。

回顾我整个的上学经历，曾经的我，在一个个教室里，坐在那些座位上，快速轮动着、变换着，最后好像整个教室里都是空的了，只有那个男孩坐在教室的最后一排。

（2022 年）